牙山 관련 문학 자료집

牙山 관련 문학 자료집

순천향대학교 아산학연구소 기획

김 민 정 편저

보고사

머리말

　최근 각 지자체에서 문화관광상품의 개발과 함께 지역학 연구를 촉구해가는 움직임이 크다. 이는 각 지역의 특색에 맞는 문화관광상품을 개발하기 위해서 그 지역의 역사와 문화에 대한 연구가 선행되어야 하기 때문이다. 이에 순천향대학교 아산학연구소에서는 아산의 인물과, 아산의 문학을 기획하여 그 1편으로,『한국 근현대 아산 사람들』(조형열 편저, 2014)을 펴낸바 있다. 그리고 이번에『牙山 관련 문학 자료집』(김민정 편저, 2016)을 발행하게 되었다.

　『牙山 관련 문학 자료집』은 아산과 관련된 문학 자료들을 모은 자료집이다. 단순히 아산에 거주했던 중심인물들의 문학뿐만이 아니라 아산을 소재로 또는 그 배경으로 한 모든 문학들을 장르 구분 없이 모았다. 아산으로 유배 온 문인·정치가들의 글, 아산의 지인들과 교유하는 가운데 쓴 글, 아산을 배경으로 삶의 모습이 담겨진 글 들이 그것이다.

　본고는 제1부 牙山과 文學, 제2부 牙山 관련 문학 자료로 구성되었다. 제1부 牙山과 文學에서는 牙山 관련 문학 자료의 현황을 목록으로 정리하였다. 그리고 아산의 문학 자료와 지역성이라는 논문을 통해서 아산 관련 문학 자료집의 필요성과 가치에 대하여 논하였다. 제2부에서는 1부에서 목록으로 정리되었던 자료들의 원문을 최대한 정리하였다. Ⅰ. 서정에서는 〈溫陽八詠〉, 〈牙城錄〉 수재 詩 등을 수록했으며, Ⅱ. 서사에서는『新定牙州誌』에 실려 있는 忠臣, 孝子, 烈女에 관한

이야기나, 박두세의 〈要路院夜話記〉와 같은 이야기들을, Ⅲ. 교술에
서는 〈新昌縣拱北亭記〉와 같은 아산의 지역과 관련한 잡다한 글이나,
『土亭遺稿』에 실린 辭, 說, 疏, 記 등의 글들을 수록하였다.

　　각 문학 자료들은 『삼국사기(三國史記)』, 『고려사(高麗史)』, 『고려사
절요(高麗史節要)』, 『조선왕조실록(朝鮮王朝實錄)』, 『경국대전(經國大典)』,
『승정원일기(承政院日記)』, 『일성록(日省錄)』, 『신증동국여지승람(新增東
國輿地勝覽)』, 『국조인물고(國朝人物考)』, 『사가집(四佳集)』, 『대관재난고
(大觀齋亂稿)』, 『구암집(龜巖集)』, 『아성록(牙城錄)』 등을 토대로 수집했
다. 그리고 '牙山, 溫陽, 溫州, 溫水 湯井, 牙州, 新昌'을 중심으로 아산
과 관련된 문학 작품들을 총망라하다보니, 작품의 배열에 있어서 일정
한 체계성을 갖추는데 한계가 있었다. 그래서 특정 인물이나 시대 순으
로 작품을 배열하지 못하고, 문학의 갈래에 따라서 서정, 서사, 교술로
나누었다. 이에 문학 자료의 각 편은 찾아보기를 통해서 관련된 자료들
을 검색할 수 있도록 하였다.

　　아산과 관련한 모든 자료들을 최대한 수집하여 수록하고자 하였으
나, 아직도 정리하지 못한 자료들이 산재하여 『牙山 관련 문학 자료집』
이라는 제명을 붙이는 것조차 염려가 앞선다. 이는 앞으로 지속적인
자료발굴과 정리를 통해서 보완해 나가겠다. 이렇게 부족함이 많음에
도 '牙山과 文學'이라는 기획 하에 자료집 편찬을 믿고 맡겨주신 순천향
대학교 아산학연구소의 김기승, 전성운 선생님과 관계자들께 감사드린
다. 그리고 성근 자료들을 책의 모양새로 갖춰주신 도서출판 보고사의
김흥국 사장님과 편집부 여러분께도 감사드린다. 아무쪼록 이 자료집
이 아산의 지역 연구의 밑거름이 되길 바란다.

편저자 김민정

차례

제1부

牙山과 文學

I. 牙山 관련 문학 자료의 현황

1. 아산 관련 문학 자료 목록

1) 관찬 문헌 자료

❑ 『고려사(高麗史)』, 『고려사절요(高麗史節要)』
  • 〈유검필(庾黔弼)〉, 『高麗史』92 열전 5, 『高麗史』下, 아세아문화사, 1983.

❑ 『조선왕조실록(朝鮮王朝實錄)』
  • 온행 후 가요(歌謠) 및 관련 서(序)
  • 〈리충무공신도비명(李忠武公神道碑銘)〉, 〈외암이선생신도비명(巍巖李先生神道碑銘)〉 외
  • 장헌세자의 온행, 〈御製靈槐臺命〉

❑ 『신증동국여지승람(新增東國輿地勝覽)』, 『여지도서(輿地圖書)』
  • 『온양팔영(溫陽八詠)』: 이승손(李承孫) 〈鬐沸靈泉湧〉, 이숙치(李叔畤) 〈교전상운합(郊殿祥雲合)〉, 이맹상(李孟常) 〈행궁비수령(行宮非繡嶺)〉, 박원형(朴元亨) 〈봉강토덕형(封疆土德亨)〉, 이숙함(李淑瑊)의 〈온양팔영(溫陽八詠)〉, 임원준(任元濬)의 〈온양

팔영(溫陽八詠)〉 외 이승계, 박원정 등의 작품 수재(收載)
- 온양군 남산조 : 〈유검필(庾黔弼)〉

❏ 『조선환여승람(朝鮮寶輿勝覽)』
- 〈온양팔영(溫陽八詠)』 : 이숙함(李淑瑊)의 〈온양팔영(溫陽八詠)〉, 임원준(任元濬)의 〈온양팔영(溫陽八詠)〉 외 이승계, 이맹상, 박원정 등의 작품 수재(收載)

❏ 『동국문헌비고(東國文獻備考)』

❏ 『신정아주지(新定牙州誌)』
- 『신정아주지(新定牙州誌)』의 객관조(客館條)
  : 신흠(申欽) 〈아주객관(牙州客館)〉, 조원(趙瑗)의 〈아주객관(牙州客館)〉, 이성중(李誠中)의 〈아주객관(牙州客館)〉, 이안눌(李安訥)의 〈아주객관(牙州客館)〉, 남용익(南龍翼)의 〈아주객관(牙州客館)〉, 이승소(李承召)의 〈아산(牙山)〉.
- 『신정아주지(新定牙州誌)』 누정조(樓亭條) : 권필(權韠)의 〈압해정(壓海亭)〉, 현덕승(玄德升)의 〈압해정(壓海亭)〉, 이재영(李再榮)의 〈압해정(壓海亭)〉.
- 〈고금총록(古今叢錄)〉(대고 성시망 등 아산 관련 인물 일화 등 90여 편의 이야기).
- 정호체의 작품 외 〈선치(船峙)〉, 〈공진(貢津)〉, 〈객사(客舍)〉, 사찰 詩, 누정 詩, 열녀, 학행, 윤린, 〈도화마〉, 홍우정 詩, 총묘, 홍만전 詩 외.

❏ 『국조인물고(國朝人物考)』

❏ 『동국삼강행실도(東國新續三綱行實圖)』
- 〈열녀(烈女)〉

❏ 온주지(溫州誌)
- 〈영조 제영 온전중 홍회시〉 3수, 〈제영자필 제탕실〉, 〈제영〉
- 〈어제영괴당명〉, 조상우, 〈서원상량문〉, 이문영, 〈조시암선생서원 종향문〉, 〈축우배방산문〉

❏ 『신창현읍지(新昌縣邑誌)』
- 〈총묘(塚墓)〉

2) 개인 문집

❏ 이지함(李之菡), 『토정비결(土亭秘訣)』, 『토정유고(土亭遺稿)』, 『한국 문집총간』 36.

❏ 이항복(李恒福), 〈계사동(癸巳冬) 배동궁온양도중작(陪東宮溫陽道中 作)〉, 『백사집(白沙集)』, 『한국문집총간』 62.

❏ 이민구(李敏求), 『아성록(牙城錄)』, 『동주집(東州集)』, 『한국문집총 간』 94.

❏ 이승소(李承召), 〈아산(牙山)〉, 『삼탄집(三灘集)』, 『한국문집총간』 11.

❏ 서거정(徐居正), 〈신창현공북정기(新昌縣拱北亭記)〉, 『사가집(四佳 集)』 卷一, 『한국문집총간』 11.

❏ 권근(權近), 〈증맹선생시권서(贈孟先生詩卷序)〉, 『양촌집(陽村集)』 17,

『한국문집총간』 7.

❏ 심의(沈義), 〈차온양시판운(次溫陽詩板韻)〉, 『대관재난고(大觀齋亂
藁)』, 『한국문집총간』 19.

❏ 한충(韓忠), 〈재아산반정작(在牙山盤井作)〉, 『송재집(松齋集)』, 『한국
문집총간』 23.

❏ 기준(奇遵), 〈아산적거영회기중경(牙山謫居詠懷寄仲耕)〉, 『덕양유고
(德陽遺稿)』, 『한국문집총간』 25.

❏ 나식(羅湜), 〈차별지부운송강은경귀온양(次別知賦韻　送姜殷卿歸溫
陽)〉, 『장음정유고(長吟亭遺稿)』 『한국문집총간』 28.

❏ 이정(李楨), 〈온양송정차강선술운(溫陽松亭次姜善述韻)〉, 『구암집(龜
巖集)』 卷之一, 『한국문집총간』 33.

❏ 송인(宋寅), 〈아산도중(牙山道中)〉, 〈신창도중(新昌道中)〉, 『이암유고
(頤庵遺稿)』, 『한국문집총간』 36.

❏ 심수경(沈守慶), 〈용전운증별이참봉이아산참봉귀(用前韻贈別李參奉以
牙山參奉歸)〉, 『청천당시집(聽天堂詩集)』, 『한국문집총간』 36.

❏ 양응정(梁應鼎), 〈신창죽정봉증이사군중기박찬(新昌竹亭奉贈李使君重
器博粲)〉, 『송천유집(松川遺集)』, 『한국문집총간』 37.

❏ 박순(朴淳), 〈송안민학부아산(送安敏學赴牙山)〉, 『사암집(思菴集)』,
『한국문집총간』 38.

❏ 구봉령(具鳳齡), 〈신창동헌즉사(新昌東軒卽事)〉, 〈부차아산헌운(復次
牙山軒韻)〉, 〈온양동헌운(溫陽東軒韻)〉, 『백담집(栢潭集)』, 『한국문

집총간』39.

❏ 구사맹(具思孟), 〈만심온양인겸(挽沈溫陽仁謙)〉, 〈신창공북정차양공
  섭운(新昌拱北亭次梁公燮韻)〉, 『팔곡집(八谷集)』, 『한국문집총간』40.

❏ 윤두수(尹斗壽), 〈아산객사차운(牙山客舍次韻)〉, 『오음유고(梧陰遺
  稿)』, 『한국문집총간』41.

❏ 고경명(高敬命), 〈아산득저보시지헌부론박종사유일희흠(牙山得邸報
  始知憲府論駁從事有日戲吟)〉, 〈차신창판상운(次新昌板上韻)〉, 『제봉
  집(霽峯集)』, 『한국문집총간』42.

❏ 성혼(成渾), 〈송안습지부아산현서(送安習之 赴牙山縣序)〉, 『우계집
  (牛溪集)』, 『한국문집총간』43.

❏ 임헌회(任憲晦), 〈열녀홀개불관정려기(烈女忽介佛寬旌閭記)〉, 『고산
  선생문집(鼓山先生文集)』9, 『한국문집총간』314.

❏ 이첨(李詹, 1345~1405), 이색(李穡, 1328~1396), 정이오(鄭以吾, 1347~
  1434), 김상용(金尙容, 1561~1637), 이수광(李睟光, 1563~1628), 이안
  눌(李安訥, 1571~1637), 강백년(姜栢年, 1603~1681) 등의 작품 미확인.

❏ 하연(河演), 〈하온양신명(賀溫陽新命)〉, 〈온양우음(溫陽偶吟)〉, 『경재
  선생문집(敬齋先生文集)』卷之一, 시(詩).

❏ 최항(崔恒) : 〈호종온양증고령릉성(扈從溫陽贈高靈綾城)〉, 『태허정시
  집(太虛亭詩集)』卷之一, 칠언고시(七言古詩). 〈기온양호종제현(寄溫
  陽扈從諸賢)〉3수, 『태허정시집(太虛亭詩集)』卷之一, 칠언절구(七言
  絶句).

❏ 신숙주(申叔舟) : 〈대가장환회시령성제공(大駕將還戲示寧城諸公)〉,

『보한재집(保閑齋集)』7, 칠언소시(七言小詩). 〈우음정정부제공온양호가시(偶吟呈貞父諸公溫陽扈駕詩)〉, 『보한재집(保閑齋集)』9, 칠언사운(七言四韻).

❏ 박팽년(朴彭年), 〈온양창화시서(溫陽唱和詩序)〉, 『박선생유고(朴先生遺稿)』문(文).

❏ 권상하(權尙夏), 〈아산현에 당도하니 사제 현도가 제방가에서 마중하므로 입에서 나오는 대로 읊다〉, 『한수재집(寒水齋集)』1, 시(詩).

❏ 이덕무(李德懋), 〈아산 백암에서 이계숙과 함께 박사문 기양을 찾음(牙山白巖, 同李繼叔漢述, 夜訪朴斯文岐陽.)〉, 『청장관전서(靑莊館全書)』제10권 『아정유고(雅亭遺稿)』2, 시(詩).

❏ 장유(張維), 〈신창 객관에서 낙봉 등 제공의 시에 차운하다(次新昌客館駱峯諸公韻)〉, 『계곡집(谿谷集)』31, 칠언율시(七言律詩).

❏ 조익(趙翼), 〈최대용 유해가 통어사의 종사관으로 호서에 가는 길에 신창을 지나다가 나의 집에 들러서 유숙하였는데, 이천장 명한과 창수한 시를 보여주기에 그 시에 차운해서 증정함(崔大容有海, 以統禦從事行湖西, 過新昌來訪留宿, 示以與李天章漢唱酬韻, 次以贈之.)〉, 『포저집(浦渚集)』1, 시(詩).

❏ 김정희(金正喜), 〈자오천(子午泉)〉, 『완당집(阮堂集)』9, 시(詩).

❏ 이간(李柬), 〈외암기(巍巖記)〉, 〈외암오산(巍巖五山)〉, 〈외암오수(巍巖五水)〉, 『외암유고(巍巖遺稿)』.

❏ 『충무록(忠武錄)』, 『충무공가승(忠武公家乘)』, 『이충무공전서(李忠武公全書)』.

❑ 조수삼(趙秀三), 〈온정기(溫井記)〉, 『추재집(秋齋集)』卷之八.

❑ 박윤원(朴胤源), 〈유열부전(劉烈婦傳)〉, 『근재집(近齋集)』.

❑ 박준원(朴準源), 〈영인산동석기(靈仁山動石記)〉, 『금석집(錦石集)』.

❑ 남구만(南九萬), 〈온양온천 북탕기(溫陽溫泉北湯記)〉, 『약천집(藥泉集)』28, 기(記).

❑ 송준길(宋浚吉), 〈온천행행도(溫泉行幸圖)〉 서(序), 『동춘당집(同春堂集)』 속집 4.

❑ 조상우(趙相禹), 〈명육남설(名六男說)〉, 『시암집(時庵集)』.

❑ 정두경(鄭斗卿), 〈완급론(緩急論)〉, 〈병자소(丙子疏)〉, 〈시풍(詩風)〉.

❑ 『연천집(淵泉集)』

3) 금석문 자료

❑ 〈상침송씨묘비명(尙寢宋氏墓碑銘)〉 외.

4) 기타 산재 기록

❑ 임원준(任元濬)의 〈신정비(神井碑)〉.

❑ 『온궁사실(溫宮事實)』.

❏ 『영괴대기(靈槐臺記)』.

❏ 영조, 〈온천감회(溫泉感懷)〉.

❏ 박숭고(朴崇古), 『육선생유고(六先生遺稿)』.

❏ 〈맹희도설화〉, 서대석, 『조선조문헌설화집요』 2, 집문당, 1992.

❏ 맹사성, 〈강호사시가(江湖四時歌)〉, 『청구영언』.

❏ 〈맹희도와그아들맹사성〉, 『梅翁閒錄』, 『한국야담자료집성』 7.

❏ 박두세, 『요로원야화기』.
  • 『명엽지해(蓂葉志諧)』, 『연려실기술(燃藜室記述)』, 『기문총화(記聞
    叢話)』, 『대동기문(大東奇聞)』, 이원명의 〈요로원이객문답(要路院二
    客問答)〉, 『동야휘집(東野彙輯)』(정명기 편, 보고사, 1992, 440~492
    쪽.) 등 수재.

❏ 이호빈(李浩彬), 『신정아주지(新定牙州誌)』, 『충청도읍지(忠淸道邑
    誌)』 3, 서울대 규장각, 2001.

❏ 〈열녀(烈女)〉, 이호빈(李浩彬), 『신정아주지(新定牙州誌)』.

❏ 〈열녀(烈女)〉, 『충청도읍지(忠淸道邑誌)』 3, 서울대 규장각, 2001.
    522쪽.

❏ 〈이절부종용취의(李節婦從容取義)〉, 『청구야담』 2권 17화(버클리대본
    『청구야담』 上, 아세아문화사, 1985, 18~19쪽.)

❏ 〈공당문답(公堂問答)〉, 『해동명신록(海東名臣錄)』, 『한국문헌설화』 1,
    건국대출판부, 1998, 103쪽.(이유원(李裕元, 1814~1888)의 『임하필기

(林下筆記)』 수재 〈문헌지장편·공당문답〉, 『기문총화(紀聞叢話)』 4,
558화)

❑ 〈충청도온양금곡서원사실〉, 『열읍원우사적(列邑院宇事蹟)』.

2. 참고 자료 목록

아산군·공주대학교 박물관, 『牙山金石記文』, 아산군·공주대학교 박물
　　　관, 1994.

金百善, 『溫宮六百年』, 韓國藝總 牙山支部, 2000.

忠淸南道歷史文化院, 『牙山 鶴城山城』, 忠淸南道歷史文化院 牙山市,
　　　2006.

민족문화추진회, 『大東野乘』, 민족문화추진회, 1971~1979.

뿌리깊은나무 편집부, 『한국의 발견 충청남도』, 뿌리깊은나무, 1992.

아산군지편찬위원회, 『牙山郡誌』, 아산군, 1983.

溫陽市誌編纂委員會, 『溫陽市誌』, 溫陽市誌編纂委員會, 1989.

온양문화원, 『溫陽牙山의 民俗』 제1집~제5집, 온양문화원, 1992~1997.

아산군 문화공보실, 『내고장 전통가꾸기 : 아산의 뿌리』, 아산군, 1982.

忠淸南道牙山郡 公州大學校博物館, 『牙山의 文化遺蹟』, 忠淸南道 牙山
　　　郡 公州大學校博物館, 1993.

백제문화개발연구원, 『충남지역의 문화유적 : 온양시·아산군편』, 백제문
　　　화개발연구원, 2001.

徐大錫, 『朝鮮朝文獻說話輯要』 2, 집문당, 1992.

허경진, 『충남지역 누정문학연구』, 태학사, 2000.

鄭明基, 〈맹희도와그아들맹사성〉(『梅翁閒錄』), 『韓國野談資料集成』 7, 韓美書籍, 2002.

맹은재, 『古佛孟思誠傳記』, 온양문화원, 1999.

3. 연구 논저 목록

외암사상연구소, 『조선시대 아산지역의 유학자들』, 지영사, 2007.

외암사상연구소, 『아산 유학의 여러 모습』, 지영사, 2010.

외암사상연구소, 『외암 이간의 학문세계』, 지영사, 2009.

구사회·박재연, 〈새로 발굴한 고시조집 〈古今名作歌〉 연구〉, 『시조학논총』 21, 한국시조학회, 2004.

구사회, 〈새로 발굴한 고시조집 〈古今名作歌〉의 재검토〉, 『한국문학연구』 27, 동국대학교 한국문학연구소, 2004.

김동욱, 〈〈土亭〉이야기의 文獻 傳承 樣相〉, 『어문학연구』 1, 상명대학교 어문학연구소, 1993.

김준형, 〈서울과 지방의 경계, 조선후기 아산의 문학적 형상화 양상〉, 『우리문학연구』 41, 우리문학회, 2014.

박성규, 〈외암의 시 세계〉, 『외암 이간의 학문세계』, 지영사, 2009.

박을수, 〈文學作品에 투영된 牙山·溫陽 試考〉, 『순천향어문논집』 2, 순천향어문학연구회, 1993.

손유경, 〈服齋 奇遵의 유배기 작품에 관한 일고찰〉, 『한국교육연구』 34, 한국한문교육학회, 2010.

손지봉·안장리, 〈문학 속의 牙山 연구〉, 『한국민속학』 36, 한국민속학
    회, 2002.

송혁기, 〈외암의 산문 문학〉, 『외암 이간의 학문세계』, 지영사, 2009.

안장리, 〈문학 자료에 투영된 아산의 특징〉, 『열상고전연구』 19, 열상고
    전연구회, 2004.

이남면, 〈아산의 유배문학〉, 『우리문학연구』 41, 우리문학회, 2014.

전성운, 〈아산(牙山) 관련 문헌 기록을 통해 본 지역성(locality)의 변화
    양상〉, 『한국민속학』 50, 한국민속학회, 2009.

전성운, 〈아산현감 토정 이지함의 친민정책과 사상적 배경〉, 『아산 유학
    의 여러 모습』, 지영사, 2010.

전성운, 〈조선시대 온천의 인식 기저와 문학적 형상〉, 『어문연구』 78, 어
    문연구학회, 2013.

II. 牙山의 문학 자료와 지역성

1. 머리말

　특정 지역의 지역성을 밝히려는 연구들이 다양한 차원에서 진행되고 있다. 지역 문화에 대한 조사, 지역의 역사와 문학에 대한 연구, 지역민의 생활과 문화 현상의 연계성에 대한 연구 등이 이루어지고 있다. 연구 내용과 방법을 달리하는 다양한 연구가 진행되며, 이들은 대부분 지자체 시행 이후 해당 지역의 특성화 사업 및 지역 홍보, 지역 경제의 활성화 그리고 관광 개발 등을 목적으로 한다.

　이상과 같은 목적성을 띠는 지역성 연구는 주로 다음과 같은 형태로 이루어진다. 첫째, 지역 현황 조사 연구이다. 이는 지역의 면적, 인구, 특산물 등과 같은 지역 개황적 자료들을 수치화(數値化)한 후 이를 행정 단위별로 개관하며 설명하는 방식이다. 둘째, 역사 자료의 수집과 정리를 중심으로 한 경우이다. 역사적으로 유미한 지역 관련 자료나 인물에 대한 자료를 수집하여 정리하고, 이를 보고서나 책자의 형태로 발간하는 방식이다. 셋째, 유무형의 문화 자료를 수집하고 정리하는 경우이다. 전통 문화 혹은 현존하는 유형, 무형의 자료를 조사,

수집, 정리하여 제출한 경우이다. 여기에는 민속 문화, 구비 문학 등의 자료를 수집하고 정리하거나 지표(地表) 조사를 통해 문화재적 가치가 있는 자료를 개관하는 방식 등이 두루 포함된다. 넷째, 지역 경제의 활성화나 개발 콘텐츠를 연구하는 경우이다. 이것은 생태, 환경, 관광 등의 제반 분야에 대한 연구이되, 그 목적이 철저하게 개발에 맞춰져 있다. 그렇기 때문에 이 연구는 대부분 관광 자원으로서 활용할 가치가 있는 것을 찾고, 그것들을 어떻게 활용할 것인가가 궁극적인 목적이 된다.

지역성 연구를 위한 지역 현황 관련 자료의 수집과 정리나 개발을 목적으로 한 연구 자체가 무의미하지는 않다. 해당 지역의 다양한 자료를 수집·정리함으로써 지역성을 밝힐 토대를 구축할 계기가 마련되기 때문이다. 다만 이와 같은 자료의 수집과 정리가 반복적으로 진행되면서 지역성을 해명하는 데에는 이르지 못한다는 것이 문제이다. 기실 지역성 연구는 지역의 생명력을 포착하고, 이후 진행될 지역학에 활력을 불어넣을 수 있는 단계로까지 이어져야 한다.

그렇다면 구체적으로 지역성 연구의 방향은 어떠해야 하는가. 이에 앞서 지역과 지역성의 개념을 고찰할 필요가 있다. 지역의 의미에는 중심에 대한 주변(周邊), 전체에 대비되는 국지(局地), 부분의 의미가 선입견처럼 내포되어 있다. 마찬가지로 지역성에도 국지성, 주변성에 대한 부정적 선입견이 존재하고 있다. 그러므로 지역성이 내포한 부정적 선입견을 해소하기 위해서는 생경(生硬)한 용어를 선택하거나[1] 지

---

1 문재원의 경우 이와 같은 부정적 측면을 해소하기 위해 로컬(local)이나 로컬리티 (locality)란 용어를 사용하고 있다. 문재원, 〈문학담론에서 로컬리티 구성과 전략〉,

역성을 주변성과 국지성이란 부정적 사고를 제거한 의미로 제한하여 사용할 필요가 있다. 즉 지역성에는 특정한 장소적 정체성(正體性)과 다양성의 개념이 존재하며, 그러한 다양성이 발현될 수 있는 공간적 의미가 내포된다고 이해해야 한다. 요컨대 지역성이란 장소적 정체성과 다양성이 발현되는 장(場)이라는 인식이 필요하다.

  이런 점에서 지역에 대한 연구와 이해는 정치, 경제, 사회, 문화, 생태 등 삶의 제 영역에서 일어나는 복잡한 상호 작용과 경험을 전제로[2] 한 것이며, 구체적 장소성의 발현인 지역성은 고정 불변의 것이 아니라 변화·발전하는 단계에 놓인 지역의 구성적 총체성에 대한 인식이어야 하는 것이다. 즉 지역성 연구는 구체적 장소로서의 지역을 새롭게 주목·발견하고 이것이 역사의 장(場)에서 실천되고 있는지 검토해야 한다. 실제적 활동의 기반이 되는 문화적 맥락을 지닌 유의미한 장소로서의 구체적 장소에 주목해야 하는 것이다.

  아산(牙山)의 지역성 연구도 이와 같아야 한다. 아산이 경험한 역사적 시간 내에서 벌어진 유의미한 경험과 체험, 지속적 운동과 변화의 특징적 모습을 밝히는 것이어야 한다. 아산의 역사적 기원과 사회 변동의 과정을, 고정 불변의 역사적 사실이 아니라 과거로부터 불러내려져 현재적 맥락에 적합하도록 재구성된 것으로[3] 해석해야 한다. 기존의 위계적 질서에서 재배치된 지방 또는 지역의 공간을 뛰어 넘어 새로운 시선으로[4] 지역적 정체성을 드러낼 생성적(生成的) 힘을 보여줘야

『한국민족문화』 32(부산대학교 한국민족문화연구소, 2008), 71쪽.

2 문재원, 위의 논문, 74쪽.

3 홍석준, 〈지역 또는 지방 담론 창출을 위한 지역 전통과 정체성에 관한 연구의 가치와 의미〉, 『지방사와 지방문화』 8권 1호(학연문화사, 2005), 380~384쪽.

한다. 이런 점에서 각 역사적 단계에서 포착한 아산 관련 문헌 기록을
검토하고 이를 통해 아산의 지역성을 밝혀볼 필요가 있다고 하겠다.[5]

2. 문헌 기록에 나타난 아산의 지역성

1) 자기중심적 세계와 그 변화

아산뿐만 아니라 타 지역 역시 역사적 기록이 없기 때문에, 유물에
의존해서 지역성을 추리하거나 단편적 역사 기록을 통해 지역성을 추
출해야 하는 시기가 있다. 이는 통상 삼국시대나 그 이전의 시기에 해
당한다. 다음의 단편적인 기록들은 아산의 정체성을 이해할 단초를 제
공한다.

온조왕 13년 8월에 사신을 마한에 보내 천도를 고(告)하고 마침내

---

4 문재원, 앞의 논문, 92쪽.
5 이에 필자는 아산 관련 문헌 기록을 전면적으로 조사·정리한 후, 이를 토대로 연구를
   진행하였다. 그럼에도 불구하고 이 연구는 일정한 한계를 갖고 있다. 그것은 고려 이전
   의 아산 관련 기록이 매우 적어 지역성을 밝히는데 어려움이 많다는 점과 여타 학문
   분야의 연구 성과를 충분히 수용하는 학제 간 연구를 진행하지 못했다는 점이다. 후속
   연구를 통해 보완할 수 있으리라 기대한다.
   필자가 이 논문에서 연구 대상으로 삼은 자료는 『삼국사기(三國史記)』, 『고려사(高麗
   史)』, 『고려사절요(高麗史節要)』, 『조선왕조실록(朝鮮王朝實錄)』, 『경국대전(經國大
   典)』, 『승정원일기(承政院日記)』, 『일성록(日省錄)』, 『신증동국여지승람(新增東國輿
   地勝覽)』, 『국조인물고(國朝人物考)』, 『사가집(四佳集)』, 『대관재난고(大觀齋亂稿)』,
   『구암집(龜巖集)』, 『아성록(牙城錄)』 등이다. 아산 관련 기록은 아산(牙山), 아주(牙
   州), 신창(新昌), 온주(溫州), 온양(溫陽), 온수(溫水), 탕정(湯井) 등의 지명과 관련을
   조사하여 추출하였다.

강역(疆域)을 정하였으니 북으로는 패하(浿河), 남으로는 웅천(熊津)에 한정하고, 서로는 큰 바다에 접하고, 동은 주양(走襄)에 이르렀다.[6]

온조왕 36년(서기 18) 가을 7월에 탕정성(湯井城)을 쌓고 대두성(大豆城)의[7] 민호를 나누어 이에 살게 하였다.[8]

이들 기록은 아산이 백제의 시조인 온조와 비류 세력이 아산과 그 부근 지역에 자리 잡았음을 알게 하는 기록이다. 물론 역사 기록만으로 모든 것을 단정할 수는 없으나 기록 자체를 준신한다면 아산은 백제 건국 세력이 정착한 곳이 된다.[9] 더욱이 아산의 동쪽으로는 목지국(目支國)이 존재했으며, 남으로는 차령산맥이 있다. 그리고 북으로는 영인지맥(靈仁之脈)으로 불리는 산맥이 요새처럼 둘러싸고 있다. 그것은 목지국과 인접한 꾀꼴성에서부터 수한산성(水漢山城)[10]과 현 아산시 음봉면 신수리에 위치한 무명산성(無名山城) 그리고 영인산에 있는 영

---

6 八月 遣使馬韓 告遷都 遂畫定疆場 北至浿河 南限熊川 西窮大海 東極走壤. 김부식, 김종권 역, 『삼국사기』, 「백제본기」, 〈시조온조왕〉 13년 8월(광조출판사, 1984), 394쪽.

7 대두산성의 위치에 대해서는 의견이 다양하다. 대두산성을 음봉면의 수한산성으로 보자는 견해,(이기백, 웅진시대 백제의 귀족 세력, 『백제연구』 9(충남대학교 백제연구소, 1982).) 영인면의 영인산성으로 보자는 견해(유원재, 〈백제 탕정성 연구〉, 『백제논총』 3(백제문화개발연구원, 1992).)가 있다.

8 秋七月 築湯井城 分大豆城民戶居之. 『삼국사기』, 「백제본기」, 〈시조온조왕〉 36년 7월.

9 아산에는 신석기 및 청동기 시대의 유물이 존재한다. 탕정면 매곡리의 절문토기(櫛文土器), 명암리의 즐문토기와 호형(壺形)의 무문양토기(無文樣土器) 및 횡주어골문토기편(橫走魚骨文土器片), 청동검과 동경 등이 발견된 바 있다. 박순발·성정용·이형원, 〈아산만지역 신석기유적〉, 『백제연구』 제35집(충남대학교 백제연구소, 2002). ; 전영래, 〈금강유역 청동기문화권에 대한 관견〉, 『마한백제문화』 제16집(원광대학교 마한백제문화연구소, 2004).

10 물항산성, 물항성 등으로도 불리고 있다.

인산성(靈仁山城, 薪城山城)으로 이어지는 지형적 특성을 가리킨다. 신석기 및 청동기 유물의 존재, 인접한 지역의 목지국, 백제의 초도지(初都地) 가능성, 산맥으로 차단된 지리적 환경과 여러 산성의 존재는 아산에 독립된 군장 세력이 존재했음을 추정(推定)케 한다.[11]

> 삼한(三韓) 시대에는 산마다 성을 쌓고 각 성마다 군장(君長)을 세워서 서로 공격하였는데 크게 군대를 일으킨 경우가 겨우 20명이었으니, 와우각상(蝸牛角上)의 싸움으로 한 번 웃을 거리도 되지 못한다. 『한서(漢書)』 서역전(西域傳)에서 선환국(單桓國)과 호호국(狐胡國) 같은 소국(小國)들은 정예병이 45명에 불과한데도 보국후(輔國侯)와 좌우도위(左右都尉) 등의 관속을 두었다. 만약 그들로 하여금 전쟁하게 한다면 일부는 나라를 지키고 일부는 출동해야 하기 때문에 마땅히 반으로 나누어야 하니, 그렇다면 또한 20여 명에 불과하였을 뿐이다.[12]

이 기록의 사실성을 구체화하여 따질 필요는 없다. 더 중요한 사실은 삼국 이전 시기 군장 세력이 그리 넓지 않은 강역을 가졌다는 것이다. 한반도에 존재했던 삼국 이전의 군장 세력의 범위는 사방 백 여리(里)였다. 아산 지역 역시 사방 백여 리에 이르는 크기이다. 또한 아산은 서로는 바다, 남과 북으로는 차령산맥의 줄기와 영인지맥에 의해 요새(要塞)처럼 둘러싸인 곳이다. 한마디로 아산은 자기중심적인 독립

---

11 아산 지역이 백제 건국 세력이 자리잡은 초도지가 아닐 수도 있다. 문헌 기록만으로 실제성을 전단(專斷)할 수 없기 때문이다. 그러나 아산이 군장 단위의 독립된 세력이 존재할 수 있는 공간적 특성을 지닌다는 것은 분명하다. 본고는 아산의 공간적 특성에 주목하여 그 정체성을 밝히기 위한 것이 연구의 궁극적 목적이기 때문에 아산과 인접 지역의 초도지 여부에 대한 구체적인 논의는 생략한다.

12 성대중, 〈성언〉, 『국역 청성잡기』(민족문화추진회, 2006), 135쪽.

된 세계를 구축하기에 충분한 조건을 갖추고 있다.

아산은 독립된 세계를 구축할 수 있는 지정학적 위상을 지녔으며, 이런 위상에 걸맞은 실제적 활동이 이루어졌다. 이것은 타 지역과의 빈번한 소통보다는 자기중심적 세계를 구축하고 그 세계의 질서 속에서 존재했음을 의미한다. 이런 점에서 이 시기 아산은 보편성, 주변성보다는 개별성이 강한 독립 세계의 장소적 정체성을 가졌다고 하겠다. 한마디로 삼국 이전 아산의 지역성은 군장이 존재하는 공간, 자기중심적 독립 세계로서의 장소성 발현에 있다고 하겠다.

삼국 후기 및 고려 이전의 시기에 이르면, 이와 같은 자기중심적 독립 세계로서의 공간적 특성은 변화하기 시작한다. 자기중심의 개별적 세계는 소통의 빈번함에 따라 그 소통 차단의 경계가 무너지고 독립성이 사라지게 된다. 그리고 이에 따라 경계적 장소성을 띠기 시작한다. 자기중심적 세계와 경계적 장소성의 길항(拮抗)이 시작되며 갈등하게 된다. 소통의 빈번함이 새로운 질서로의 편입을 유발했다면, 다른 한편에서는 자기중심적 세계의 구심력(求心力)도 여전히 작용한다. 이런 점에서 이 시기 아산은 완전하게 주변으로 종속되거나 재편되지 않은 상태로 존재하였다. 이런 사실은 다음의 인용문에서 좀 더 분명히 확인할 수 있다.

삼근왕 2년 봄에 좌평(佐平) 해구(海仇)는 은솔(恩率) 연신(燕信)과 더불어 무리를 모아 대두성에 웅거하며 모반하니 왕은 좌평 진남(眞男)에게 명하여 군사 2천을 주어 토벌하게 하였으나 이기지 못하고, 다시 덕솔(德率) 진로(眞老)에게 명하여 정병 5백으로 해구를 격살시켰다.[13]

　이 기록을 통해 아산이 전략적 혹은 지정학적 거점이 되었음을 알
수 있다. 이전 시기 대두산성은 자기중심적 세계의 외곽이었다. 그러
나 백제 후기에 이르면 대두산성은 고구려와의 접경을 이루는 국경
요새 혹은 변방의 전략적 요충지가 된다.[14] 해구와 연신이 대두산성을
거점으로 반란을 일으킬 수 있었던 것이나, 그들의 세력이 중앙 정부
에 대항할 만큼 컸던 것은 아산의 자기중심적 특성, 개별적 세계의 장
소성이 완전히 사라지지 않았음을 뜻한다. 그 지역만의 독자성, 개별
성이 있어야 반란군의 거점이나 전략적 요충지가 될 수 있기 때문이다.
　이와 같은 정황은 특정 시기의 자기중심적 독립 세계가 더 큰 세계
로의 통합되는 과정, 즉 질서의 재편 과정을 가리킨다. 아산의 지역적
정체성이 시대적 변이와 인문 환경의 변화에 수응(酬應)한 결과, 아산
의 장소성이 주변, 변경으로 변질되기 시작한 것이다. 아산은 자기중
심적 세계의 장소성이 지역성의 근간을 형성하였으나 다른 역사 시기,

---

13 佐平解仇與恩率燕信 聚衆居大豆城叛 王命佐平眞南 以兵二千討之 不克 更命德率眞老
　 帥精兵五百 擊殺解仇. 『삼국사기』, 「백제본기」, 〈삼근왕 2년〉.
14 백제의 탕정군(湯井郡)이었는데, 신라 문무왕(文武王) 때에, 주(州)로 승격시켜 총관
　 (摠管)을 두었다가 뒤에 주를 폐하고 군으로 하였다. 고려 초기에는 온수군(溫水郡)으
　 로 고쳤으며 현종(顯宗) 9년에 천안부(天安府)로 귀속시켰고, 명종(明宗) 2년에는 감
　 무(監務)를 두었던 것을, 본조 태종 14년에 신창(新昌)과 병합하여 온창(溫昌)이라 칭
　 호를 고쳤다. 태종 16년에 이를 다시 쪼개어 온수현(溫水縣)을 설치하였다. 그리고 세
　 종 24년에 임금이 온천에 거둥하여 지금의 이름으로 고쳐 군으로 승격시켰다. (本百濟
　 湯井郡. 唐咸亨二年, 新羅文武王, 陞爲州, 置摠官, 咸亨十二年, 廢州爲郡. 高麗改爲
　 溫水郡. 顯宗戊午, 屬天安府任內, 明宗二年壬辰, 始置監務. 本朝太宗甲午, 幷於新昌,
　 改號溫昌, 丙申, 復析置縣監.) 『세종실록』, 「지리지」, 〈온수현〉.
　 위 기사는 온양의 지리적 위상 변화를 보여주는 것이다. 온양은 군(郡)에서 주(州)로,
　 다시 군, 현(縣)으로 승격과 강등을 겪는다. 이것은 온양이 전략상 중요한 거점이었을
　 때는 주가 되지만, 평화시에는 군이나 그보다 격이 낮은 현이 됨을 보여준다. 아산의
　 전략적 위치 변화를 잘 보여주는 기록이라 하겠다.

상이한 인문 환경 하에서 달라지기 시작한 것이다. 이런 점에서 아산의 구체적 장소성을 변경성에 국한하여 이해한 것은[15] 편협한 연구 시각의 결과라 하겠다.

2) 결절과 폐쇄의 이중성

삼국시대 고구려, 백제, 신라의 각축이 본격화되고 백제의 강역이 확대되면서 아산의 독립적 세계성은 점차 주변성, 경계성을 띠는 양상으로 변화한다. 자기중심적 세계의 특징이 변질되면서 전략적 요충지가 되며, 지리적 결절점(結節點)으로 장소성을 획득하게 되는 것이다.

> 백제의 장군 김훤(金萱), 애식(哀式), 한장(漢丈) 등이 3천여 명의 군사를 거느리고 청주(淸州)를 침범하였다. 하루는 유검필이 탕정군(湯井郡) 남산에 올라가 앉아서 졸고 있었는데, 꿈에 어떤 큰 사람이 나타나서 말하기를 내일 서원에 반드시 변고가 있을 터이니 빨리 가라고 하였다. 유검필이 놀라 깬 후 그 길로 청주(淸州)로 가서 적군과 싸워 격파하고 독기진(禿岐鎭)까지 추격하였는데 죽이고 포로로 잡은 적이 300여 명이었다.[16]

---

15 아산의 지역적 특성은, "아산은 백제 시대 이래 대개 변경이나 접경 지역으로 존재해왔다."는 말로 설명되곤 했다. (안장리, 〈문학 자료에 투영된 아산의 특징〉, 『열상고전연구』 제19집(열상고전연구회, 2004), 63쪽.)

16 時百濟將金萱·哀式·漢丈等, 領三千餘衆, 來侵青州. 一日, 黔弼登郡南山, 坐睡夢, 一大人言, "明日, 西原必有變, 宜速往." 黔弼驚覺, 徑趣青州, 與戰敗之, 追至禿岐鎭, 殺獲三百餘人. 『고려사』 92, 「열전」 5, 〈유검필〉.

다양한 측면에서 해석될 수 있는 설화적 기록이다. 그러나 아산의 지역적 특성이란 측면에서 보면 다음과 같은 의미를 지닌다. 첫째, 아산이 전략적 요충지로서의 특징을 갖추고 있는 사실이다. 유검필이 탕정의 남산에 올랐다는 것은 그가 이 지역에 주둔했음을 뜻한다. 즉 아산은 후백제와 고려의 전쟁이 벌어지는 접경지대였고, 그 시기 전략적 요충지였던 것이다. 이것은 아산이 한반도 중부권에 중핵적 결절점이었음을 의미한다. 실제로 아산은 한반도 중부의 전략적 거점인 청주와 곧바로 연결되며 동시에 바다로 진출할 수 있는 요로(要路)이다. 둘째, 유검필의 꿈에 남산의 산신(山神)인 대인(大人)이 나타났다는 점이다. 산신은 지역을 관장하는 지역신이며, 그 지역의 독자성을 상징하는 존재다. 탕정 남산의 산신이 유검필을 도왔다는 것은 아산 지역민이 후백제보다 고려를 지지했음을 뜻한다. 동시에 아산 지역이 고려와 후백제 사이에서 독자적 견해를 표출할 수 있을 정도의 독립 세계의 특성을 여전히 간직하고 있음을 드러낸다. 아산은 전략적 요충지로 새로운 질서에 편입되면서도 여전히 자기중심적 세계의 특징을 간직하고 있었던 것이다.

> 정미일(23일)에 고종 23년(1236) 8월 23일 몽고군 100여 명이 온수군 (溫水郡)으로부터 차현현(車懸峴)으로 남하하였다. 무신일(24일)에는 몽고군이 남경, 평택, 아산, 하양창 등에 나누어 주둔하였다.[17]

---

17 丁未, 蒙兵百餘人, 自溫水郡南下, 趣車懸峴. 戊申, 蒙兵分屯于南京平澤牙州河陽倉等 處. 「고종세가」 23년 8월 23~24일, 『고려사』 23권.

충주도순무사(忠州道巡問使) 한취(韓就)가 아주(牙州) 바다 섬에서 배 9척으로 몽고 군사를 치려하였더니 몽고 군사가 반격해 와서 한취의 군사를 다 죽였다. … 동년 6월 1일에 장군 이천(李阡)이 온수현(溫水縣)에서 몽고군과 싸워서 적 수십 명의 목을 베었고 납치되어 갔던 남녀 1백여 명을 탈환하였다. 최항이 은 6근으로 이천의 군사들에게 상을 주었다.[18]

이 같은 정황은 몽고군의 침입 및 주둔, 몽고와의 전투에 대한 기록에서도 알 수 있다. 아산은 해로(海路)로 당시 수도였던 강화와 직접 통할 수 있는 길목이자 내륙 깊숙한 곳으로 연결되는 지점에 있었다. 몽고군이 평택, 아산, 하양창 등지에 주둔한 것은 바로 이런 전략적 요충지를 택한 것이다. 또한 한취가 피난민을 이끌고 주둔했던 아주(牙州)의 섬은 선장도(仙藏島, 현 아산시 선장면)로, 몽고군의 강화 공략을 차단하기 위한 것으로 볼 수 있다. 요컨대 한취가 선장에 주둔한 것이나 강화 조정에서 이천 부대를 파견하여 아산 지역의 몽고군을 치게 한 것도 아산과 강화의 직접적 연결로인 해로의 장악이라는 전략적 필요성 때문이었다.

이처럼 전쟁 시에 전략적 요충지였던 아산은 평소에는 어염과 조운의 근거지였다.[19] 아산의 장소성에 일대 변화가 온 것이다. 물론 그런

---

18 忠州道巡問使韓就, 在牙州海島, 以船九艘, 欲擊蒙兵, 蒙兵逆擊, 盡殺之. 蒙兵入忠州 屠州城.…중략… 壬午, 將軍李阡與蒙兵, 戰于溫水縣, 斬數十級, 奪所虜男女百餘人. 崔沆以銀六斤賞士卒.「고종세가」43년, 4월. 6월, 『고려사』24권.
19 아산 지역에 하양창이 세워진 것은 10세기 초인 고려 정종이다. 그렇기 때문에 이 시기를 전후하여 아산이 본격적인 해로의 중간 거점, 한반도의 지리적 결절점으로 변화된 모습을 보였다고 할 수 있다. 〈志食貨〉, 〈漕運條〉, 『고려사』79권.

변화는 점진적인 것이었고, 단계적이고 획기적인 것은 아니었다.

> 몽고군이 온수군(溫水郡)을 에워쌈에 그 고을 아전 현려(玄呂) 등이
> 성문을 열과 나가 싸워서 적을 크게 부수고 적 2명의 목을 참수하였으
> 며 우리 측 화살과 돌에 맞아 죽은 자가 2백여 명이요, 노획한 병기가
> 매우 많았다. 왕은 그 고을 성황당 귀신이 음으로 도와 준 공이 있다
> 하여 성황당에 신호(神號)를 더 붙여 주고 현려를 그 고을 호장(戶長)으
> 로 임명하였다.[20]

몽고군과 온수군 백성이 전투를 벌여 승리했는데 그 포상의 핵심이
온수군 성황당 당신(堂神)이라는 점이 이채롭다. 당신의 존재는 흡사
후백제와 지역 패권을 두고 전쟁을 벌이던 고려 초기, 남산의 산신과
유사한 의미를 갖는다. 성황당 당신은 지역신으로 지역민의 화복(禍福)
을 관장한다. 성황당 당신이 강력한 의미를 가진 존재라는 것은 지역
적 개별성과 독립성이 여전히 강했음을 의미한다. 즉 아산에 자기중심
적 세계의 독립성이 아직도 잔존함을 상징적으로 보여준다. 더욱이 호
장 현려가 지역민을 이끌었다는 것은 토착적 독자 세력이 강력한 힘을
발휘하고 있음을 의미한다.

백제시대 대두성이 반란의 근거지였던 것이나 몽고군을 격퇴하는
데 토착 세력이 중추적 역할을 했다는 것, 또한 아산 지역을 중심으로
입보(入保)나 피난이 이루어졌다는 것 등을 보면 아산 지역이 독자적

---

20 九月丁巳, 蒙兵圍溫水郡, 郡吏玄呂等, 開門出戰, 大敗之. 斬首二級, 中矢石死者二百
餘人, 所獲兵伏甚多. 王以其郡城隍神, 有密祐之功, 加封神號, 以呂爲郡戶長. 「고종
세가」 23년 9월, 『고려사』 23권.

세계를 형성하는 장소적 특성을 유지했음을 알 수 있다.[21] 그런데 이 시기 아산의 장소성에 새로운 공간적 특성이 첨가된다. 지리적 결절성에 수반된 새로운 면모를 갖추기 시작하는 것이다. 그것은 아산이 문화적 공간으로의 발전하게 되었음을 의미한다.

문종 36년(1082) 9월 계미(癸未) 일에 남방으로 순행하여 정해(丁亥) 일에는 봉성현(峯城縣; 파주)에 머물러 중양연(重陽宴)을 배설하고 양부의 관원들과 측근 신하들에게 명령하여 "도중에서 중양절을 만났다(途中遇中陽)"는 표제로 시를 짓게 하였으며 계묘일에는 천안부(天安府)에 머물렀고 을사(乙巳) 일에는 온수군(溫水郡,)에 당도하였다. 겨울 10월 초하루 무신(戊申) 일에 왕이 친히 지은 "늦은 가을에 남행하여 천안부에 머물렀다(暮秋南幸次天安府)"는 시구를 보이면서 측근 신하들에게 그 운자에 의하여 화답시를 짓게 하고 등수를 정하였는데 그 중에서 좌산기상시 이의(李宜)의 시가 가장 우수하여 사람들을 경탄케 하였다. 왕이 그를 가상히 여겨 말 한 필을 주고 기타 관원들에게는 비단을 차등 있게 주었다. 신해(辛亥) 일에 재상들이 글을 올려 온천에 행차한 것을 축하하였다. 경신(庚申) 일에 왕이 온천에서 출발하여 계해(癸亥) 일에는 천안부에 도착하였다.[22]

---

21 "그 산(영인산) 마루에 옛 성 두 개를 연해서 쌓은 것이 있는데, 북쪽성은 석축으로 둘레가 480척에 높이 10척이며 안에 우물이 있고 날이 가물면 이곳에서 비를 빈다. 남쪽 성은 둘레가 480척에 높이 4척인데 옛날 평택 사람이 난리를 피하여 우거한 사실이 있어 평택성이라 이름했다."는 (『세종실록지리지』, 충청도 아산현.) 기록이나 "고종 43년 병란을 피하여 선장도(仙藏島)에 들어갔으며, 후에 출륙했다."는 기록 등을 통해서 확인할 수 있다. (〈지리지〉, 〈天安府條〉, 『고려사』 56).

22 九月癸未, 王南巡. 丁亥次峯城縣, 設重陽宴, 令兩府及侍臣賦 '途中遇重陽'詩, 癸卯次天安府, 乙巳至溫水郡. 冬十月戊申朔, 宣示御製, '暮秋南幸次天安府'詩, 命近臣依韻和進第, 其甲乙左散騎常侍李顗詩最警絶, 王嘉歎賜廐馬一匹, 其餘賜絹有差. 辛亥宰臣以幸溫泉表賀. 庚申發溫泉, 癸亥次天安府. 『고려사』 9, 문종 36년 9월 계미.

위 기록은 아산의 새로운 면모를 느낄 수 있게 한다. 그것은 아산이, 왕이 순행할 때에 머무는 거점 지역이자 풍요로운 유흥을 벌이는 공간이 되었다는 사실이다. 왕의 순행은 중앙 정부의 찬란한 문화적 능력을 해당 지역에 과시함으로써 지방 세력의 저항을 최소화하려는 정치적 의도를 지닌다. 그러나 여기에서 왕의 아산 온행(溫幸)이 본격화 되고 있음을 알 수 있다. 물론 이것만으로 아산이 본격적인 문화 도시로 성장했다고 주장할 수는 없지만, 아산이 휴양과 놀이의 문화 공간으로 성장하고 있음은 분명히 드러난다.

요컨대 아산은 자기중심적 세계의 장소성을 탈각하고 전략적 거점, 지리적 결절점이란 장소성을 획득한다. 또한 이런 개별성의 파괴는 아산이 새로운 장소성, 문화 공간으로의 아산으로 변화를 동반한 것이기도 하다. 온행과 유흥의 문화 공간이 됨으로써 휴양지로 발전할 가능성을 보여준 셈이다. 다만 이를 문학, 문화 지역으로 완전한 성장, 혹은 완전한 발현이라 부를 수는 없다. 오히려 고립적 문화 공간이며 전략적 요충지, 피난지였다고 해야 할 것이다. 이런 점에서 이 시기 아산은 지리적 결절점이자 제한적 문화 공간의 장소성을 가지게 되었다고 할 수 있다.

3) 주변과 경계성의 공간

아산을 둘러싼 외부 세계 질서의 재편에 따라 아산의 지역성은 새로운 질서에 합당한 지역성을 띨 것을 요구받게 된다. 특히 조선의 건국과 이에 따른 중세적 질서의 공고화의 과정에서 아산은 혼란과 소동, 갈등을 겪게 된다. 다만 아산 지역에서 보이는 혼란과 조정을 누구의 시선으로, 어떻게 보는가에 따라 그 의미가 달라질 수 있다.

아래의 세 인용문은 현재 아산의 일부인 신창과 아산(현 아산시 인주면)에 관련된 기록이다. 그런데 그 내용이 민망할 정도로 참혹하다. 아산 지역의 지리적 폐쇄성과 지역민에 대한 부정적 인식이 부각되어 드러난다.

> 김율이 말하기를 이 고을이 지역이 좁고 백성이 적으며 토질이 박하고 산물이 적은데다가 아전들은 교활 완악하고 백성 역시 시끄럽고 또 송사를 좋아하는데 반하여 나는 서리고 얼킨 것을 다스리어 변별할 재간이 없어 다만 요동하지 않도록 할 따름이요 너그럽게 대할 따름이다. 나는 '옛 사람이 말하기를 작은 고을을 다스릴 때는 생선을 삶듯이 조심하라고 했으니 그대가 현을 다스리는 것이 거의 요체를 얻었다 할만하구료.' 하였다.[23]

인용한 부분은 신창과 지역민에 대한 묘사로, 중앙관리의 입장에서 본 토착 세력의 형상과 반발, 중앙의 질서에 편입되기를 거부하는 토착 지배 세력의 반발을 보여주는 것이다. 좁은 지역, 적은 수의 백성, 척박한 토질, 풍성하지 못한 산물 등에 대한 묘사가 앞선다. 그런데 이어지는 내용은 그것뿐만이 아니다. 교활하고 완악한 아전과 송사를 좋아하는 백성이란 설명이 등장한다. 신창과 신창 지역민에 대한 중앙의 관리의 부정적 인식이 노골적으로 드러나고 있다. 이는 중앙과 지

---

23 金曰, 縣地狹而人寡, 土瘠而産少, 吏黠以頑, 民囂且訟. 慄無盤錯之才, 但勿擾而已. 子曰 古人云治小邑, 如烹鮮, 君之爲縣, 庶幾得體矣. 〈신창현공북정기(新昌縣拱北亭記)〉, 『사가집』 2(민족문화추진회, 1994), 207쪽.

역의 갈등이 범상치 않았음을 보여줌과 동시에, 거꾸로 지역민의 폐쇄적 단결성을 드러낸다. 고을 수령이 백성과 아전이 요동하지 않게 할 따름이었다고 고백하는 것은, 이 지역민이 외부 지배 세력에 매우 배타적이었음을 뜻한다. 요컨대 이 기록은 신창이 중앙집권적 통제 질서에 편입되는 과정에서 지역 지배 세력의 반발을 부정적으로 묘사한 것이다. 물론 이는 조선 전기 한반도 전역에 대한 중앙의 통제권이 강화되는 과정에서 지역 토착 세력의 반발을 그린 일반적인 사실의 하나로도 볼 수 있다.[24]

신이 아산(牙山)의 아전을 보건대, 모두 속임수를 써서 수령(守令)을 모해(謀害)하기를 일삼고 있습니다. 또 관사(官舍)가 허물어지고 좁고 더러운데도 재목(材木)의 산지(産地)에서 멀어 영건(營建)할 길이 없고, 그 기지(基地)가 큰물에 세차게 충격(衝激)하여 장차 가라앉을 형세입니다. 더구나 역리(驛吏)들의 장고(狀告)에 수령(守令)이 사망(死亡)한다는 말은 비록 괴탄(怪誕)하지만, 그러나 일찍이 수령(守令)을 지내고 살아 있는 자는 적고 죽은 자가 많으니, 역리(驛吏)의 말이 빈 말은 아닌 것 같습니다.[25]

---

24 이런 점에서 이지함 관련 설화는 주목할 만하다. 이지함은 아산에 부임하여 군역, 어업, 백성들의 복지 등과 관련된 개혁 정책을 편다. 그러나 그의 정책이 본격적으로 실행되기도 전에 이질(痢疾)에 걸려 죽는다. 그러나 설화는 이지함의 개혁에 아산 지역 토착 세력인 아전들이 반발하여 죽이는 것으로 그리고 있다. 이지함이 아전들에게 독살되었다는 것이다. 이런 설화의 존재는 중앙과 지방 토착 세력의 갈등을 상징적으로 드러내고 있다.

25 臣見牙山之吏, 咸以欺詐謀害守令爲業. 且官舍頹圮隘陋, 而遠於材木産地, 營建無由, 且其基地大水衝激, 勢將摯溺. 況驛吏狀告守令死亡之說, 雖怪誕, 然曾經守令生者少死者多, 驛吏之言, 似爲不虛. 『세조실록』 권15, 세조 5년 정월 병오.

충청도 관찰사 황효원의 계문(啓文)의 내용이다. 황효원은 아산현의
혁파를 건의한다. 그 과정에서 아산의 사나운 물정과 인심을 말하고
있다. 아산 아전의 극악함, 관사 시설의 열악함, 바다와 인접한 까닭
에 발생하는 큰물의 범람 등이 그 중심 내용이다. 게다가 흉흉한 인심
및 중앙 관리의 이어지는 죽음[26] 등은 과장적이다 싶을 정도이다. 황
효원이 아산 지역에서 일으킨 부정부패 사건으로 탄핵을 받는 것을
보면, 이것이 사실의 전부는 아닐 수도 있다. 그러나 이런 부정적 인식
이 어느 정도 존재했던 것은 틀림없다. 특히 아전의 속임수와 모해에
대한 기술이 빈번하다. 이는 아전들이 자신들의 지역 지배권을 중앙
관리에게 뺏기지 않으려는 시도였다고 볼 수 있다.

현감 최후(崔侯) 안정(安正)이 계사년에 비로소 본관에 이르러 백성
들에게 농사와 누에치기를 권장하여 위엄과 은혜가 아울러 나타났으
며, 그 다음해에는 인심이 화열하고 농사 또한 풍등(豐登)하였는지라,
노는 사람들을 모집하여 재목을 취해 오고 기와를 구어, 객사(客舍)의
최절(催折) 부패한 부분은 이를 바꾸어서 견고 정치(精緻)하게 하고,
무너지고 떨어져 변별할 수 없는 부분은 이를 도식(塗飾)하여 선명하게
하였으며, 또 학당(學堂)을 증설하여 고을 자제들의 과독(課讀)을 권장
하였다.[27]

---

26 이와 관련하여 다음과 같은 기록은 주목된다. "어떤 사람이 일찍이 그 바위에 글을
쓰기를, '괴석(怪石)이 신기한 부처를 이루어, 3년 동안에 다섯 원님을 갈려 보냈다네.
강바람이 부끄럼이 있다면, 눈을 몰아쳐 산의 얼굴을 가리우리라.' 하였다. 괴석이 신
기한 부처를 이루었다는 것은 토착신을 상징한다고 볼 수 있다. 그리고 다섯 원님이
갈리웠다는 것은 토착 세력과 중앙 파견 관리의 갈등에서 토착 세력이 승리했던 것으
로 해석할 수 있다. 『신증동국여지승람』 권20, 〈아산현 고적조〉.
27 『신증동국여지승람』 권20, 〈아산현 고적조〉.

『신증동국여지승람』고적조에 있는 여민루(慮民樓) 관련 설명에 붙은 주석의 일부이다. 그런데 이 기록도 아산에 대한 부정적 인식의 범주에서 크게 벗어나 있지 않다. 다만 이 기록은 중앙 통치 세력이 새로 지역의 질서를 잡아가는 과정을 긍정적으로 증언하고 있다는 점이 다르다. "위엄과 은혜가 드러"나 "퇴락한 객사를 수리"했다는 것은 갈등의 해결을 시사(示唆)하는 표현이다. 또한 양잠이나 농업과 같은 생업 정책, 학당의 증설과 과독과 같은 교육 정책이 행해졌다는 것은 중앙의 통치 질서가 잡혀가는 것을 의미한다. 여민루의 건립도 그런 과정의 일환이다. 누정을 건립하며 굳이 '백성을 생각한다'는 의미의 여민이 이름을 붙인 것도 아산이 중앙의 통치 정책에 편입되었음을 보여준다. 중앙집권적 통치 질서가 점차 아산 지역에 정착되어 가는 양상이라 하겠다. 이런 특징은 훨씬 다양해진 개인적인 기록에서도 그대로 나타난다.

孤囚海一徼	외로운 죄인은 바다 한 모퉁이에서
魚鳥但相群	다만 물고기, 새와 어울릴 뿐
淚暗關山雪	눈물은 관산(關山)의 눈을 가리지만
心飛故國雲	마음은 고향 구름되어 날아가네.
雁風霜氣逼	기러기는 풍상에 기운이 핍진하고
燈雨夜光分	등불은 밤비에 빛이 흩어진다.
苒苒芳年暮	꽃다운 젊은 시절 저물어가니
隔江空憶君[28]	부질없이 강 너머 그대를 생각하네.

---

28 기준, 〈아산적거영회〉, 『덕양유고』(민족문화추진회, 1994), 300쪽.

기준(奇遵, 1492~1521)이 윤자임(尹子任)에게 부친 시이다. 기준은 아산에 유배되어 있다가 후에 온성(溫城)으로 이배(移配)된다. 그런데 기준의 시에 그려진 아산은 척박한 바닷가 땅이다. 바다 한 모퉁이, 강 너머에 있는 그대와는 현격한 공간에 있다. 기준에게 아산은 현실과 격절(隔絶)된 소외된 공간이자 유배의 공간일 따름이다. 중앙 문화, 중앙적 질서에서 철저하게 소외된 공간으로 인식되었다. 그러나 신창과 아산에 대한 부정적 인식이 현재 아산 지역의 장소적 특성을 전부 드러낸다고 할 수는 없다. 현재의 아산 지역에 대한 당시의 인식은 곳에 따라 차이가 있다. 이것은 동시대 공세곶창과 온양에 대한 기록에서 확인할 수 있는 바다.

공세곶창은 아산천과 삽교천이 갈라지는 곳, 경기도와 충청도가 만나는 지점에 위치한다.[29] 경기도의 화성, 평택, 충청도의 천안, 예산, 당진 등의 경계로 아산현에서 서쪽으로 10리 떨어진 곳에 자리하고 있다. 고려 때부터 조세창으로 성장하기 시작하여, 조선에 이르면 충청도 16개 고을의 세곡을 조운하게 된다. 그리고 후에는 인근의 범근천의 역할까지 흡수하여[30] 전라 충청의 중추적 조세창으로[31] 성장하게 된다. 이런 공세곶창의 위상은 중종 때에는 80여 칸의 수납 창고를 짓게 됨으로써[32] 더욱 공고해진다.

---

29 『경국대전(經國大典)』 권2, 호조(戶曹) 〈조운조(漕運條)〉 참조.
30 충청도내 조운의 경우 면천의 세곡은 범근천으로, 아산의 세곡은 공세곶으로 수송하던 것을 후에는 공세곶으로 단일화한다. 『조선왕조실록』, 세종 7(1425)년.
31 전라도 상도 덕성창에서 받는 조세를 충청도 범근내와 공세곶으로 나누어 받게 하는 방안 논의. 후에 전라도 상도의 전세는 모두 공세곶으로 수송케 한다. 『조선왕조실록』, 성종 11(1480)년.
32 아산 및 39개 고을의 세곡을 수납 창고가 없이 노상에 쌓아두다가 중종 18년(1523)에

그런데 공세곶창의 성장은 중앙과 직접적으로 연계되었기 때문에 가능한 것이었다. 애초 공세곶창의 배와 운송 책임자는 아산 현감이 아닌 삼도제찰사나 해운판관(海運判官)이었다. 이는 공세곶창의 위상이 아산이나 신창과는 격이 달른 공간이었을 뜻한다. 실제로 공세곶창 관리는 아산이 중앙 질서에 완전히 편입된 이후, 1762년에 이르러서야 아산 현감의 책임 관할로 이관된다. 이런 점에서 조선 초기부터 공세곶창이 중앙 관리들에게 긍정적 인식의 대상이 된 것은[33] 어쩌면 당연하다고 하겠다. 일찍부터 중앙정부의 직접적 관리 하에 중앙 질서에 편입되었기 때문에 긍정적으로 바라볼 수 있었던 것이다. 요컨대 고려부터 존재하던 조운창인 공세곶창(貢稅串倉)은 충청도의 전세를 거둬들이는 중앙의 요로이자 긍정의 대상이었던 것이다.[34]

그렇다면 온양에 대한 시선은 어떠한가. 사실 온양에 대한 긍정의 정도가 다른 지역보다 훨씬 크다. 조선 전기의 온양에 대한 개인적인 묘사는 찬사 일색이다.[35] 심의(沈義)의 〈차온양시판운(次溫陽詩板韻)〉을

80칸 창고 축조하여 보관케 한다. 『신증동국여지승람』 권20, 〈공세곶창〉.

33 이숙함(李淑緘)이 시로 그려낸 〈온양팔경(溫陽八景)〉 가운데는 공세창의 조운선에 관한 내용이 들어 있다. 이숙함에게는 공세창이 긍정의 대상이었다.

34 이와 관련해서 다음의 논문을 참고할 수 있다. 최완기, 〈조선시대 아산 공진창의 설치와 운영〉, 『전농사론』 7, 송람이존희교수정년기념호(서울시립대학교 국사학과, 2001). ; 이왕기·이정수·임초롱, 〈조선시대 아산 공세곶세창의 배치 특성에 관한 연구〉, 『건축사연구』 제16권 3호 통권 52호(건축역사학회논문집, 2007).

35 조선 초기 온양 지역과 관련된 문화적 면모의 증대는 놀라울 정도다. 세종 때, 임시 행궁을 25간의 행궁으로 확대되었고 이후 국왕들의 지속적이고 반복적으로 온행을 함으로서 온양 지역에 대한 찬양과 왕의 은혜로움을 노래하는 문학 작품이 우후죽순처럼 창작될 수 있었다. 대강을 들면 다음과 같다. 하연(河演)의 〈하온양신명(賀溫陽新命)〉, 〈온양우음(溫陽偶吟)〉 최항(崔恒)의 〈호종온양증고령릉성(扈從溫陽贈高靈綾城)〉, 〈기온양호종제현삼수(寄溫陽扈從諸賢三首)〉, 신숙주(申叔舟)의 〈대가장환희시

보자.

雨後屛顔十倍淸　　비온 후 잔약한 얼굴이 열배나 맑아지고
却繼蒼翠礙雙明　　도리어 푸른 물총새를 따르니 밝은 눈이 장애가
　　　　　　　　　되도다.
靈泉絶勝金丹熟　　신령스런 샘과 승경, 금단을 달인 듯
便作神仙地上行[36]　문득 신선이 되어 지상을 다니네.

온양은 "신령스런 샘과 뛰어난 경치"를 갖춘 곳이며, "신선"이 되어
다닐만한 곳이다. 온양은 천혜(天惠)의 휴식 공간이다. 이런 점에서 아
산에서 온양과 온양 이외의 지역이 완전히 분리되어 있다. 온양은 국
왕의 온행이 행해지는 곳이다. 당연히 국왕의 거둥에 따른 각종 행사
와 의식, 특혜가 베풀어지게 된다. 이런 점에서 온양은 문화와 휴양의
공간으로 확연하게 자리하였다. 개인적인 기록을 남긴 사람들은 온양
이 풍성하고 따뜻한 문화의 공간이자 여유로운 문학의 공간으로 인식
하였던 것이다. 인접한 신창과 아산이 처참한 곳이라면 온양은 별세계
였다.

령성제공(大駕將還戱示寧城諸公)〉, 〈우음정정부제공온양호가시(偶吟呈貞父諸公溫陽
扈駕時)〉, 박팽년(朴彭年)의 〈온양창화시서(溫陽唱和詩序)〉, 이숙함(李淑瑊)의 〈온양
팔경(溫陽八景)〉(팔경은 온궁의 상서로움, 온천의 치병, 국왕의 사온, 신기한 우물,
광덕산의 풍광, 공세창의 조운선, 온천 서쪽의 소나무산, 보리밭을 가리킴.) 이륙(李陸)
의 〈온양동헌(溫陽東軒)〉 등이 있다. 여기서 이숙함의 온양팔경은 중앙 문화와 질서가
명백하게 자리잡은 공간 속에 위치하는 것들 혹은 그와 같은 것을 상징하는 것들이라는
사실에 주목할 필요가 있다.

36 심의, 〈차온양시판운(次溫陽詩板韻)〉, 『대관재난고(大觀齋亂稿)』(민족문화추진회,
　　1994), 168쪽.

溪亭幽且靜　　시내 정자 그윽하고 조용해
光景雨餘朝　　모습은 비 온 뒤의 아침과 같아
波際魚游樂　　물결 이는 때는 물고기 놀 때요
林間鶯語嬌　　수풀 꾀꼬리 소리 아양스럽다.
莎平宜細履　　향부자 평평한 곳에 고운 신발이 마땅하고
灘急合橫橋　　여울 급할 땐 건너는 다리가 적당하다.
最愛蒼髥客　　가장 사랑스러운 것은 푸른 수염의 손님이요
淸陰晚更饒[37]　맑은 그늘에 저녁 더욱 풍요롭다.

이정(李楨)의 〈온양송정(溫陽松亭)〉이란 작품이다. 온양의 여유로움과 고요, 그 풍성한 한가함이 느껴진다. 냇가에는 물고기가 놀고, 수풀에는 꾀꼬리가 운다. 고운 신발을 신고 다리를 건너 소나무가 있는 정자의 그늘 아래에서 여유있게 휴식을 취한다. 그곳에는 풍요로운 기운이 가득하다. 온양을 여유와 낭만의 시선으로 포착하고 있다. 특히 소나무 정자 아래에서 느끼는 정취는 한없이 한가하고 풍성하기만 하다. 신창과 아산에서 보였던 각박(刻薄)함과 야만적 면모는 전혀 존재하지 않는다.

　이상의 기록들은 아산의 이중성을 대변한다. 현재 아산의 신창과 인주 관련된 기록들은 격절된 폐쇄의 공간이 중앙의 질서에 의해 재편되고 있음을 보여준다. 이 지역이 오랫동안 간직했던 폐쇄적 독립성, 지역적 결절성을 떨치고 새롭게 중앙 질서에서 편입되는 과정에서 혼란과 소동을 겪고 있음을 드러낸다. 반면 공세곶창과 온양은 이

---

37 이정(李楨), 〈온양송정(溫陽松亭)〉, 『구암집(龜巖集)』 卷之一(민족문화추진회, 1994), 470쪽.

미 중앙 질서에 편입된 상태다. 그렇기 때문에 신창과 아산, 온양, 공세곶창에 대한 역사기록이 각기 다르게 포착된 것이다. 조선 초기에 이미 온전한 질서 재편이 이루어진 온양과 공세곶창의 경우 긍정의 대상이지만, 아산과 신창은 여전히 폐쇄적 독립 공간의 면모를 지닌 채 토착 지배 세력과 중앙과의 갈등 및 조정이 이루어지고 있었던 것이다.

4) 주변화와 경계성의 안착[38]

16세기를 거쳐, 17세기에 이르면서 아산은 거의 완전하게 중앙의 질서에 편입된다.[39] 기존과는 다른 새로운 아산의 구체적 장소성이 발현되기에 이른다. 그것은 주변과 경계성으로 특징지을 수 있는 것이다. 아산의 지역성으로 주변과 경계성이 확연히 발현되기에 이른다.

平湖控西海 地逈洲渚長
평평한 호수가 서해로 이어지며 해안이 멀리까지 길게 뻗었고.

---

38 근대 이후 아산의 지역성에 대한 고찰은 생략한다. 다음 두 가지 이유 때문이다. 그것은 근대 이후의 광범한 자료에서 아산의 구체적 장소성을 추출하기 곤란하였으며, 근대 이후 아산 관련 역사 기록에서 주변성과 경계성을 대신할만한 요소를 찾지 못했기 때문이다.

39 조선후기 아산과 관련된 관찬 기록은 여타 지역의 것과 크게 다를 바 없다. 『조선왕조실록』에 나타난 조선후기 아산 관련 기록은 가뭄과 해일의 자연재해와 사건 사고가 주를 이룬다. 또한 아산 지역의 척박하고 완악함에 대한 묘사도 사라진다. 이것은 아산이 중앙의 질서에 편입되었음을 의미한다. 다만 이에 대한 구체적인 예거(例擧)는 생략한다.

瀰漫斥鹵場 自古耕鑿妨
염전이 여기 저기 널려 있어 예로부터 농사짓기 어렵도다.

有山蟠浦口 隱若龜尾藏
포구엔 산자락이 둘러 거북이 꼬리를 감추고 있는 듯하네.

漁屋類蜂戶 櫛櫛枕連岡
어촌이 벌집처럼 늘어서 산등성이까지 즐비하고

巷陌分向背 門戶異陰陽
길이 갈라진 마을의 골목, 대문의 방향이 제 각각이네

晝夜再上潮 舴艋隨風揚
밤과 낮 두 차례 밀물 때면 거룻배들이 바람이 흔들리고

牙檣竝茅棟 緋纚繫籬傍
상아 돛대와 깃발 다는 기둥을 밧줄로 울타리 곁에 매어 놓았네.

朝晡煙在川 酒熟篷底香
아침 포구엔 안개가 피고 봉창 아래엔 술 익는 향기 그윽하네.

生涯寄波濤 巨壑爲倉箱
생애를 파도에 맡기고 큰 골짜기를 곳집으로 여기며

丈夫半浮居 婦女實行商
남자는 반생을 배 위에서 지내고 부녀자는 생선 행상을 하는데

魚腥走遠市 頂戴日奔忙
생선을 먼 저자까지 가서 파느라 날마다 바삐 이고 다니네.

赤身五歲兒 不知室處涼
벌거숭이 어린 아이는 집안이 처량해도 아랑곳하지 않고

觸熱拾蝦蟹 泥水猶康莊
뙤약볕에서 새우, 게 잡으며 진흙 속에 뒹굴어도 건강하기만 하네.

操舟復幾時 大小俱肯堂
배 부리는 일 얼마나 했기에 어른 아이 모두 힘줄이 솟았네.

山林跡獸蹄 列肆謹裝囊
산림에서 짐승을 쫓고 가게에 늘어놓은 것 장식물뿐이네.

四民各劬勞 萬貨通農桑
모든 백성들이 각각 노력하여 온갖 재화가 농촌에 통하니
物理庶可齊 貴在事天常
물리가 곳곳에 가지런히 퍼지고 천리를 섬기는데 귀함이 있다네.
吾衰苦漂泊 拙分甘秕糠
늙은 이 몸 괴롭게 떠돌아다니며 거친 음식도 분수에 맞게 여기고
臨盤愧飣飯 素餐中黯傷
밥상 앞에서 부끄러워 먹지 못하니 소박한 음식에도 마음이 아프네.
嗟嗟將奚適 終老蛟蜃鄕[40]
아 장차 어디로 가야하나, 바닷가 고장에서 늙다가 죽어야 하나?

이민구(李敏求, 1589~1670)의 작품이다. 그는 인조 때, 청(淸)을 등에 없고 조선 조정을 농락하던 정명수(鄭命壽)의 처제를 첩으로 삼았고, 정명수의 구명으로 유배에서 풀려난 인물이다. 이 시가 수록된『아성록(牙城錄)』은 그가 계미년(1643) 11월에 아산으로 이배(移配)되어 1647년 해배될 때까지의 쓴 시를 책으로 엮은 것이다. 여기에는 공세창, 이순신묘, 영인산 등 아산 관련 유물, 유적 등에 관련된 작품이 많다.

그의 작품에는 기본적으로 유배된 지역의 궁핍성이 드러난다. 그러나 아산 지역의 폐쇄성과 야만성을 그리는 데에는 이르지 않고 있다. 오히려 가난하지만 생동감 넘치는 어촌 풍경이 잘 드러난다. 이 작품은 16구까지 어촌의 풍경을, 17~34구까지는 어촌 사람들이 환경 조건 속에서 천리(天理)에 순응하며 풍요롭게 사는 모습을 그렸고 33~40구까지는 자신의 신세를 말하고 있다. 특히 31~34구인 "모든 백성들이

---

40 이민구(李敏求), 〈백석어촌(白石漁村)〉,『동주집(東州集)』卷之八,『아성록(牙城錄)』.

각각 노력하여 온갖 재화가 농촌에 통하니 물리(物理)가 곳곳에 가지런히 퍼지고 천리를 섬기는데 귀함이 있다네."라고 한 부분은 아산이 비록 궁벽한 어촌이지만 중앙의 질서가 여기에까지 미쳤음을 말하고 있다. 전시대의 유배자 기준이 아산을 척박한 유배의 공간으로만 묘사했던 것과는 판이한 양상이다.

온양이 아닌 아산조차 이와 같이 인식의 대상이 된 것은 의미가 크다. 더욱이 17세기 이후 아산 지역에서는 서원의 건립과 중앙 담론의 본격적으로 시작된다.[41] 인산서원, 정퇴서원, 도산서원 등이 차례로 건립된다. 서원이 건립된다는 것은 조선의 통치 질서를 떠받치는 유림(儒林)의 활동 기반이 갖춰졌음을 의미한다. 서원은 유생들이 강학(講學)을 통한 학문의 보급과 전파 및 선현 봉사(奉祀)의 사우(祠宇) 기능하는 공간이다. 때문에 아산에 서원이 설립되는 것은 중앙의 통치 질서가 완전하게 갖춰졌음을 의미한다.

실제로 조선후기 아산은 이후 유학, 성리학의 저변 지속적 확대가 이루어진다. 당연히 조선 전기 소수에 머물던 과거 급제자도 증가한다. 아산은 중앙 질서 편입되어 더 이상 독립적 세계, 폐쇄적 세계의 특성을 유지하지 못한다. 그렇다고 아산이 중앙의 담론을 주도했다고 할 수는 없다. 아산은 중앙 담론의 끝지점에 위치하여 항상 중앙의 변화를 바라보는 위치에 처하게 된다. 한양에서 250리 떨어진 아산은 중앙의 담론이 직접 영향을 미치기 힘든 곳이다. 물론 그렇다고 중앙

---

41 아산지역 서원의 건립과정과 양상에 대해서는 다음 논문을 참고할 수 있다. 김기승, 〈아산 지역의 서원 연구〉, 『인문과학논총』 9(순천향대학교 인문과학연구소), 1996. ; 김기승, 〈조선시대 아산 지역 서원의 배향 인물〉, 『인문과학논총』 제19집(순천향대학교 인문과학연구소), 2007.

과 완전히 분리된 담론의 장이 될 수도 없었다. 일종의 경계성이 아산의 지역성으로 정착되기에 이른 것이다. 이런 관점에서 보면 아산에는 중심에 대한 종속과 중앙에 대한 모방이 지속적으로 이루어졌다고 할 수 있다. 중심의 끝지점에 위치하기 때문에 중심을 따르면서도 또한 중심과 다른 존재 형태를 유지하게 된 것이다.

이것은 공세곶창의 위상에서도 확인할 수 있다. 공세곶창은 조선말에 이르기까지 그 역할을 온전하게 유지한다. 공세곶창의 창고화가 이루어진 후, 조운 거점, 지리적 거점의 위상이 더욱 공고해졌다. 다만 이와 같은 역할이 점점 더 확대되지는 못한다. 조선이 끝날 때까지 지리적 거점의 위상은 이어지지만[42] 국가 조운 체계가 사라지고, 새로운 교통 수단과 지리 환경이 변화하게 되면서 공세곶창이 가졌던 지리적 거점의 한계에 직면하게 된다. 아산은 중심의 주변화, 반주변부의 경계 지역적 면모를 갖추게 된다. 아산이 주변과 새로운 시작이라는 경계성의 장, 혼성가치의 장이 된 것이다. 우월한 가치에 대한 모방 욕망으로 흔들리는 주체를 드러내는 한편 성찰과 저항으로 재정립되는 주체를 보여주기도 하는 공간적 특성을 갖추게 된다. 이는 아산이 종속과 추락을 경험하기도 하고 생성과 창조를 지향하기도 하는 모습을 띠게[43] 되었음을 뜻한다.

---

42 아산의 조운 거점, 전략적 거점으로서의 위상은 동학농민전쟁 때에도 여전하다. 다음의 기사를 보면 분명히 알 수 있다. "청나라 조정에서는 제원(濟遠), 양위(揚威) 두 군함을 파견하여 인천(仁川)과 한성(漢城)에 가서 청나라 상인을 보호하게 하는 동시에 제독(提督) 섭지초(葉志超)와 총병(總兵) 섭사성(聶士成)으로 하여금 세 군영(軍營)의 군사 1,500명을 인솔하고 아산(牙山)에 와서 상륙하게 하였다.(淸廷派濟遠, 揚威二艦, 赴仁川漢城, 護商. 竝令提督葉志超、總兵聶士成率三營兵一千五百名, 來到牙山上陸.)" 청의 군대가 아산에 상륙한 것은 그곳이 전략적 거점이었기 때문이다.

요컨대 아산의 지역성과 정체성은 반주변부의 생성적 문화, 경계 영역의 변증법에 있다고 할 수 있다. 새로운 시작이 가능한 중심의 주변, 반주변화의 위치를 확보한 것이다. 구심과 원심이 동시에 작용하는 공간적 특성을 띠고 있어 중력 붕괴의 위험을 겪지 않아도 되며, 중력 일탈의 자유를 누릴 수 있는 공간적 위상을 지니게 된 것이다.

3. 맺는말

인문 환경과 자연 환경은 끊임없이 변화하며, 이에 따라 지역의 정체성도 영속되지 않는다. 본고가 아산 관련 역사기록을 토대로 지역성 추출하려 했던 까닭도 여기에 있다. 역사의 각 시기마다 달라졌던 아산의 지역성을 고찰하고자 했다. 그를 통해 아산의 생기적 전변을 적절하게 추출하여 이해하려고 한 것이다. 그 결과 다음과 같은 역사 단계적 지역성의 변화 모습을 포착할 수 있었다.

아산의 지역성은 "자기중심적 독립 세계"에서 "결절과 폐쇄의 이중성"으로, 다시 "주변화와 경계성의 공간"으로 변화하였다. 이는 아산이 환경에 따라 변화와 창조에 주저하지 않았음을 의미한다. 즉 아산은 역사적 단계마다 중심의 흡인(吸引)에 의한 붕괴나 중심 없는 무한 추락의 위험에서 벗어나 생성과 창조를 지향하며 자기 정체성을 확보했다. 이런 점에서 아산의 현재적 지역성은 주변성과 경계성이라 할 수 있다.

---

43 문재원, 앞의 논문, 81쪽.

지역학적 측면에서, 지역성을 밝히기 위해서는 여러 학문 분야에서 연구가 병행되어야 한다. 문헌기록만으로 아산의 지역성을 다 해명했다고 할 수 없다. 본고는 아산의 역사적 정체성을 이해하는 한 방법을 시도했을 뿐이다. 본고의 의의와 한계는 바로 여기에 있다.[*]

---

* 이 논문은 저자의 양해를 구해 전재한 것이다. (전성운, 〈아산(牙山)관련 문헌 기록을 통해 본 지역성(locality)의 변화 양상〉, 『한국민속학』 50, 한국민속학회, 2009.)

제2부

牙山 관련 문학 자료

I. 서정 자료

○ 賀溫陽新命

하연(河演, 1376~1453)[1]

陰火神精動　溫陽勝氣亨
源流何潤沃　宮殿正華淸
簇仗風雲盛　孤城日月明
一朝新寵命　千載復徽名　『敬齋先生文集』

○ 溫陽偶吟

하연(河演)

溫陽溫水水西頭　四月山村事事幽
拙筆荒聯爲日課　香芹薄酒遣春愁

---

1 조선 전기 문신으로 세종의 신임을 받아 예조참판, 대사헌, 형조·병조 참판, 좌참찬
등 고위관직을 역임. 대사헌으로서 조계종 등 불교 7종파를 선(禪)·교(敎)의 2종(宗)으
로 통합하고 사사(寺社) 및 사전(寺田)을 줄일 것을 건의하여 실시. 한때 천안에 유배
되었으나 곧 풀려남. 1449년 영의정이 된 후 20여 년 간 문안에 사알(私謁)을 들이지
않았고 법을 잘 지켜 승평수문(昇平守文)의 재상으로 일컬어짐. 편저로 『경상도지리
지(慶尙道地理志)』·『진양연고(晉陽聯藁)』가 있음.

煙綿細草萋萋長　風轉遊絲裊裊浮

淡蕩此身無少累　洗然江漢一虛舟　『敬齋先生文集』

溫陽八詠

○ 行殿祥雲

이숙함(李淑瑊, 생몰년 미상)[2]

春鳳駕行湖西路　溫泉是處輦深駐

殿上靄靄雲葉浮　祥光瑞彩散復聚

北連縹緲蓬萊宮　聖主孝思瞻望中

渠是無情還有情　況復作雨資田功

임원준(任元濬, 1423~1500)[3]

岩花溪柳映輦路　溫泉一區春長駐

鳳駕時從九天下　佳祥異瑞爭來聚

慶雲郁郁覆行宮　絢爛五彩浮空中

2　조선 전기 문신으로 사섬시첨정, 군기시정·판교, 성균관대사성, 이조참의 등을 역임. 1484년 홍문관부제학에 임명되어, 1485년 서거정(徐居正) 등과 함께『동국통감(東國通鑑)』 편찬에 참여. 글씨를 잘 썼으며, 대제학에 증직되었음.

3　조선 전기 문신으로 호조·예조·병조·형조 등 4조의 참판을 거쳐, 예조판서와 의정부 좌·우참찬 등을 역임. 문장으로 이름이 났고, 풍수·의복(醫卜)에 능통함.

從知膚寸澤六合　萬物政仰資生功

○ 靈泉瑞液

이숙함(李淑瑊)

火龍窟宅深地底　擘開泉服迸淸泚
暖溜靈液快醫人　頓令況痾自去體
三殿下浴調節宜　揮弄滑柔烝非煙
一澡洗罷添壽籌　王母寄書靑鳥傳

임원준(任元濬)

暖若沸湯淸到底　純陽伏地時出泚
不唯愈痼拯烝黎　亦能滌煩調聖體
涵雲注玉夏相宜　和氣靄靄爲祥煙
分將餘潤澆稼穡　屢豐年頌聞相傳

○ 天廚分膳

이숙함(李淑瑊)

行宮宮中天廚庖　盈庖海錯仍溪毛
日頒扈從諸臣僚　八珍絲絡中使勞
更賜官壺雨露香　十分宣勤從醉狂
共道恩賜酬無路　但願祝壽如陵岡

임원준(任元濬)

駝峰熊掌盈天庖　不數尋常之血毛
承恩日日賜八珍　感激却慙無寸勞
況復黃封帶御香　涌酌金罍喜欲狂
扈駕言旋期不遠　欲望雙闕登高岡

○ 神井勒石

이숙함(李淑瑊)

世廟當年此臨行　行殿庭心湧神井
從臣才藝眞第一　頌德雄詞信手騁
可堪石刻今刓缺　廿世光陰驚一瞥
慈聖心惻命重新　流傳更憑太史筆

임원준(任元濬)

生逢聖祖誠萬幸　扈從當時到溫井
寒泉忽涌兩湯間　命臣記事蕉詞騁
未二十年字已缺　時移事改共驚瞥
空將耿耿寸草心　泚淚磨崖重載筆

○ 廣德朝嵐

이숙함(李淑瑊)

南望廣德橫□峩　杳杳鳥道中天過
朝朝嵐氣作意浮　細細如紈復如羅
彼美山市森萬像　愧未靑鞋去遊賞
安得畫手掃一幅　掛君高堂素壁上

임원준(任元濬)

疊嶂橫空千仞峩　猿狖難躋雁難過
只有輕嵐罨絶頂　朝來物色紛森羅
誰敎無傷作有像　看看變態愜幽賞
安能日招煙霞侶　冥搜策杖蒼崖上

○ 貢串春潮

이숙함(李淑瑊)

湖西鉅物何滔滔　鰌送春潮起寒濤
南國轉漕來職職　雲帆萬丈兼天高
約束風伯使安流　不肯畫到龍山頭
輸萬億稊高我廩　已覺世道如西周

임원준(任元濬)

長江日夜恒滔滔　千里萬里犇洪濤

雷騰雪捲勢何壯 尋常海浪連空高
湖西此處號安流 南方漕賦京姜頭
君不聞 天無風海不波 聖化豈獨專美周

○ 松嶺寒濤

이숙함(李淑瑊)

溫井西頭一嶺小 疎松離立拂雲表
萬竅號來翠濤驚 陰壑籟生鳴樹杪
知有仙鶴此來樓 寒聲夜夜層枝低
我欲一跨尋眞去 上界官府寧路米

임원준(任元濬)

四山回抱洞門小 嶺松逈立亭亭表
夜凉不嫌靈籟生 十里波濤響林杪
細搖纖葉翠雲樓 輕瑊疎枝寒月低
須臾風定韻初靜 襟珮冷然詩夢迷

○ 麥隴秀波

이숙함(李淑瑊)

花睡柳眠春正濃 多事布穀啼勸農
宿麥連雲秀波起 好雨一夜翠剡重

節序得得秋又來　田父待哺喜先摧
千村萬落翠煙遍　大平民物登春臺

임원준(任元濬)

隴麥靑靑生意濃　田父共喜謹三農
芃芃苗秀已兩岐　高低翠浪知幾重
熏風一陣自南來　萬頃黃雲秋正摧
貽我有年從此始　雲物何須占魯臺

○ 扈從溫陽　贈高靈綾城

최항(崔恒, 1409~1474)[4]

翠華春幸靈泉曲　扈從大小疇不樂
雙城在南靈山北　去天尺五長蛇幕
況乃同盟又同幄　乘閑日夕恣歡謔
羽觴隨波停不得　高談浪語驚霹靂

4　조선 전기 훈구파의 대학자로 세조를 도와 문물제도 정비에 크게 공헌. 우의정, 좌의정, 영의정 등을 역임. 1434년(세종 16) 알성문과에 장원으로 급제, 집현전부수찬이 되었다. 이 해 『자치통감훈의(資治通鑑訓義)』의 편찬에 참여했으며, 박팽년(朴彭年), 신숙주(申叔舟), 성삼문(成三問) 등과 같이 훈민정음 창제에도 참여. 세조 즉위 후 『경국대전(經國大典)』의 편찬을 위해 김국광(金國光)·한계희(韓繼禧) 등과 함께 육전상정관(六典詳定官)으로 임명되었고, 1458년(세조 4) 『신육전(新六典)』의 초안을 작성. 1469년 경국대전상정소 제조(提調)를 겸하여 『경국대전』 편찬에 착수, 조선 초기의 법률제도를 집대성함. 이어 『무정보감(武定寶鑑)』을 찬수. 그 외 『세종실록(世宗實錄)』, 『예종실록(睿宗實錄)』을 찬진.

若比入偓纏半額　一飲斗石猶未足
日來夙夜少閑隙　暫縱淸吟膝未促
酒星應愧歡不續　半夜飛向天翁白
天翁老矣好戲劇　立召蚩廉與滕六
氷葩交加亂銀竹　萬竈無虞更淸肅
寒威徹骨口掛束　無計可解唯酒力
必欲勸吾親杯酌　造物小兒亦不惡
此時不任陶劉責　無亦違天皐莫測
急呼奴星煖醽醁　霞隱亦宜來火速
徑臥醉鄕最上策　舍無何有吾何適　　『太虛亭集』

○ 寄溫陽扈從諸賢

君看白日麗靑天　洗却咸池萬古懸
須信坤靈忘愛寶　欲供澡雪出香泉

又

共祝吾王壽後天　人心未與彼蒼懸
何須仙掌擎雲露　自有靈源一派泉

又

五雲佳氣靄南天　歌頌歡聲鬧四懸
擬進魏銘誇盛瑞　恨無才思雁流泉　　『太虛亭集』

○ 大駕將還 戲示寧城諸公

신숙주(申叔舟, 1417~1475)[5]

每計歸期坐待朝　歸期已迫更無聊

三宿豈忘桑下戀　溪聲嗚咽倍前宵

良辰扈駕側群英　一月溪邊醉不醒

更待明朝上馬去　蒲芽葭苗爲誰靑

淸時扈從共南遊　豈料人還君獨留

馬首春風吹不盡　離懷歸興兩悠悠　　『保閑齋集』

○ 偶吟 呈貞父諸公 溫陽扈駕時

靈泉春半雨初晴　粉帳連雲繞御營

依岸鑿沙嘗沇井　當溪累石聽灘聲

編稿起幕三間闊　圈木安燈一點明

得酒四隣招共飮　安閑亦足度平生　　『保閑齋集』

5　조선 전기의 문신으로 집현전응교, 우부승지, 도승지, 병조판서, 대사성, 좌의정 등을
　　역임하였으며, 외교·국방면에서 탁월한 능력이 있었음. 1472년(성종 3) 『세조실록(世
　　祖實錄)』, 『예종실록(睿宗實錄)』 편찬에 참여. 이어 『동국통감(東國通鑑)』의 편찬을
　　총관하였으며, 『국조오례의(國朝五禮儀)』의 개찬·산정을 완성. 여러 나라의 음운(音
　　韻)에도 밝아 여러 역서(譯書)를 편찬하였으며, 일본·여진의 산천 요해(要害)를 표시
　　한 지도를 만들기도 함. 또한 글씨를 잘 썼으며, 특히 송설체에 뛰어남. 현재 송설체의
　　유려함을 보여 주는 〈몽유도원도(夢遊桃源圖)〉의 찬문(贊文)과 진당풍(晉唐風)의 고
　　아한 느낌을 주는 해서체의 〈화명사예겸시고(和明使倪謙詩稿)〉 등이 전함. 저서로는
　　『보한재집(保閑齋集)』이 있음.

○ 寄忠淸監司

하연(河演)

三月溫陽扈駕時　茶談日日奉淸儀

賴有大興傳信字　行宮萬福已詳知　　『敬齋先生文集』

○ 奉次溫陽東軒韻

유근(柳根, 1549~1627)[6]

追惟舊事淚雙垂　我是當年五歲兒

伯父公嘗爲郡日　大夫人亦在堂時

龍蛇禍患終天痛　烏鳥情懷隔世悲

孤露餘生今過此　峴山碑下獨遲遲

伯父參判公 於癸丑年間宰是郡 即不肖五歲時也 王母夫人
於丙辰之夏 不幸至於大故 自本郡發引 葬于槐山之先隴 先人
持服過哀 丁巳六月 遂不救 不肖終天之痛 曷有極乎 四十餘
年之後 杖鉞而來 拭淚而書　　　　　　　　　　『西坰詩集』

6　조선 중기의 문신으로 운향검찰사(運餉檢察使), 예조판서, 충청도관찰사, 좌찬성 등
　을 역임. 광해군 때 대북파가 국경을 농단하고 1613년(광해군 5) 폐모론까지 일어나자,
　괴산으로 물러나 정청(庭請)에 참여하지 않아 관작(官爵)이 삭탈되었다가 1619년 복
　관. 1623년 인조반정으로 재기용되었으나 나가지 않음. 1627년 정묘호란 때 강화에서
　왕을 호종하던 중 통진에서 죽음. 문집으로는 시문집『서경집(西坰集)』이 있음.

○ 溫陽東軒

이륙(李陸, 1438~1498)[7]

一枝曾占廣寒宮 頭上天香滿意濃 仗節重來還感慨 無端有
淚洒秋風

煙橫大野一望平 回首江山尙有情 知是昔年遊街處 誰人更
識棄繻生

年來何苦起凌晨 應爲平生報國恩 倦倚朱欄傷往事 浮雲飛
鳥兩無痕

日邊遙望五雲間 何處雲飛是故山 俛仰便成今古事 一身終
始雜悲歡

大野微茫白日低 看來景物浩難齊 昔年曾入桃源洞 今日重
來路忽迷

依舊驪山面目眞 回頭世事夢中新 誰知原隰咨詢客 曾是江
湖漫浪人

荒庭空有菊花盆 盡日風流不復聞 忽想宮壺沈醉處 恩隨雨
露幾回分

旗拂關山日影低 身隨湖海夢魂迷 更尋當日飛楊處 人自傷
心鳥自啼

當年戰藝策奇勳 今日觀風受國恩 城隍未必令人貴 只是微

7 　조선 전기의 문신으로 예조참판, 경기도 관찰사, 병조참판 등을 역임. 1494년 성종이
　　죽자 고부청시청승습사(告訃請諡請承襲使)의 부사로 다시 명나라에 다녀와서 동지춘
　　추관사로서 『성종실록(成宗實錄)』 편찬에 참여. 성품은 정한(精悍)하고, 행정 수완이
　　있었으며, 시와 문장에 능함. 저서로는 『청파집(靑坡集)』과 『청파극담(靑坡劇談)』이
　　있음.

臣遇聖君

　從前狐貍不須除 千載張生愧不如 仗節南來多慷慨 至今身
上聖恩餘

　甲申春 上行幸溫幷 臣以布衣 步詣行宮 對策稱旨 擢爲第
一 賜宴遊街 以示寵異 直拜成均直講 戊子春 隨駕還到于此
復擢重試第三名 時大內有戲語 以臣爲能事溫陽城隍 又十年
以當道觀察使 復到焉 則行殿荒涼 無復當時之迹 不能不感愴
于懷 因次壁上高靈恩府韻 以寄意云　　　　　　　　　『靑坡集』

○ 溫陽東軒韻

구봉령(具鳳齡, 1526~1586)[8]

　行到溫城山日西 碧樓攀眺忽含悽
　黃龍天上雲霞遠 赤鳥人間歲月迷
　輦路塵埃春寂寂 靈泉風雨夜悽悽
　當時扈從皆耆碩 畫壁空留傑句題　『栢潭先生文集』

8　조선 중기 명종, 선조 때의 문신으로 대사성, 이조참판, 대사헌 등을 역임. 동서 당쟁의
　시작 무렵에 중립을 지키기에 힘썼으며 시문에 뛰어나고 천문학에도 조예가 깊었음.
　사후 학도묘가 세워졌으며, 문집으로 『백담집(栢潭集)』이 있음.

○ 次溫陽詩板韻

심의(沈義, 1475~?)[9]

雨後屛顔十倍淸　却繼蒼翠礙雙明

靈泉絶勝金丹熟　便作神仙地上行　『大觀齋亂稿』

○ 溫陽松亭

이정(李楨, 1512~1571)[10]

溪亭幽且靜　光景雨餘朝

波際魚游樂　林間鶯語嬌

莎平宜細履　灘急合橫橋

最愛蒼髥客　淸陰晚更饒　『龜巖集』

9　조선 중기의 문신으로 1507년 진사로 증광문과에 병과로 급제, 1514년 사가독서했고 이조정랑을 거쳐 소격서령에 이름. 바보로 자처하여 벼슬을 그만두었기 때문에 사화를 면할 수 있었고, 문장이 뛰어났음. 저서로는 『대관재몽유록』이 있음.

10　조선 중기의 문신으로 어릴 때 송인수(宋麟壽)로부터 배우고 성장한 뒤에는 이황(李滉)과 교유하였음. 성리학에 밝아 사천의 구계서원(龜溪書院)에 제향되었음. 저서로는 『구암집(龜巖集)』, 『성리유편(性理遺編)』, 『경현록(景賢錄)』, 『논상례(論喪禮)』, 『한 훤보록(寒暄譜錄)』, 『열성어제(列聖御製)』 등이 있음.

○ 晩全堂詩

이척(李惕, 1569~1637)[11]

還山無愧草堂靈 寂寂疎籬半掩扃
花木滿庭春事早 孤松惟帶去年靑

○ 松坡堂詩

홍가신(洪可臣, 1541~1615)[12]

君子堂前竹 靑靑度歲寒
春風度庭樹 榮悴不渠干

---

11 조선 중기의 문신. 병조좌랑, 예조정랑, 형조참의 등을 역임. 1612년(광해군 4) 김직재 (金直哉)의 옥사가 일어나자 김직재 첩의 사위인 황보신(皇甫信)을 체포한 공으로 가 자(加資)되어, 그 뒤 훈신으로서 상을 당하여 호상(護喪)의 예를 받음.

12 조선 중기의 문신 학자로 한성부우윤, 지의금부사, 형조판서 등을 역임. 1589년 정여 립의 모반으로 파직 당한 후, 1593년 파주목사로 복직. 1596년 이몽학(李夢鶴)의 반란 을 무장 박명현(朴名賢)·임득의(林得義) 등과 함께 민병을 규합해 평정. 1604년 이몽 학의 난을 평정한 공으로 청난공신(淸亂功臣) 1등에 책록. 사문(斯文)의 정통성을 이어 받아 이기일원론(理氣一元論)에 동조하여, 생사분리(生死分離)를 주장하는 노자철학 과 인간 생명을 허무적멸(虛無寂滅)로 떨어뜨리는 불교관을 배척. 저서로는 『만전집 (晩全集)』과 『만전당만록(晩全堂漫錄)』이 있음.

館舍條

○ 牙州客官

衙官舊在縣東二里 知縣李之菡移構于此 閱武堂 官廳 鄕廳
椽廳 軍官廳 客館在衙舍東北　　　　　　　『新定牙州誌』

○ 李誠中詩曰

이성중(李誠中, 1539~1593)[13]

湖西賦上中　通漕此攸同
揚爲城多苦　皆言廩易空
蒼生無有福　碧海本無風
牖戶須桑土　方成久大聲

又曰
舊契芳接今　來綺席同豫
愁弦失別休　遣酒樽空雉
堞三竿日雲　帆萬里風登
盤魚潑剌鮮　食愧無功□　『新定牙州誌』

---

[13] 조선 중기의 문신이며 이중호, 이황의 문하로 동인에 속하는 인물. 한산군수가 되었다
가 홍문관 부제학, 이조참판, 옥당·대사헌·돈령부동지사 등을 지냄. 임진왜란 때 중
국에 파견, 명나라에 원군을 요청함.

○ 趙瑗詩曰

조원(趙瑗, 1544~1595)[14]

戰蟻方甘晝漏窮　麻衣鬪雪筆生風
只怕冬烘欺眼力　看雲日下眩靑紅

又曰
霏霏瓊雪落無窮　炯對氷壺玉樹風
只管忽忽朱墨批　羽觴辜負灔珠紅

又曰
料峭輕寒五夜窮　客囱無夢聽蘋風
却憶故山春寂寂　可憐園杏爲誰紅　　『新定牙州誌』

○ 皆申象村欽 題詠詩曰

신흠(申欽, 1566~1628)[15]

牧丹飄泊艶紅推　忽見薔薇晩朶開

---

14 조선 중기 문신으로 1575년 당쟁이 시작되자, 그 폐해를 상소하여 당파의 수뇌자들을 좌천시킬 것을 주장함. 이조좌랑에 전임되고 1583년 삼척부사로 나갔다가 승지(承旨)에 이름. 저서로 『독서강의(讀書講疑)』가 있음.
15 조선 중기의 문신으로 한문사대가로 일컬어짐. 동인의 배척을 받았으나 선조의 신임이 두터웠고, 뛰어난 문장력으로 대명(對明) 외교문서의 제작, 시문의 정리, 각종 의례 문서 제작에 참여함. 정주학자로 1651년에 인조 묘정에 배향됨. 문집 『상촌집(象村集)』이 있음.

本恨光陰銷道路　故園遙望幾時迴

又曰

端陽佳節老監司　病臥陰峯意自悲
老病不歸心有愧　江東何必待秋時

○ **李東岳安訥詩曰**

이안눌(李安訥, 1571~1637)[16]

馬蹄東去又西迴　玉露成霜節候催
郵館厭聞桐葉墜　縣齋驚見菊花開
身衰不復披詩卷　肺病能擧酒杯□
京國昔年逢此日　每携宗族共登臺

又曰

天下登高日湖邊　望時衆山連海近
孤雁度雲遲去國　身多病逢秋意已
悲黃花如待立　不復泛金巵

---

16 인조 때의 문신으로 형조참판, 함경도 관찰사 등을 지냄. 주청부사로 명에 정원군의
추존을 허락 받아 원종의 시호를 받아왔으며, 후에 좌찬성에 추증됨. 시문(詩文)에
뛰어나 이태백에 비유되었고 글씨도 잘 씀. 문집 『동악집(東岳集)』이 있음.

○ 南壺谷龍翼詩曰

남용익(南龍翼, 1628~1692)17

二月江南容未回 忽驚春事雨中催
多情燕子如相識 不盡桃花欲半開
招謗且且停蠶食 咏減歡仍覺蟻浮
杯吾行定入佗年 夢幾處高樓臺慮

民樓舊在客館東 今廢遺址尙存 有鄭以吾記文 近民堂舊客
館西卽東軒 知縣宋炳夏所建 至癸酉被回祿 尹侯慶烈報營鳩
財重建之 作記文 揭板改號爲仁民堂 觀湖亭在仁民堂南 今廢
知縣李泰鎭所建

---

17 조선 중기의 문신이자 학자. 통신사(通信使)의 종사관으로 일본에 다녀왔으며 예조판
서, 이조판서 등을 지냄. 기사환국 이후 유배지에서 세상을 떠남.

樓亭條

○ 壓海亭

이재영(李再榮, 1553~1623)[18]

李再榮詩曰

誰買名區結小亭　雲物擁回汀爭疑

海唇噓成闕肯羨　仙臺玉作欞西極

咸池通日月中原　分野杳徐靑應知

杖屨逍遙處　太史遙占聚

○ 壓海亭

현덕승(玄德升, 1564~1627)[19]

玄希菴德升詩曰

斷崖佳樹自成亭　輪奐煩侈海汀潮

---

18 조선 중기의 문신. 임진왜란 중에 제정한 군공절목(軍功節目)에 따라 참급(斬級) 군공
으로 허통(許通)되어 1599년(선조 32) 정시 문과에 장원을 차지함. 출신 문벌이 천하여
한이학관(漢吏學官)이 되었으며 병려(騈儷) 문장에 뛰어나 명나라 사신이 오면 필찰
(筆札)을 주로 맡음. 과거시험 때마다 남의 글을 대신 지어 주었으며, 특히 이이첨의
여러 아들을 부정하게 합격시킨 것이 그의 소행이었다 하여 인조반정 후 국문(鞫問)을
받다가 죽었음.
19 조선 중기의 문신으로 임진왜란 때 전공을 세워 여러 곳의 수령을 지냄. 예조정랑,
지평 등을 거쳐 직강에 제수되었으나 광해군의 난정에 실망하여 벼슬을 버리고 향리에
은거함.

作池塘帆作障風 爲簾幕月爲欐沙
橫極浦依俙白山 點遙空黯澹靑擬
卜西隣分物色□ 不須商略少微星

○ 壓海亭

권필(權韠, 1569~1612)[20]

壓海亭在防築里 通判成準所建 權石洲詩曰
湖西形勝此名亭 高壓鼇頭俯鶴汀
萬里山河扶棟宇 四時風月衛窓欐
寒聲蹴地波濤牡 秀色浮空島嶼靑
更覺天文近南極 樽前長對老人星

---

20 선조 때의 시인으로 강화부에서 유생들을 가르침. 명나라 대문장가 고천준을 맞는 문
사의 엄선에서 뽑혀 문명을 떨침. 광해군 척족(戚族)들의 방종을 풍자한 궁류시(宮柳
詩)로 인해 고문 유배에 오르다 폭사함. 인조반정 후 사헌부지평에 추증됨. 『석주집(石
洲集)』과 한문소설 〈주생전〉, 〈위경천전〉이 전하고 있음.

東州集

【牙城錄】卷之八

○ 癸未至月晦日到牙山

이민구(李敏求, 1589～1670)[21]

魑魅相隨作遠游　又將形影赴牙州
民居半雜漁商市　官路遙分雁鶩洲
逆旅新棲仍寄寓　窮途一飯且淹留
人生定有歸休日　只恐無由返故丘

新寓紙閣蘆簾成　仍記白傳江州日
詩紙閣蘆簾着孟光　念余老境鰥獨

○ 何由可羨　聊以自哂

流落他鄉只一身　江州司馬共淸貧
蘆簾紙閣眞相似　却恨中無可着人

---

21 조선 중기의 문신으로 문장이 뛰어나고 사부(詞賦)에 능했던 인물. 강도검찰부사(江都檢察副使), 경기우도 관찰사 등을 지냄. 주요 문집인『동주집(東洲集)』과『독사수필(讀史隨筆)』등의 저서가 있음. 특히『東州集』의 卷8~11의 〈아성록(牙城錄)〉에 아산(牙山) 유배시 지은 시 271수가 실려 있음.

○ 夜聞隣人哭子

人命有脩短　生死猶往來
冥然委骸骨　豈顧父母哀
哀號徹長夜　聲絶肝腸摧
叩心霜雪下　天地爲風霆
使汝兩眼枯　逝者終不迴
惻愴百年內　抑塞何時開
且復割恩愛　爾身亦塵灰
直至萬化盡　孰能念嬰孩
南隣皓首翁　酷被情鍾催
悽悽老淚集　不知中所裁

○ 霧朝

前郊宿霧曙光微　近浦朽家樹木稀
旅雁雙雙緣岸起　寒鷄一一下棲飛
窮年強飯從龘櫏　長夜商歌爲短衣
擾擾恩恩朝暮內　又隨人事啓衡扉

○ 二十七日丁亥立春

韶齡一往若飆輪　烏兔飛騰覺漸頻

小歲將臨丁亥日 新年又建甲申春
雪霜覆頂那禁老 麴糵埋身敢道貧
已把形骸從土木 不知天地有荊榛

○ 立春日風雪

辛盤菜甲映銀杯 令節新年暗裏來
漠漠四山風雪後 不知春色爲誰催

○ 新寓主人有阻色

會稽賢人皐伯通 曾從廡下識梁鴻
窮途白眼還無賴 有媿千秋烈士風

○ 除夜

去歲亦守夜 爲嫌新年入
新年是今年 盆覺流景急
乍來忽復往 旣往不可執
荏苒日趨盡 老境莽相及
傳舍閱行旅 胡乃太汲汲
悽悽惡懷抱 前後同快悒

寒鷄叫宵分　時節已警立
茫然委元化　衰白免垂泣

○ 甲申元日試筆

新年一葉已抽萁　羈思茫然望遠汀
海岱氷霜春淅淅　江湖波浪晝冥冥
雲橫極北愁中碧　樹繞終南夢裏靑
誰念腐儒遭世亂　至今垂白歎漂零

○ 貢稅串

千室民居傍海安　樓臺氣雜蜃光寒
山形近挹靈峯秀　水勢平呑貢浦寬
上日魚鹽通小市　三春舟楫簇長干
新移客土生涯足　馮鋏于今不解彈

○ 次金方伯尙元日韻

初旭晴光破早朝　新春客榻掩寥寥
自憐豪氣年年減　正爲淸顔日日凋
陋巷軒車臨上節　窮途疾病感中消

卑飛敢借扶搖力　長委泥塗望赤霄

○ 別方伯

雙旌拂曙去難攀　多病僑居正閉關
地僻人家殘郭外　雪融官路亂山間
雄飛已逐鵬南徙　弱羽寧隨雁北還
前夜綺筵銀燭影　幾時重照鬢毛斑

○ 次方伯再用關韻見寄

行塵堪羨未堪攀　別後柴扉盡日關
得失神交千載上　陰晴天氣一春間
蘭心暗恨韶年度　梅信初驚驛使還
門外故人車轍跡　少時風雨長苔斑

○ 日本方寸寶鏡歌

容成爐中方寸鐵　一片寒光貼霜雪
赤岫雲深耶井涸　良工下斸銅英窟
江心五月天地熱　回祿呵煙電焰發
陰陽鼓橐功乃成　湛湛止水淸映骨

背爲鮫皮金粟紋　蛟螭屈盤秋潭潔
誰歟健步躡銀梯　快劍剗取瑤空月
不然吳質斫桂樹　細刮玉斧搏瓊屑
昨夜涼蟾澹無輝　人間懭悢驚如失
眞仙長嗟惜此物　欲以上補圓精缺
伯氏得之乘槎客　瑩我靈臺泯生滅
我今衰白仍廢鑷　不向明窓鑑毛髮
焉能與世照心膽　永爲群兒破細點

○ **擬徙東村**

垂死流離骨髓枯　裝囊隨處付江湖
南飛始似依枝鵲　東徙還因愛屋烏
自古聖賢無煖席　卽今天地盡窮途
茶壚酒榼關身物　每到移居愧僕夫

○ **不寐**

老罷氣衰常不寐　況兼愁病臥江關
三更睡熟人間世　獨夜魂飄海上山
屈指興亡千載往　驚心榮辱十年還
隣鷄數叫簷光動　日日催凋鏡裏顔

○ 次許惟善四律

楚澤行吟日　囚山處處幽
地偏靑靄合　臺逈白雲浮
仙客桃花水　高僧竹葉舟
歸心頗無限　且得恣深游

其二

近浦柴門逈　緣厓柳巷幽
天隨雙眼去　地與一身浮
暮景餘詩卷　春波具釣舟
誰能恨枯槁　爛熳放眞游

其三

供世饒脣頰　爲生冷齒牙
傷心淸漢別　回首亂山遮
故友雙魚贈　新詩隻字誇
何由靑眼對　共賞仲春花

其四

南國茶含舌　東津蔣吐牙
山雲浮更住　野樹缺還遮
別夢憑誰說　生涯欲自誇
幽居催釀秫　半拆映江花

○ 江湖

江湖日暖上游魚　浦口帆來碧水虛
細雨淸明寒食後　和風舶趂棟花初
年華易送靑春盡　身事空看白髮餘
景物不殊京國好　暫時流淚已沾裾

○ 松架

偸生迫物理　羈旅敢自安
移家近冶谷　所歷飽艱難
爲避疫癘遍　豈擇店舍寬
簷題只一尺　赤日燒南端
隆燨爍瘦骨　奮飛乏羽翰
今朝假衆力　斫彼松枝蟠
虬柯駕蝸屋　結構上闌干
靑靑雪霜姿　淅淅朱夏寒
洪爐屛虐焰　陰冷襲衣冠
沈痾忽去體　可以展考槃
衰年欻壯氣　饘粥頓加餐
流離泊西南　萬事錯相干
他鄕累主人　不止瓢與簞
經營愧隣竝　有身實憂患
恩恩急景內　焉用心力殫

幾度閱炎涼　泯然埋浩歎

○ 登貢津曲城

城下長湖百里通　天西一望浩浮空
纖漪淨拭鮫人市　秀色晴連瓠子宮
逗浦魚鹽征稅重　上江舟楫轉輸雄
請看泛泛輕鷗羽　正似飄飄白髮翁
浮生着處寓微躬　漂泊西南天地中
七載去餐雲浦雪　一春來倚貢津風
波搖島嶼千重碧　日射樓臺萬縷紅
垂死尙餘雙老眼　每憑形勝慰萍蓬

○ 白石漁村

平湖控西海　地迥洲渚長
瀰漫斥鹵場　自古耕鑿妨
有山蟠浦口　隱若龜尾藏
漁屋類蜂戶　櫛櫛枕連岡
巷陌分向背　門戶異陰陽
晝夜再上潮　舴艋隨風揚
牙檣竝茅棟　緋纚繫籬傍
朝哺煙在川　酒熟篷底香

生涯寄波濤　巨壑爲倉箱
丈夫半浮居　婦女實行商
魚腥走遠市　頂戴日奔忙
赤身五歲兒　不知室處涼
觸熱拾蝦蟹　泥水猶康莊
操舟復幾時　大小俱肯堂
山林跡獸蹄　列肆謹裝囊
四民各劬勞　萬貨通農桑
物理庶可齊　貴在事天常
吾衰苦漂泊　拙分甘秕糠
臨盤愧飣餖　素餐中黯傷
嗟嗟將奚適　終老蛟蜃鄕

○ 題鄭生浦上新堂

憕眠閉戶一旬餘　牽率馳來看草廬
江上扁舟如使馬　門前安步可當車
衰年感我長漂泊　亂世憐君早定居
嵇紹爲孤慙鹵莽　停杯忍淚已盈裾

○ 泛海行

鄭生邀我肯置驛　衰朽愧作當時客

晨行纔轉霧林碧　日射方臨雲海白
卯水彌岸平不流　舟子絏舫留長洲
舷開櫓搖已出浦　掛席振柁仍棹謳
淪波潎沆鷗路滑　渤澥無極天倪谺
東瞻三島翠幾鬟　西望中原青一髮
尋源使者煙靄間　金節縹緲銀河灣
濤聲春撼令公石　雨氣晝壓靈人山
貝闕龍鱗粲可數　鯨翻鼇擲蛟螭舞
孤嶼回汀互隱見　遙岑疊巘相吞吐
是日漁師集衆功　巨網下截罿罿宮
施設紘綱劇操縱　受授捷疾如旋風
忽然應接眞須臾　運斤斲輪何事無
新腥屢薦素鬐鱠　雋味飫及蒼頭奴
勸余香飯慰羈老　沃以旨酒輪傾倒
樂酣歸思終悠悠　世亂賞心還草草
薄暮廻艣雷電起　夢境怳惚桑瀛裏
不就江潭訪漁父　更向滄浪聽孺子

○ 寄贈雲山儒金之僴 因懷同邑士子李昭蕃, 禪友暮霞, 向
鐵城時數過從, 兼餽瓜蔬, 篇內有及

南浦春深白日晚　牙山西望雲山遠
雲山邑子富材力　別後音塵阻眠飯

憶爾問字始擊蒙　從我讀書風雪中
作者遺文等粱肉　忍饑不恤腸肚空
晝誦寧知糜粥冷　夜坐未覺良宵永
隔房翁嫗睡正牢　滿簷霜月寒鷄警
門前學徒盛冠紳　苦心少似金生人
金生豈無二頃田　棄之激揚思立身
浮世萍蓬亦固有　三歎跛馬淸江口
爾來流景詎幾許　蠹簡螢囊今健否
不患年少中廢慵　老境忽忽那由逢
千里封緘七字詩　悵然起我離憂悰
內院高僧號暮霞　牛蹄病士營丹砂
感念時物記疇昔　鑪峯香蕈東陵瓜

○ 夏夜納涼

病暍臥湫隘　膏火患相煎
開窓納微涼　夜色始澄鮮
季夏雖苦熱　流飇已颯然
虛幬挾凄爽　展轉任所便
蚊蜹回群飛　枕席愜昏眠
氣蘇心悟永　機靜夢境圓
悠悠委時晦　忽忽隨世緣
偃仰與行止　吾道不常全

棲遑宇宙內　何地堪息肩
且爲一日計　豈敢懷歲年

○ **桑麻**

門巷桑麻日暮淸　蕭條病起一身輕
微風不厭披衣坐　細雨何妨散髮行
率土干戈聞世變　隣家水火見人情
茫茫浩劫迷今古　飮啄奚由累我生

○ **新秋**

涼秋白露灑梧桐　燕子歸心一夜中
玉佩仙裙徒脈脈　瓊籤曉漏漫恩恩
靑霞眇接乘槎路　碧水疑臨獻寶宮
客臥滄洲逢歲晏　江湖終屬釣魚翁
七月中分三伏終　炎霆欲盡海天空
晴雲淨掃蛟龍雨　白露涼生雁鶩風
百日塵埃疲菽粟　十年魍魅倦萍蓬
莫愁鶗鴂凋芳草　江水秋來上有楓

○ 寄寧邊金繼善

浮雲西北是延州　鐵甕攙天翠黛愁
戍角傷心曾七載　塞鴻回首又三秋
猶憑夢想乘危障　强委形骸寄小舟
原憲近來知健否　茂山煙雨草亭幽

○ 送兩生 千里從我一年還鄉

泰川金大振

天球雖不琢　琢之光粹溫
始脫哲匠手　連城美價存
入秦驚西隣　還趙耀北藩
至寶世所希　文采動乾坤
匹士重意氣　千里逐南轅
辛勤負笈義　永歎末俗敦
精貫金石開　烈心欻飛翻
積土必成山　鑿井必到源
色難非壯夫　勇往踰孟賁
閫閾日造詣　寧豁覿本根
岷江下巫峽　溔渺長波奔
赤驥服遠駕　軼景超崑崙
相隨歷四序　忽見草露繁
漸近授衣月　況感履霜原

芒鞋涉關河　歸念劇風幡
空虛守孤寂　惻愴臨淸尊
鳥思返故林　鶴警唳秋軒
居窮別離苦　年老涕泗煩
悶爲貧賤詠　愧贈仁者言
春來桃浪暖　期子在龍門

博川金瑗

擇美衆所趣　處苦人所捨
桃蹊往跡多　棘林來蹤寡
仲尼昔在陳　絃歌盛從者
瞻依有宮墻　患難遺曠野
中誠苟不眞　外慕實爲假
始我旅西塞　學徒溢旁舍
兩生挺翹楚　良材比楸檟
內移猶網罟　南望酸脛踝
追隨爾脚胝　感念吾顔赭
從師道固勤　逐臭計應下
虐雪走嚴冬　淫霖坐炎夏
守志甘淡薄　行己極脩雅
曉卷尋細字　宵釭續膏炧
本自具鑪捶　豈伊資陶冶
俔焉襲韓蘇　急欲攀屈賈

他鄕徂歲闌　故林涼飆灑
寧忘綵衣斑　已愴白露瀉
別促歎賓鴻　路長愁僕馬
停杯悲滿懷　握手淚盈把
倘展造父駕　先看孺子社

○ 哭淮翁

我懷豈不悲　生別仍死別
生猶望前期　死當終淪沒
忽去間幽明　永與天壤畢
風神森眼目　若淘水中月
冥茫從物化　驚電隨一瞥
憶昔少壯日　銜杯倚傲兀
肴核空在陳　壺觴湛不發
年命吾詎幾　惻惻長蕪絶

其二

少小富結友　託好踰密戚
綢繆弱冠年　久要見頭白
及茲零落盡　留者返爲客
纍纍土中骨　人命匪金石
後生門戶多　前輩不可作

身老縱得歸　何處展宿昔
春風濯新柳　曉霧塞高閣
一逝混茫茫　交期付冥莫

其三

辰往世若浮　道屈身爲累
歸客滯逆旅　濛汜行易至
宛彼在心友　舍我先脫屣
逝者薄滋垢　存者疲久寄
達生亦何聊　莊耼有遺意
彭殤苟一途　悲喜可兩棄
志士狹中寰　憂人感年駛
錯莫此二柄　無言黯垂淚

其四

人生旣終鮮　四海唯一身
桑楡蔭松柏　獨於夫子親
契闊暮年期　約我淸漢濱
我歸豈有日　但感道義淳
窮途萬事裂　百端中酸辛
永望白雲樓　繫舟杳無因
橫城不毛田　朝夕返吾眞
依依上江楫　泉路當會神

○ 李統制舜臣墓

將軍一劍靜滄溟　東極山川洗血腥
匹馬獨來營葬地　墓門松柏至今靑

○ 任君孝達與伯氏同甲申　世居京師　移葬其親湖南　自以年
老子孫弱　求郡得綾州　將爲歸骨計　意悽涼甚悲　余聞而賦之

聞君出牧連珠府　垂老分符未博閑
肯藉絃歌資素業　欲將骸骨傍靑山
春蠶作繭甘終老　秋雁隨陽杳不攀
唯有故人離別恨　流年偏感甲申還

○ 月下

月華被我衣　洗然如秋水
還將淸淨身　坐此澄明裏
披襟遡霄漢　寸心亦不起
圓靈湛皎潔　洞澈消餘滓
虛潭貯寒影　生滅俱無累
夜靜天籟絶　微瀾息纖綺
得之俯仰內　萬劫相終始
耿耿到三更　人間睡正美

○ 鄭生送魚肉

　馮驩傳舍劍空長　鴻雁何曾足稻粱
　千載身歸華表鶴　三旬夢斷芣園羊
　新刲鼎肉澆漿美　兼割河魚點豉香
　憖愧理生難自力　却憑刀几緩愁腸

○ 次坡翁和陶貧士詩韻

　余遷牙山未期歲　菽水漸艱　今日乃九月初三　距重陽至近　念
無以備壺觴　獨坐悵然　偶覽東坡和陶詩　所遇頗似之　遂和其韻
坡之言曰　余遷惠州一年　衣食漸窘　重九將近　尊俎蕭然　乃和
淵明貧士詩七首云；

　移居太湖西隣竝少因依
　蕭條寡生理迫此將落暉
　授衣感窮節庭宇清霜飛
　芳草旣消歇歲晏與誰歸
　豈聞苦節士戚戚疚寒飢
　但念百代後惻愴令人悲

　其二
　朝起霜露繁　負暄坐茅軒
　所居豈無隣　四望皆田園
　田園半收穫　處處饒人煙

而我獨何爲　謀拙愧計硏
仲氏甘縕袍　在困猶有言
君看范史雲　甑塵方稱賢

其三
我不如淵明　乃如無絃琴
黯黮塵埃中　寂寞閟淸音
徒聞識奇字　未見載酒尋
況望白衣人　惠我供孤斟
士窮非一途　足以起遠欽
千載東籬下　蕭條同此心

其四
無室憶尸鄕　無田懷土婁
倘規不耕穫　瓜投望瓊酬
孔明始龍臥　於世計亦周
欻起舍耒耟　獨爲天下憂
良圖中錯迕　伊呂豈易儔
襄陽有遺壘　蕪沒焉所求

其五
陶然一醉眠　外此不相干
嗟哉口與腹　負汝食爲官

結髮從善宦　常愧竊素餐
故茲臨老日　顧頷傷歲寒
唯有烈士腸　不摧壯夫顏
棄置勿復道　泯然長閉關

其六
霜風卷秋蘀　颯颯走枯蓬
嘉菊破金英　一一擢天工
時節逝晼晚　國香哀楚龔
至人合元和　泊與流俗同
榮枯俱可捐　得失何塞通
良辰對蕭索　二仲不我從

其七
逍遙東皋上　屬望王江州
翳然桑柘影　松菊眞我儔
雖無金張遇　自信嵇阮流
一瓢有至樂　千鍾貽後憂
吾貧甘獨醒　縱醉誰相酬
窮賤亦何嘗　君子當自修

○ 九日無酒 次陶詩己酉九月九日韻

九日霜露濃　葉隕林影交
時菊有黃華　勁風寒不彫
采采滿懷袖　薄言上山高
舉頭見鴻雁　嘹唳度靑霄
安得一斗酒　慰我卒歲勞
豈無數畝田　春旱禾穀焦
四隣歌笑喧　竟夕樂陶陶
獨有幽憂人　寂寞坐終朝

○ 靈人山 一作寧仁

秋曉挾枯竹　徐步得幽磵
窈窕儒宮西　稍涉溪流慢
蒙茸陟危磴　曲折乘險棧
石秀陰靄襄　林瘦陽光鏟
峻壁澁投足　欹岑眩游盼
峨峨最高峯　拔地回過雁
深蟠江海上　不見丘陵間
探尋喜天霽　欲歸憂景晏
弱齡慕濟勝　鞋襪常自辦
唯知徇雙眼　未肯饒兩骭
老懶倦登覽　眞境付夢幻

偶出諧宿心　躋攀覺便串

○ 桐林寺

窈窕林麓西　寂寞禪莊閉
泠泠清井源　上廳箸竹細
千年法王宮　破壁藤蘿翳
丹青半凋換　衰草沒幽砌
雨淋金粟影　塵昏白毫際
變滅彈指頃　眞佛寧住世
龍象竟冥茫　山門有興替
獨怪僧史妄　謂創天復帝
神器屬顚覆　黃屋無安稅
悲涼紇干雀　身命付莽羿
豈有營道場　檀施越海裔
寄生苟朝暮　何心奉眞諦
識者付一哂　𣖔俗信愚蔽
三歎下坎坷　日隱西風厲

○ 大寺簷楣間 不知何人者 戲書蓮堂夜宴錄 列記名人十數
預占官位 而余名在第二 計丙午年間所書 時余方十八九 殆
今垂四十年 而余獨存 餘皆鬼錄 覽之若隔世事 感而賦之

  流落西湖白髮新 招提墨蹟更傷神
  誰知壁上題名客 猶是堂中見在身

○ 香山彦機師亡

  西嶽初聞法寶亡 叢林落日黯無光
  人天競奉傳燈印 弟子新開掛影堂
  案上經文披舊墨 篋中書札攬遺香
  他時再闢龍華會 試驗東枝柏樹長

○ 夢東陽 是日發引

  霜塗野田白 風戾林柯振
  故人臨永路 夙駕方遠徹
  是夜夢顔色 告我別期迅
  形容稍銷毀 光朶猶韶潤
  款曲平生言 戚嗟傷久擯
  屋外聞馬嘶 恩恩酒不進
  出門重回顧 英姿藹盈瞬
  驚呼已茫昧 濁水淪尺瑾

惻愴天壤間　存沒集危鬢
百念坐鷄鳴　靑燈隕寒爐

○ 十月雷

殘年遠謫太湖南　世事驚心百慮叅
十月雷霆纏海嶽　終朝風雨振江潭
魚龍大壑堪愁寂　豺虎中原想戰酣
夙計易乖身易老　此生棲息抱長慙

○ 穫稻

納稼山村僻　牛車日在門
兒童競收穫　鳥雀滿田園
地迮場功少　時艱井稅繁
西隣有酒伴　餘粒具淸尊

○ 遷居

客裏遷居避世喧　時危何處覓桃源
簪纓近接烏衣巷　魚稻斜通白石村
矮屋傍山松覆瓦　幽溪帶壑竹侵門
西偏細麓便登覽　留與他年比謝墩 烏衣, 白石 村名

○ 次韻送趙全尹 綱

使節州章日日新　主恩前後未安身
鯤鵬海上三山曉　桃李湖南萬井春
竹馬懽迎歸字牧　板輿榮養見君臣
黃堂政有循良吏　白屋應無凍餒民
承明出入本稱宜　五馬爲州却有辭
大尹當官人摠喜　君王錫類世爭知
蛟龍失水何堪記　鴻鵠摩霄不可追
肯枉軒車留遠轄　敢將離索惜分岐

○ 天寒

天寒澤國暮雲多　獨向虛齋强嘯歌
豈有文章供老病　空將歲月費消磨
籬根細雪饒靑草　江上高風卷白波
世事不堪頻悵望　中原群盜尙橫戈

○ 臘月初吉夜夢預賀儀　口占一律　覺後記頸聯京字韻甚了了　未知何祥　仍補首尾成篇

天門晴旭射雕甍　兩陛朝儀簇仗平
日耀龍鱗開寶座　春隨鶴馭返神京
應將喜氣排冤氣　倂把懽聲作頌聲

夢罷白頭麼逆旅　小窓南畔曙燈明

○ 後七日　恭聞東朝將以長至前三日發北京東還　次韻志喜

長安宮闕翼千甍　驛報騰歡慶太平
馬角欲生旋鳳輦　歲陽初動發燕京
天邊雨雪陰山色　關外波濤渤海聲
應有威神嚴警衛　早看璇極日重明

○ 送鄭生西行迎駕

朔風天地閉　氷雪厲河梁
居人墐北戶　饑凍臥空床
鄭生遠于邁　千里不齎糧
借問何爲爾　樂此行役忙
副君久幽燕　皇穹黯冥茫
八年父老思　引領西塞長
殊庭適悔禍　鑾輅歸瑲瑲
百神擁環衛　日月垂晶光
今子候前途　喜氣排嚴霜
足趼赴百舍　險艱猶通莊
山川曠綿邈　遼野莽蒼蒼
憶昔喪亂初　鬱紆回我腸

安得揷羽翎 拭目衢路傍

○ 可歎

山中朽木古形貌 每夜當蹊作光怪
世間萬事無不有 天上浮雲足變態
丈夫坎凜方齟齬 刻畫逢迎盡流輩
從渠耳病聞蟻鬪 看我目光在牛背

○ 除夕得島客詩 次韻

漂零滄海一孤臣 萬里郵筒筆有神
南極炎蒸堪禦魅 西湖霜雪尙爲人
時危痛哭懷存楚 道屈絃歌憶在陳
同受新年且同病 兩鄕殘燭照嚬呻

○ 又次短律

問俗人情異 還家客夢疑
求田抛宿計 着處覓新知
病與三尸住 窮將一鬼隨
他鄕莫深恨 斗酒强舒悲

其二

徂年超若失　吾黨歎歸歟
地闊江湖上　春生雨雪餘
音書時緬邈　鬢髮日稀疏
汩沒洪爐內　甘從一氣噓

其三

方丈重溟外　西湖積水中
交壇懷異日　客土恨殊風
海運鵬圖壯　氛銷劍氣雄
明堂將議禮　終屬魯申公

○ 除夜

悽悽如對別離筵　欲挽良宵已渺然
斗轉河橫鷄唱後　此生眞擲甲申年

【牙城錄】卷之九

○ 乙酉元日　次東坡惠州八首

新春適何自　一日遍九州

雖令來稍緩　豈復玄我頭
柴門强隨俗　木梗與土牛
晚起步林丘　不羨千戶侯

其二

始至孰相招　欲歸誰見許
西南苦流播　歲月且十暑
他鄕閱朝暮　安敢懷故土
嗟哉生有涯　造物當捨汝

其三

僑居枕山麓　雲木繚細岑
不省春候近　喜聞幽鳥音
好友適相命　尊酒屢對斟
一醉報新年　何必吾家林

其四

昨日已舊年　卒歲遣優游
新春益催老　撥棄懽與憂
流離具饘粥　澹然無所求
聖哲甘旅人　曷足懷去留

其五

元日刻漏展　負杖時行藥
春杯薦卯酒　膚革暫沃若
小園稍可涉　新泉已堪酌
坐待梅萼敷　流光紛照灼

其六
巡園學爲圃　是好瓜芋區
晚飯摘嘉蔬　亦足代鮮魚
櫻林外隱映　柴椽拒猴狙
預想幔坡雨　點綴清露珠

其七
開園有三徑　卜隣無二仲
携鋤越幽磵　去聒春泉動
君看太廟犧　豈願牲牢用
陶然北窓下　一枕華胥夢

其八
春魚欲上水　大小各爲群
漁師設網罟　逗帆南浦雲
野徑通江市　時復展殷勤
客舍有長鋏　不敢煩薛君

○ 立春

太史王春紀　新年穀日來
水生孤嶼沒　雪盡亂山開
海內親知少　湖邊老病催
佳辰易流轉　忍斷手中杯

○ 次韻枕海堂　八首

細徑縈巖構　平臺俯石欄
近天邀鶴馭　臨水把漁竿
鷗鷺春聲早　簷楹夜色闌
端居娛耳目　不用恣遊盤

其二

供世常違性　耕田每苦飢
何如規別業　爛熳結幽期
地湧凌波石　天開浴日池
雲煙疲應接　那得易言詩

其三

城郭西湖上　亭臺北斗間
扶桑曾斷石　方丈舊神山
境接三淸勝　身游一氣閒

群仙紛冉冉　駐節幾時還

其四

晴湖疑攬結　快閣嗜躋攀
日出雲霏外　星羅沆瀣間
朝昏頻悵望　漁採各知還
鶻沒天低處　蒼然極浦山

其五

雖無廣場圃　亦足具簞瓢
醜石扶藤架　危簷接柳條
鮫機隣水檻　漁艇駕風潮
更是招邀處　村蹊未覺遙

其六

閣道便臨眺　林篁巧翦栽
風從黃雀起　波送白鷗來
野岸隨天闊　春帆候月開
乘槎迷處所　何路問登萊

其七

鉅野臨湖盡　孤山際海浮
微茫環極浦　吞納混長流

寶氣涵珠蚌　神光鎖鐵牛
已依鮫作室　更接蜃爲樓

其八
林表依山閣　籬傍駕海船
登臨雙眼在　奇勝一方傳
日麗清江上　春深白髮前
風塵正漂泊　絶境轉茫然

○ 哭金尼山 慶祖

流離十年內　親懿逝不待
衰途值末運　白日斂光彩
久別慘中懷　及茲又一倍
平生婉孌交　屈指無半在
風霜梧柏摧　弱植我安悔
常思後會時　共惜顔鬢改
忽爾永淪翳　茫如珠沈海
丈夫貴志槩　豈必居鼎鼐
劇談滿尊酒　相期展樂豈
存沒與願違　落淚向眞宰

其二 其弟定山君傳訃

人命比晝夜　脩短各有程
所悲同袍友　契闊間平生
蕭條異鄕別　十年憂思幷
況伊處存亡　焉免心骨驚
嚴霜瘁徂物　嘉卉委朝榮
陰崖半死桐　宮徵誰爲鳴
南州隻鷄奠　三歎網罟嬰
萬古一丘壟　胡乃傷我情
悽悽定山書　孰是無弟兄
惻愴天壤間　與君俱恨盈

○ 壓海亭次韻

鼇頭一面駕紅亭　地勢憑高控遠汀
已挹虛濤浮小檻　還收秀色滿疏櫳
階除晝接鹽煙白　草樹春連蜃氣靑
永夜澄明迷上下　今年河漢最多星

○ 雄鷄爲隣犬所斃　次杜陵鷄柵韻

衰病減睡眠　況兼憂患迫
畜鷄求三號　豈止資飽喫
喜從天宇闊　拍拍聞奮翮

翰音傳四隣　動作連萬宅
老夫方展脚　徐起理簪幘
僑居向三年　不昧昏曉隔
防虞戒棲塒　掇禍在下柵
猘狗迷汝來　叢榛祕蹤跡
獰牙扤彩吭　折首僅一擲
朱冠殞五德　丹血灑半席
守夜與司晨　同功反相厄
惜汝觜距雄　專場舊無敵
塌翼片晌內　若喪良友益
居然塞上翁　得失竟誰析
羈窮少稱邃　觸事多慘慽
寂寥臥徹明　展轉愧匪石
幽窓風雨交　愁思何由釋
百錢買長尾　呼童問巷陌

○ 春日

山阿棲託愜幽期　觸處韶華眺望宜
春嶠洩雲埋疊嶂　曙林興雨濯繁枝
畦塍競闢黃泥岸　磵谷新疏白水陂
客土無田生計薄　草堂晴晝閉希夷

○ 買田

　　已衰世方亂　未可歸田廬
　　百口轉窮餓　十年無定居
　　春光生野潤　日色動江虛
　　此地宜耕稼　吾將終荷鋤

　　其二
　　食土疲更賦　開田只數畦
　　未堪資飯稻　纔足佐羹藜
　　瘦地寧宜稼　荒菑不受犁
　　西偏須種秫　待雨破春泥

○ 閑居

　　長日無營懶性成　幽窓睡起乳禽聲
　　春風不管林花落　夜雨偏催逕草生
　　流水行雲俱適意　山僧野老各忘情
　　時危尙有棲身地　留眼殘年看太平

○ 避疫四徙至坡川

　　徙歲纔逢兩麥秋　遷居幾欲半牙州
　　豈妨桑下三宵宿　不及征南一處留

傳舍閱人猶未已 乾坤饒我且行休
如何儻得寬閑地 自結茅茨送白頭

ㅇ 四月二十二日繁霜如雪

四月終旬霜似雪 蓬茅一望白皚皚
如今天地陽和遍 那得稜稜殺氣來
群物晨朝氣慘傷 須臾日照復輝光
可憐一寸陰崖草 如許天時尙負霜

ㅇ 洪參奉㷫挽

祿仕何曾走俗紛 田廬終擬老耕耘
賢郎幹蠱傳家足 貴壻乘龍擧世聞
南嶽久藏玄豹霧 西湖新掩少微雲
高門一代風流盡 大谷春陰黯夕曛

ㅇ 洪鄉老鐸挽

田園安步可當車 衰晚優游樂有餘
門外稻粱供賦稅 庭前蘭玉付詩書
交期自托輪心後 存沒還驚識面初
惘悵襄陽耆舊盡 一春閭巷轉蕭疏

○ 獨立

獨立靑林畔　長吟白水間
茫茫兩儀闊　杳杳一身閑
骨肉何人在　松楸幾日還
病餘初屛酒　詩罷暫開顏

○ 徐步

四月淸和溪日暄　家家鷄犬各柴門
松陰草際唯雙屐　黃鳥靑林又一村
處士誰開蔣詡徑　游人欲過辟疆園
歸來好趁炊粱熟　山下輕煙斂夕痕

○ 次東嶽枕海堂韻

新構華堂碧水濆　全家道氣許眞君
瀛洲採藥舟應到　河漢乘槎路不分
春靄螺岑千點見　月明漁笛數聲聞
從來大隱居城市　未似山林鳥獸群
春波潋沆太湖濆　風磴躋攀一訪君
白石村煙濃欲合　新坪樹色淡初分
漁舟掛席朝朝見　蜑戶鳴榔夜夜聞
咫尺塵囂猶昨日　超然已似出人群

○ 昭顯世子哀詩

伏以東宮殿下自燕京回輈 崖閟月上賓 纍臣竄跡下土 旣無
由陪禁庭之嚴 又不得冒公館之限 悲號躑躅 受服于外次 仍念
奉遷時苟在位者 咸薦挽詞 其來尙矣 自傷卑賤不敢與斯列 謹
私撰古詩一篇 以寓哀慕云

天道有廻環　否泰不可長
鍾禍憯莫悔　一往偏我方
儲君返故國　倚伏似循常
奈何三月頃　忽去遊帝鄕
皇穹久疾威　冥昧理難詳
憶昔駐幽都　旋軫恒在望
笙鶴遽上賓　幾日復來翔
向謂九年闊　千載永茫茫
前星晦夜色　少海收春光
凄涼碧鏤宮　埋沒玄圃堂
龍樓問寢地　苔蘚積已荒
貴賤同至懷　曷以喩摧傷
仰揆宗祀重　百神俱怔惶
登筵舊賓客　淪謫限朝行
奚由禦螻蟻　寸斷無餘腸
銜恩未得報　但媿骨髓藏
回遑玄造內　颯颯顚鬢蒼　自藩移燕凡九年乃還

○ 旱風行

疾風經月吹湖縣　湖上靑山塵外見
嗔雲妬雨掃却盡　似與旱魃爲聲援
村前巨木餘十圍　枝幹日日相交戰
大麥委地小麥枯　壟上行人淚如霰
庚辰之年遭大無　賣兒富家傭爲奴
到今不知死生處　汝豈識我隨泥塗
愼勿老作耕田夫

○ 疫癘行

丙子以來洪河決　死喪多門不忍說
饑荒災癘莽相仍　不但鋒鏑流人血
東西海宇數千里　虐焰上冒高穹熱
尙書兄弟廊廟姿　玉樹一夜衝飆折
牙山南村民戶殷　四年骨骸堆丘墳
汝死豈知生者哭　哭聲處處干靑雲
何由得徹天公聞 李明漢, 昭漢兄弟連歿

○ 憑高

遙野平林莽蔽虧　憑高悵望獨多時
十年去國爲農遠　五月尋山採藥遲

澤畔形容翻自哂 關中消息盡堪疑
淵明抵老添衰懶 潦倒新成止酒詩

○ 草亭

湖上新居一草亭 浮生已老尙漂零
危棲有恨憐烏鵲 急難無人感鶺鴒
故里兵戈民戶散 異鄉風俗歲時經
蕭然坐愛前簷豁 不礙南山送晩靑

○ 覽本草

少壯絶旁好　獨性愛書史
黹精數十年　刻楷窮拙技
始慕濟時策　妄擬恢至理
晩途却參差　平生計非是
近看桐雷方　事業乃在此
爲儒破萬卷　未救一餓死
豈如抽鴻寶　得令眇者視
彼微草木滋　天地鍾厥美
根莖異功用　金石殊佐使
向靡上池眼　疇能覰源委
妙抉造化情　熏灌淪骨髓

固知聖賢心　辛苦保赤子
人言躋壽域　小道斯爲鄙
致澤旣無術　活命胡可已
世末風氣昏　疫癘遍遠邇
願借刀圭力　抉見癃病起

○ 浦亭十詠

白石漁火
暝色斂長洲　風濤已浩漾
微茫煙靄間　一點漁燈小

新坪煙樹
天西亘赤岸　樹木繞靑蒼
認是新坪縣　村煙報夕陽

斗浦歸帆
艛艓去飄颷　雲波百里遙
回帆不用楫　長自信風潮

伽山落照
漠漠西山色　長銜返照頹
朱顏日凋換　盡向此中催

龍城賞花

春來苦多風　始出遊花嶼

不謂一旬間　繁華遽如許

鵲嶼觀潮

湖吞洲勢狹　潮泛浪花舒

盡日群鷗舞　機心乃在魚

桂陽朝霞

初日照孤峯　憑軒望桂浦

閑看赤城霞　化作滄江雨

桐林秋月

古寺中秋月　金波夜久澄

淸光如可掇　貯以玉壺氷

板橋暮雪

煖閣臨高牖　江天暮雪寒

誰知驢背客　只好遣人看

令巖曉雲

巨石水中央　晴雲淡又濃

霏微滄海上　不肯事從龍

○ 黃昏

　莽莽人間世　柴門只一節
　疏雲生野火　細雨響村春
　井里傳呼急　官家賦稅重
　艱難感漂寓　濁酒待誰供

○ **還烏衣 別坡川親故** 時留家累烏衣

　我生如浮雲　窮老不安宅
　世故每驅遣　眇然將奚適
　欲返烏衣居　百口會良覿
　坡川亦異鄉　彼此俱遠客
　盈盈一溪水　相望實咫尺
　惜與隣里別　臨發意慘慽
　況伊東西陌　招邀盡密戚
　婆娑桑柘陰　杖屨陶日夕
　出門再歎息　茲歡付蕭索
　少壯輕聚散　晚途苦離析
　婉變岐路間　終恨寸心弱
　去住乖至願　何由似宿昔

○ 次伯氏韻寄題權參奉江閣 癸未南遷時會別于此 故詩意悲切

骨肉情何斷　流離病轉嬰

經過懷別業　存歿恨餘生

絶岸窺金瀨　高軒對玉衡

柴門容再叩　淚落暮江淸

○ 閏月書事

閏月園林飛乳鴉　樹陰藤蔓亂交加

晴軒永日渾無事　唯見游蜂釀豆花

伏熱乘人午睡煩　看書欹枕已昏昏

床前一部南華卷　唯遣淸風盡意飜

閑居靜散日如年　無數蟬聲警晝眠

老屋西偏喬木影　參差已過半庭前

閏月中分夏景斜　風光猶屬野人家

油幢碧擁三眠柳　霞幕紅圍百日花　百日紅盛開

旱魃經天七月來　熱雲如火膩氛埃

絶防漉井澆炊甑　忍斷開尊點酒杯

靈山高頂古龍湫　膏雨三時歲有秋

一自風雷移窟宅　更無雲氣到滄洲　邑人言山上舊有龍湫 頃歲龍移
遂致枯旱云

江潭舊路接沙堤　黃閣朱崖出處齊

力霽雷霆扶社稷　身傾霖雨慰黔黎　鄭相國光弼舊謫此地 終致大拜

服齋才子行吟地　處處江潭舊跡疑

北望關山更萬里　夕陽秋草至今悲 奇服齋邊始謫于此 移配穩城 夕
陽秋草 卽公詩讖

賢豪開濟屬風塵　戰伐揚名各有人

勳業不隨文武別　一時麟閣兩宗臣 寧原洪公可臣致仕居大谷 統制
李公舜臣蛇田人 俱宣廟朝元勳 墓在境內

將軍遺廟戌旗風　香火春秋士女同

今日客來南浦上　夕陽衰草閉儒宮 統制忠愍祠在順天 寧原書院在
縣地

○ 春夏大旱　新竹不成

名園修竹舊檀欒　朱夏炎氛白日寒

枯旱一春霖雨斷　上番新筍不成竿

○ 園蔬

嘗聞歲行惡　菜不熟爲饉

我生五十七　此語今而信

僑居營隙地　地狹容席僅

辛苦學老圃　嘉蔬雜葵藺

春旱至五月　黃泥若塗墐

小雨重播種　涓埃裏猶汎

亢陽仍構患　徂夏汔已閏
朱光烈午焰　露氣收宵潤
稚苗一焦卷　生意埋餘燼
茄瓜資屢摘　薑芋煩數進
中田屬蕪穢　群品甘委擯
抱甕實無計　枯井空九仞
昨暮江上雷　殷殷堂宇震
雲陰旋解駁　茫昧理難訊
近者數年間　赤魃來相趁
高穹豈虛譴　下土自嬰釁
禾穀既抛荒　園場又足吝
物微付長歎　哀哉彼道殣

○ 閏六月十七日始雨

夏序方闌旱氣長　四郊禾黍盡萎黃
朝來一陣山前雨　唯借西窓半日涼

○ 四望

藜杖憑高四望通　古松林外夕陽東
百年眼暗干戈際　千日身埋麴蘖中
過野濕雲纔帶雨　拍天驚浪每兼風

田翁舟子俱生意　樵唱漁歌處處同
深巷蓬蒿細徑紆　孤村煙火小山隅
田家少婦能炊黍　漁戶兒郎解織蒲
夢與白鷗游碧海　行隨黃犢到靑蕪
輕陰點綴天雲色　好是西湖水墨圖

○ 痁作

旣被榮衛拘　何處逃此身
必至有前期　進退無淹辰
忍痛待今日　甘受萬苦辛
增寒始陵虐　氷雪生衣巾
未定齒牙戰　熾火又焦脣
孰謂片晌內　二氣酷相因
飛昇九天上　忽下千丈淪
毛根及骨際　搜剔靡不臻
血源與髓海　熬煎涸其津
百節解關紐　七鑿瞀性眞
昏昏逮曛暝　餘烈仍徹晨
衰老益煩促　敢辭死爲隣
但於叫呼頃　崩迫凋精神
陰陽寧暴人　小鬼本匪仁
勞形已云久　脩短聽大鈞

俯張汝詎幾　去去莫逡巡

○ 秋日

天邊流水夢中過　瘧熱三旬廢嘯歌
燕子高飛秋社近　梧桐半落夕陽多
林颿每繞侵階竹　苔色偏籠覆地莎
閉戶不知時序換　世人銅狄幾摩挲
菰蘆彌岸暮潮過　夜久舟人自楚歌
湖外生涯隨地薄　漢陽歸夢入秋多
驚風只解催黃葉　寒雨猶能長碧莎
老去身名寧自惜　謾將淸鏡付摩挲

○ 秋甲子雨

節近中秋好　霖依甲子驕
乾枯歷徂夏　潰洞欲連朝
慘澹神靈意　嗟傷父老謠
農功兼世慮　伏枕聽蕭蕭

○ 楚辭曰 至今九年而不復 余之去國 恰是九年 仍而紀感
西南着處便爲家　投老浮生定有涯

逆旅因人通水火　江湖隨分飯魚蝦
脩門落日懸歸望　異域流年對物華
縱與三閭同徙歲　此心終不賦懷沙

○ 恨

江城白露隕靑梧　獨夜殘燈擁土爐
棣萼百年同氣盡　萍蓬四海一身孤
腸摧杜宇啼時血　淚进鮫人別後珠
疾病艱難催鬢髮　形容勝似屈原無

○ **秋霖**

淸秋感積陰　浩浩成歲霖
白日變晦昧　爽氣還鬱沈
水中見秔稻　畎澮何由尋
嗟哉南畝人　旱潦互相侵
曷以充爾腸　溝塹固其任
我愁臥茅店　長雲蔽崇岑
故國不可望　況阻江浦深
關梁閉泥濘　衰疾廢歸心
飛來病足鶴　顧步在西林
欲往毛羽短　歎息有哀音

○ 同邑宰遊小山 有再會之約

地闊沙平眺望開　小山高控一川廻

蒹葭白露秋聲起　秔稻黃雲暮色來

久怯蛇杯常伏枕　暫隨鳧鳥强登臺

重遊却怕西風冷　只待巖花放蕊催

○ 重次邑宰和韻 末句答秋花辦事催之語

雙眼風塵未擬開　茫然世路首空廻

山河萬里干戈滿　江海三年日月來

豈許夢魂歸北闕　只容愁疾上西臺

清秋幸接招邀慣　能事知君不受催

○ 家鴨乳鷄雛

鷄乳在庭內　有物來擾之

十雛毛羽細　中路失母慈

日夕無依泊　短翮可棲塒

欄邊一文鴨　痛若軫孤遺

展側懷抱間　覆翼實勤斯

夜久聞拍拍　引領防狐貍

晝行異飮啄　顧視鳴聲悲

悽悽急難情　未沫風雨時

孰謂蠢動儔　用意乃故奇
縱然形氣殊　寸腸烱不疑
豈要鄕黨譽　勉焉仁義施
塞性間人禽　所貴者良知
昔賢感同胞　玆道安可私
嗟哉鄧伯道　事出通人爲
君子誠惻隱　激烈雙淚垂

○ 感秋

四序一推移　寒暑不可暹
草木被霜露　昭質日以虧
蘭芳遽銷歇　況伊蕭艾姿
昊天非不仁　生殺各有司
受命造化內　孰能脫盛衰
大運旣錯戾　哲愚俱淪夷
江河忽震蕩　豈見洪鱗遺
賢哉商山皓　自珍貴無疑
衝飆殞群物　尙保丹桂枝
得失辨毫芒　冥冥去採芝

○ 夕望

秋山黃葉擁寒溪　久客思鄕意轉迷
一室生涯依井臼　十年身事委塵泥
風雲只繞丹霄北　波浪長浮碧海西
拄策柴門頻悵望　亭亭落日傍人低

○ 遊白石 用臺韻

多暇賓筵選勝開　天虛洲陼莽脩廻
林皐拄杖常孤往　江浦肩輿偶一來
水國寒生龍窟宅　雲衢氣霽蜃樓臺
西邊落日東邊月　莫遣深杯到手催

○ 道傍古松

道傍一古松　分作四虯龍
托根抱危沙　老幹各巃嵷
陰蟠十畝寬　秀入靑雲重
昂藏千歲姿　柯葉日以濃
偃蹇雷雨會　慘澹霜雪容
但恨失所處　立當車馬衝
溪湍齧其趾　上有蔦蘿封
孤生飽塵泥　悵望霞外峯

苦遭野火燒　萬穴集蟻蜂
非無廊廟具　匠石不可逢
鷗鷄號向晨　朔風鳴寒冬
志士多感傷　撫汝獨霑胸

○ 中秋對月

虛閣淸秋月　疏簾永夜明
靑煙消野店　白露滿江城
四海無兄弟　中原有甲兵
悽涼家國事　抵老尙含情

其二

南嶽靑楓寺　西江白露船
淸光無遠近　良夜正澄鮮
宿雁依沙水　行人住野煙
只應銀漢影　已掛玉樓前

○ 贈金爾昌抱材見屈　詩以勖之

我遷于湖逃謗讒　有臂九折口三緘
非無學士抱經函　門外講誦日曉誦
至味奚敢喩甘鹹　强提其要擧其凡

憝愧利芒當黶礏　金生顧惠敲扃巖
頭角挺穎清巉巇　乃翁中表睦友咸
況爾披寫露深諴　牢醴前陳恣饑饞
逸驥蹋空脫轡銜　故將斧鉏斸嶄喦
翦伐榛棘出檜杉　繡組鑿悅人所監
幽女試手呈攕攕　衆徒慕之不可摻
昨聞秋圍辦珪瑊　具嚴韃靮斾斿繆
霜戈上刃天宇撈　刈旗易▨蒿艾芰
巨川欲濟中廻帆　布勇暫避催與氾
勉養時禾膏雨□　再進貢院鳴春衫
豈見健鶻饒冤黽

○ 時菊篇 屬座客

斗酒會嘉賓　時菊已堪把
馨香非不佳　歲暮委田野
天寒百卉腓　霜露日夜灑
蕭蕭絶世姿　獨立風飇下
朵掇滿衣袖　焉以贈遠者
志士感孤芳　浩歌淸淚瀉
林疏陽景晏　秋色豈久假
勸君數泛觴　此物宜結社

○ 權進士厚挽

　臥病江湖歲月來　時時襟袍得君開
　俄纏虐癘沈沈劇　始解祥琴切切哀
　天上每憐丹桂晚　人間先驗白駒催
　龍鍾舊玷皐比席　華髮西風一慟廻

○ 黃鵠行

　翩然西來一黃鵠　歲暮震蕩波濤中
　霜落郊原稻粱盡　歸飛欲下洲階空
　江湖地闊無伴侶　夜寒獨宿蘆葦叢
　川梁水淺魚蝦少　漁父往往操桑弓
　燕山胡鷹誇觜爪　欺汝羽毛傷天風
　不及鷗鳶日日逐腥腐　側翅瞥捩街市中

○ 素寒餓久矣　忽夢得株字一聯　是何想與境相戾耶　因綴成
一律

　常苦饑寒迫向隅　樂郊風壤夢華腴
　西疇翠麥三千頃　南陌柔桑八百株
　但使閭閻歸富庶　卽看民物入驩虞
　書生自切豐年望　敢爲甁罌問有無

○ 神心寺

招提隔一山　十里崖逕轉

到門新雨霽　零葉擁寒殿

石巒旣峭挺　雲霞屢蒸變

有僧年臘高　雙眉雪覆面

延我置西院　慰我鞍馬倦

小睡就禪榻　窓日煖可噦

愧爾緇衆少　辛勤具朝饌

苦道秋早甚　蔬果亦不賤

久客感至意　忽若飫豐膳

荒歲旅食艱　窮谷人情見

是身困經行　所歷未敢戀

歎息謂徒侶　胡爲此遊行

○ 乙亥秋游楓嶽 至五臺 次東岳韻贈浩悅師 迨今十一年 遇悅於神心 猶持其卷 感而續賦

玉洞尋無竭　金風轉不周

還從赤城路　更得羽人丘

秋磬眠虛閣　晨鍾倚小樓

逢僧半日話　爲傍桂枝留

○ 右前詩

　　自罷中臺會　星將一紀周
　　重逢疑拾得　夙契是閩丘
　　破衲依禪榻　羸驂繫寺樓
　　悠然下山意　暫被故情留

○ 暮歸

　　歸來十里倦憑鞍　溪壑氷霜跋涉難
　　野外浮雲迷去住　山中落日轉饑寒
　　那將短髮供形役　且傍窮途閱歲闌
　　絶岸危橋行已盡　疏燈一點照林端

○ 神心寺前樓有亡友李生寅題名

　　四十年來墨蹟深　存亡淚灑古墻陰
　　靑山歷歷登臨處　猶見劉伶荷鍤心　君病酒而死

○ 哭睦進士樂善

　　曾標擢秀本亭亭　不在山林在戶庭
　　只合常餐首陽蕨　如何忽掩少微星

貞珉蘊彩寧辭璞 古劍埋光不受硎
四十三年知己淚 寢門斜日照雙熒

○ 方冬

飄颻鐵甕雲 來作牙山石
雲行有變態 石住無遷跡
方冬雷雨交 陰壑凍未釋
昏霏暗崇朝 氷雪仍漠漠
茆簷三尺椽 上與天光隔
隆寒襲布裙 骨瘦神內鑠
前夜聞虎吼 山風振林擘
孤棲積中懾 餘畏存日夕
年衰轉窮迫 仁者宜慘感
茫然覆載內 惻愴空垂白

○ 冬月無雪 時有凍雨

農家占歲穰 多雪以爲候
須憑臘前白 始驗薺麥茂
今年冬亦旱 滕六方斂袖
豈看越中犬 驚惶競奔走
蕭蕭西南風 雲物或相媾

有時吹過雨　季月傾屋霤
只得聽滂沱　何當睹紛糅
上天積寒液　愆陽乃中構
飛霙舞空宇　到地融更驟
土脈轉嚴凝　原田凍莫覆
大聖陶至理　害氣胡潛寇
沴祲煩屢書　休徵終鮮覯
小人苟自私　口腹那可救
嗚呼皇王代　千載長廻首

○ 懷李成川靜吾閑居

新坪東岸貢津西　一葦乘潮路不迷
只爲風霜霑網罟　徒令歲月阻提携
飛鴻尙自依寒渚　宿鳥何曾厭故棲
縱說衰年同偃息　可憐憂樂兩難齊

○ 趙大諫日章拜疏言時政　仍趨召命　臨行寄詩　次韻

川路東西近接連　長愁寒浪礙湖船
形容尙滯黃塵裏　雨露新傾紫蓋邊
努力倘期相見日　蹉跎未卜定歸年
遙聞劍舃朝雙闕　重把封章感九天

○ 老病

歲月催我老　饑寒添我病
荏苒十年間　暗鑠菁華盛
脩短亦固有　奚足矜餘命
所畏口腹私　紛然累清淨
以茲葆眞率　不敢傷拙性
物欲敺一世　錙銖共趨競
七尺徇邪嬴　千金餌機穽
得失易昭晳　貴賤各終竟
前期豈復久　日可驗明鏡
願天假優游　衰齡及寬政

○ 立春

季月已云末　四時相與遷
何堪惜往日　未敢恨流年
氣轉窮陰後　春生小歲前
江關梅柳動　衰鬢獨悽然

○ 曉起

雪月開寒霽　房櫳破睡慵
鷄聲連客枕　人語雜村春

瓢飲從吾有　壺飱不自供

亦知溝壑近　歌嘯且從容

○ 除夕行

今夕何夕夕已除　孤燈獨坐愁夜央

屈指前期殊草草　回首往者徒茫茫

羲和操鞭鞭日轂　六龍行急無留光

南河之南川壑深　老人白髮依山陽

故國十年魂不歸　淸漢水接滄溟長

洪濤漫天天爲黑　渤澥路斷迷舟航

風雨蕭蕭鴻雁飢　氷霰漠漠龍蛇藏

男兒有命且强飯　羈旅豈得令我傷

家貧幸足具尊罍　身外一任流景催

晨鷄未叫宵未分　暫携燭影相徘徊

如何惻愴中心哀

【牙城錄】 卷之十

○ 丙戌元日雨雪

久客頻驚節序移　新春轉覺旅情悲

三元雨雪沈湖甸　一夜氷澌淨海涯
近浦泥融挑菜早　上江潮悍網魚遲
似從荊楚詢風壤　兼採圖經記歲時

○ 次金善述相憶韻

久信生成百不均　眞甘流落十經春
枯魚實覬霑濡沫　尺蠖虛傳有屈伸
正月音書江上雁　衰年顔面夢中人
扁舟解纜知何日　唯見晴波展翠鱗

○ 人日對酒

人日風煙浣柳絲　韶年淑景漸舒遲
籠香綵樹賒春色　撥病衰顔强酒巵
歸雁上雲經碧落　游魚陟水動漣漪
荒城斗屋還匏繫　物態驚心老更悲

○ 啄木

有鳥赤斑文　啄啄枯樹枝
枯枝無所食　口禿毛羽衰
地卑饒蟲蝦　腥腐乃非宜

歸飛故林遠　獨宿天風吹
梧桐鳳凰棲　蒿下聚鷾斯
托意固有在　豈敢辭苦飢

○ **布穀**

春至布穀鳴　飛下柔桑林
翩然自相來　應節吐佳音
農月紀嘉候　勸彼耕者心
服來遍四海　俶載通古今
城烏啼半夜　水鶴警秋陰
感時協人功　不如此微禽

○ **鷦鷯**

鷦鷯至細微　結巢在草根
不知山澤曠　遊戲於籬藩
奈何群點兒　設機掩飛翻
羈翦閉籠中　析粒充朝飧
兼存湯火懼　豈慕稻粱恩
終雖脫羅網　未敢思騰騫

○ 鸛雀

軒然雙鸛雀　上棲高樹巓

養雛哺以蛇　肉薄謝魚煎

虞羅不汝規　子母盡天年

近聞山戎徒　急採大羽鮮

彈射遍林木　巨翮摧勁弦

干戈旣常用　飛動寧幸全

○ 海鶴

海鶴白如雪　本出靑田山

身遊雲沙際　意在魚蝦間

終朝啄腥腐　不離淺水灣

瑤池煙霧境　夢斷何時還

世人苟外觀　愛爾羽儀閑

碧霄有眞骨　杳然焉可攀

○ 萬兒曰 鬼與水相似 水可見, 而捉之則無有 鬼亦可見 而捉之則無有 故曰 鬼與水相似 其言偶出新理 戲下一轉語

水哉活難撲　空性泯聲聞

洋洋者鬼神　攬之則形遁

虛明浩相接　一氣著日運

爾得之川上　斯理庶不遠
七齡眇何知　竅啓具方寸
那須預我玄　待作潛夫論

○ 送李生赴湖南

天際亂峯稠　輕陰生遠愁
行人乘曉月　驅馬渡春流
古驛梅花動　前郊草氣浮
知君歸興早　煙雨遍西疇

○ 有懷麻浦江舍　因寄許惟善　以有花木之饒

江湖煙浪浸柴扉　日夜風湍拂釣磯
誰賞晴花臨水發　遙憐白鳥傍人飛
隣家小塢藏春色　近陛虛亭鎖夕暉
傳語故交相憶否　湘潭流落未言歸

○ 雨晴

積雨晦方春　陰氣鬱未褰
今朝晴日出　光景耀且鮮
登高望原野　瀰漫亘長川

故國眇何許　天水相與連
津梁限咫尺　況念歸路綿
冥冥北徂雁　擧翮辭湖壖
聯翩紫塞影　飄戾越風煙
旣免矰弋懼　翔集任所便
稻粱豈不懷　蓋爲鄕思牽
我苦乏羽翰　奮飛無因緣
眷彼淸漢上　別來歲月遷
人生羨禽鳥　怛然傷暮年

○ 白杜鵑盛開

多病僑居閉晝眠　一春花事摠茫然
今朝偶逐東風出　要看庭前白杜鵑

○ 黃魚

碧水三春暮　黃魚一寸餘
雖云比邿莒　未合混鮏蔬
驛路隨雲騎　氷盤薦玉除
江湖盍鮮美　輟筯戀宸居

○ 花事

爲惜庭花萬點飛　從他香露滿人衣
遊蜂亦解風流事　留宿枝間夜不歸

○ 愁霖

靑山南望暮雲沈　三月遙天鎖久陰
故國經春遷客恨　窮簷終日老農心
江中白浪千層湧　壠上黃泥一丈深
自古長沙卑濕地　無人爲我和愁霖

○ 自山居移寓貢津一名河南浦

東州遷客卜居頻　南浦移家井竈新
著處荊榛俱染指　隨緣蓬梗暫棲身
寧同隱士攀叢桂　秪似騷人望白蘋
江上葑田誰是主　洲邊漁屋可爲隣
長干居住近風波　春晚幽懷寄少歌
窮老相隨唯瘧鬼　消磨不盡有詩魔
時看水鶴乘潮去　日見檣烏轉岸過
中夜忽驚狂雨急　前林空想落花多

○ **漢原府院君挽詞** 趙昌遠

徽音當配極　盛德必開源
人仰坤儀正　公居國舅尊
脂膏遺戚里　被服襲儒門
邸第風雲氣　朝廷雨露恩
岡陵千歲祝　寤寐一心存
舟壑俄成夢　衣冠已斂魂
高車辭北闕　祕器出東園
孺慕纏中禁　疏榮及九原
驚波俱事往　迸淚獨聲呑
舊好懷童稚　平生奉話言
別離傷白髮　會合展淸尊
此物猶塵土　餘懽若曉昏
徒聞刊翠石　不得睹朱旛
悵望思懸劍　回遑戴覆盆

○ **牧丹盛開旣衰　芍藥始綻**

辛苦移花托意眞　殷勤餉我一欄春
寧從客土違天性　暫爲餘芳作主人
盡日獨看開爛熳　明朝應對落紛繽
將他雨後繁華賞　付與階前芍藥新

○ 泛舟

　春泛滄津闊　雲霞引興新
　高檣留燕慣　隣舫過魚頻
　酒賦知難遣　形神覺自親
　微風舟轉去　落日更宜人

○ 白芍藥

　蕊珠宮裏露凝香　睡起鉛華洗曉粧
　無那春風相惱亂　臨階緩舞素霓裳

○ **嘲聽蟬翁養魚行** 李志定

　嗟哉聽蟬翁　嗜魚不恒得
　寄宿沔湖漁　漁人初莫識
　中盤進烹鮮　香膩聞鼻息
　儒老習氣酸　潔脩內自飭
　一芥顧名義　忍饑仍却食
　僕御旁錯訝　長者意難測
　歸舍口津腥　三歎釘餖側
　急欲學陶朱　爲穿秔稻域
　養鯽滿千頭　濊濊縱澤國
　乃公詑婦子　獲雋當在卽

秋高霜露淸　謂可試九罭
淫霖忽沈潦　缺圻隄障北
群流瀉幽壑　鱗介乘水力
洪波擁素鬐　下赴滄溟黑
蹄涔小於杯　旣別肯相憶
萬事喜乖張　常分甘蔥葅
君看掛簹網　有類飛鴻弋
浩漾雲濤間　終朝羨魚色

○ 墻外白葵花

亭亭雪貌靚新粧　嬌倚風光出半墻
莫遣東家窺宋玉　爾來無夢賦高唐

○ 同李靜吾飮成亭

雲山濃淡翠屛紆　新樣江南水墨圖
醉臥紅亭不歸去　夕陽無限在西湖

○ 哭李生震復

端居形影靜相依　晩向風塵覓董威
白首鄕閭唯直道　一身溝壑但衡扉

招魂碧落何當返　扶病靑山獨自歸
他日江湖滿眼酒　幾回垂淚望烏衣　君居烏衣

○ 隣人 五首

跬步小城東　隣有李洗馬
親老宦不遂　玉立風塵下
知音曠難遇　棄捐在山野
我方逃空虛　誰可與語者
時來破晝眠　起予寸心寫
盈盈水南厓　隣有成處士
開軒壓海濤　縹緲層楹起
閑情悅花石　鷗鳥近憑几
夜潮漁艇回　登俎腥鱗紫
旅人愧波及　自益飯稻美
墻西無數步　隣有愼逸人
其人孝且悌　篤愛重天倫
兄疽已實痛　吮之若嘗珍
縣家列殊行　天遠道無因
力耕不逢年　惜哉常食貧
東偏屋角稱　隣有邊通判
新從海外來　與語皆壯觀
雲霞漢挐山　舟楫朝天館

復聞富奇藥　仙人所幽讚
願言採靈苗　頹齡救衰換
江村近漁市　隣有李忠義
王孫自食力　狎翫風波事
肯爲神農言　羲皇有遺利
身老子又壯　水中魚不匱
我感永州蛇　謂君愼危墜

○ 曬麥爲雨所漂 自哂

西窓風雨午生涼　未破幽人晝睡長
一種庭前漂麥意　欲從高鳳問閑忙

○ 臨眺

三伏幽居一病妨　登高愁思益茫茫
波濤地僻蟾蜍浦　草樹城空雀鼠倉
屢舞蜻蜓依淺渚　徐飛鷗鷺帶斜陽
漁人好得西風便　半日歸帆百里長

○ 攬鏡

江心淸鏡鑑毫釐　衰病年來久不窺

今日明窓相對看 箇中華髮是爲誰

○ 出田

執熱久不出　出不過門閭
蓬莠經夏長　碧繞環堵居
苟耽偃仰便　藜麥每無餘
今朝强作意　借得隣家驢
屢空起我懶　驅去省菑畬
田禾候早晚　庶救囊橐虛
農月各自力　老弱散郊墟
村犬亦隨人　晝日靜林廬
此地泉源短　實少通漑渠
稻畦雖得雨　廣斥眞塡淤
黍稷時向茂　稂稗未可除
辛勤水土間　炙背成蘧蒢
筋骸豈暇逸　所覬秋滿車
終傷旱澇頻　樂歲來何徐
農於四民內　最困他莫如
吾病寄異鄕　幸不躬把鋤
揣分誠已多　敢辭常飯蔬

○ 乘舟

處廨苦幽鬱　喜見湖山曉
夏月須早起　乘舟去浩渺
掛席信歸潮　輕櫓疾於鳥
欲赴漁浦期　遠望烏檣小
川路旣超忽　排虛放天表
偶出諧一游　盡日釋塵擾
勞生詎幾何　將老懽意少
愧非海上人　群鷗近前矯

○ 次趙龍洲韻　兼和來意

宇宙無涯生有涯　參差不與古人偕
塵埃晚歲餘雙眼　疾病長時感百骸
轉眄星霜玄髮變　蹉跎岐路素心乖
西風擬整山陰棹　遡上津流十里叉
麟經一統繫春王　自古重恢竹帛光
諸葛漢中新節制　神堯天下故封疆
須張殺伐弘前烈　庶答謳歌憶舊章
試上黃金臺上望　十陵佳氣繞靑蒼
來詩以大明唐王起兵江浙　任用賢佐　方圖剋復　海內屬望云
故述其語意
秋淨江湖雁欲來　陰陽晝夜每相催

空庭白露淸猶墮　遙野晴雲斷不回
井上只看梧葉落　月中誰見桂華開
無緣乞得天孫巧　瓜果前頭自釀醅

○ 七月大旱 處暑日小雨卽止 用杜詩韻

亢陽過三伏　涼候颯已至
小雨殊卒暴　流雲度江駛
民者天所哀　稼穡未宜棄
風吹霆翳卷　莫測神靈意
久旱滋液難　微潤焦枯易
赤煇滿空宇　恒暘擅一氣
災沴自古有　堯湯亦時致
人命迫朝暮　何當睹嘉穗
仲月近黃落　山色減積翠
築場缺朋酒　蕭然秋社費

○ 同隣人澤中漁飯

行藏落拓信悠悠　一辱泥塗遂不收
歸望每懸丹鳳闕　窮愁猶寄白鷗洲
相隨釣叟期中飯　自把漁竿上小舟
聞道漢儀重整肅　幾人端笏在螭頭 時朝士將復衣冠

○ 日暮

涼沙一面帶潮痕　海氣冥濛日又昏

風急游鱗堪震蕩　天虛歸燕故飛翻

高林背郭村居靜　小市穿汀野渡渾

誰識十年遷客意　白蘋洲上望脩門

○ 八月初四日出飮

細洞縈林轉　淸川接岸回

衰年難遠出　暇日偶朋來

落景頻移席　微寒數擧杯

鳴琴牽醉興　歸騎暫遲徊

其二

山晚風林偃　郊虛露草低

老人難自起　年少故相携

拄策看魚散　歸鞍競鳥棲

中途及前侶　留待石橋西

○ 野飮歸　疊龍洲見和渾韻

歸舍衰顔着酒痕　瓊瑤入手破昏昏

郢中高唱誰堪和　河上遺經獨自翻

天霽長風吹海淨 雲開落日射江渾

沈痾却阻扁舟興 軒蓋何曾避席門 <small>被痾乖舟枉之約云</small>

○ **感友篇** <small>并序</small>

余早遊士林 所取友甚博 率皆肩隨以上 至年倍者亦肯折輩
行與交 徵逐無虛日 甚相樂也 荏苒二三十年 長者皆老死 中
更災阨 其少者亦無祿夭枉 死已過半矣 逮余西遷 屬搶攘流播
竄身四方 旣稍定 始間關通書問死生 咸以文字相聞 凡七易陽
秋 得六十九人少矣 近於暇隙 偶取鐵城錄屈指存沒 閱歲塵一
甲 就六十九人中死者又三十二人 而登稀者只二人焉 則壽命
之艱 世道之變 果如何矣 嗟乎 更過數年 餘存者年益大 年益
大則其存也幸 其少者之皆得志於年與否 且未可知 況余之衰
病支離 朝夕待期 其可冀延假時月 再檢錄中存沒也耶 陰陽遞
禪 風燭奄忽 疾疫事故 喪亡多門 人生夢幻 逝者如斯 撫卷三
歎而題之

人理無百年 交契無一世

假令延歲月 聚散乖定計

平居杯酒歡 謂可恒接袂

合幷詎淹晷 臨別方出涕

凡情足悲吒 況處死生際

嗚呼婉孌友 遠駕多近稅

往在丙丁前 太半已長逝

忽經十炎涼　凋喪劇相繼
頹齡値衰運　幽壤日潛翳
零霜乘殺節　豈見饒箘桂
蕭蕭葉歸根　落落瓜辭蒂
金鼎實明徵　蘭膏靡久濟
屈指朝暮期　存沒猶長弟
緬懷彭與殤　何心强分劑
山陽及酒壚　在道諒云細
反復伐木篇　奚由豁斯蔽

○ 中秋

棲棲湖海此生浮　每覺徂年不肯留
一委泥塗隨草木　幾經霜露感松楸
庭蕪繞屋蟲依壁　江苽連天雁下洲
誰分淸秋催客恨　更敎明月照離愁

○ 游新豐嶺　幷序

八月二十一日　偶覺神思煩鬱　携成, 愼兩生　取街巷細徑　上新豐嶺　去人境不甚遼遠　而四顧曠然　已有出塵之想矣　俯瞰平湖　渺茫無際畔　漁舠兩兩帶潮而歸　遙野群山濃淡異態　旣而林日西頹　雲陰遷變　郊墟禾稼黃綠萬狀　村謳牧篴氣象可把

其秋日曠朗之懷 烏可以悲 濟勝會心 本不在遠 但人苦不知
此間趣耳

　湖居厭喧卑　杖策登南山
　徐步挾二客　委曲經市闤
　始躋尋丈餘　已出埃壒間
　前洋控帶長　水決通江關
　漁帆飽晚風　鷗鳥相與還
　小人各生業　來往何時閑
　淸秋寒露墜　巖菊日夜斑
　豈無斗酒飮　慰我腰脚頑
　君看郊野色　禾稼洗愁顔
　少年且爲樂　徂歲不可攀
　醉歸草徑細　返照頹煙鬟

○ **至淨居院** 并序

　自新豐嶺北下東折　轉長阪平坡　落崖谷襞積中有白屋架壑
而居　比丘金應先所住云　因勢除地　或庭或階　雜植花果　亦皆
秀雅　鑿石貯水　甘洌爽喉　入其室　幽邃窈窕　緣澗治茱畦　稍平
處輒立小屋　灑絶整餙　不謂闤闠跬步有此淸致　乃嗽泉滌齒　小
酌林下　蕭然無歸念　始上新豐嶺　凌虛曠遠　有遐擧之想　及至
精舍　心境俱寂　又似參禪入定　一日之內　隨遇而變　古德之面
壁持攝　爲是故耳　遂名其舍曰淨居院

回策下嶇嶔　北東轉脩隴
豈知伽藍宇　乃藏崖竇甕
峯懸陽景隱　石坼陰泉涌
罨舍蔽寒茅　一室小於塚
中有病維摩　精進老彌勇
照壁白毫光　香火日瞻奉
勵成布金地　庭木亦森聳
徘徊尸陀林　悵望雪山重
不離市塵近　曠絶在擧踵
欲歸再返顧　棲翼赴簷栱
依然墮塵網　世故幾千種

○ 湖望東龍洲

無數靑山斷復連　湖中空泛上江船
唯聞渭水流關內　不見長安在日邊
客土僑居頻卒歲　故人離別又經年
高秋落雁迷棲泊　極浦愁煙斂暮天

○ 歲暮行 寄尹敎授

歲云暮矣天雨霜　來日苦短去日長
志士悲秋懷感傷　遙夜起坐中慨慷

關門仙令吾所畏　能向關門識紫氣
將身已擬齊得喪　沒齒何嘗置涇渭
寒雨冥冥鎖久陰　疾風吹雁江湖深
窮愁九月催白髮　相望咫尺勞寸心
兩翁於酒寄生涯　逝者不樂流景斜
非君就我我就君　爛醉莫負東籬花

○ 夢閔而靖　曾聞賦臘梅詩　用其韻寫懷　應恢

不爲因衰着眼花　寧令未老閉山家
神明內葆經脩鍊　時事中棼斷揣摩
雲樹夢回空寄恨　臘梅詩就久傳誇
晴窓物態催年暮　預想淸香雪裏加

○ 疊花韻寄趙季彦 贅居楊根

離居又見九秋花　亂後林泉漏幾家
老去功程依翰墨　閑中日月費編摩
瑤琴曲妙終誰會　寶劍芒寒肯自誇
遙想薜蘿霜露冷　龍門爽氣晚來加 君方著書故云

○ 新營小築 與比丘舍接隣 疊花韻

　紛紛世事閱空花　十載游蹤未到家
　始向窮途追阮籍　還依丈室接維摩
　煙波不盡誰同賞　風月無邊我自誇
　直待春來營葺了　洞門林木正交加

○ 夜夢多與舊故游處如平生　率泉下人　至東淮白洲尤數當
以徂謝後想與因相遭故耳

　昔夢故人在京國　故人于今隔泉壤
　嗚呼泉壤不可到　獨有一點精魂往
　嚴霜暮境盡零落　地底茫茫眼中客
　神交窈寐展良覬　淮老洲翁最數數
　銜抔抵掌百年情　相與款款申平生
　向非綢繆及存沒　豈有彷彿通幽明
　淮老風流映金石　洲翁文朵光篇籍
　曙屋靑燈無所見　滿天寒月連簷白

○ 寒雨

　鷄鳴簷響交　朔風兼夜號
　孟冬陰雨頻　積浪連岸高
　江寒氷霰深　鴻雁悲嗷嗷

田疇少遺穗　埋沒隨波濤
況我墮泥滓　卒歲飦粥勞
柴門閉愁寂　俯檻視滔滔
故人曠音信　日夕中鬱陶
衰老拙營爲　窮賤在所遭
霜嚴松桂病　理甘混蓬蒿
一飯且有命　溝壑焉可逃
衆庶權百利　至死競錐刀
用心膏火間　哀哉長煎熬

○ 寒夜

冬日氣慘慄　無風天自寒
旅人擁衾坐　夜景何漫漫
一袍經二年　旣敝仍又單
始涉仲月交　卒歲良獨難
況値衰病嬰　展轉腰脚酸
直以煩促故　酷受陰陽患
豈敢怨時候　但恨骨髓乾
言念彼征夫　飢凍死不還
我今委蓬室　溝壑事猶寬
居然悟生理　沒齒豁憂端
狐貉非所羨　牛衣非所歎

浩歌發金石　窮老有餘懽

○ 龍洲翁惠詩及酒　次韻奉謝

僑店霜威閉仲冬　故人風誼軫吳儂
纔蒙麗藻緣情作　更荷芳醪着意封
七發蘭生催起色　三杯卯飮失衰容
朝來斗覺甁罌富　窮鬼何心笑伯龍
微醺自足解嚴冬　佳政居然及老儂
不向靑帘携赤側　曾從丹禁認黃封
朝寒退舍回生意　春色先驅帶醉容
舊識玄成醽醁美　茶鎗休點小團龍

○ 李持平性恒赴召迂訪　因索詩章

徵書絡繹惠殊榮　聞道君王問長卿
北闕靑雲連上路　西湖白雪滿前程
泥塗尙記平生面　閶闔方懸諫議名
驄馬行行須早發　京師今日待澄淸

○ 次警弦翁山居二律

曾從遷放得天游　晩喜身心趁日休

老去詩書資爛熟　深居氣血感和柔
經行尙有先生履　歷聘何煩季子裘
聞道故人思命駕　扁舟今已在滄洲
行藏末路莽雲雷　早信犧尊是木災
天地白頭憐我在　塵埃靑眼待君開
形容澤畔終誰問　詞賦江南但自哀
里調倘堪酬大雅　庸奴亦得比方回

○ 江干

江干氣候屢陰晴　雪後山川半晦明
天上風雲看變態　門前鳥雀見交情
長依菽粟安吾性　已信乾坤薄此生
湖海百年人事少　擬隨鷗鷺狎同盟

○ 讀蘇長公汝州謝上表 幷序

嘗讀杜甫詩千秋萬世名 寂莫身後事 竊傷其言之不可 奈何
於身後 欲釋之 以萬世之名也 及觀蘇長公謝上表 疾病連年
人皆相傳其已死 饑寒倂日 臣亦自厭其餘生 則輒掩抑廢卷 甚
悲其不以性命自惜也 夫古今人奇窮蹇薄 挫閼於世 擯斥以終
其身者 何限 旣受性於天 立命以爲人 而至欲泯然自喪 此與
湛淵棄軀者 曷異焉 以余所聞 君子固窮 不充屈於富貴 不隕

穫於貧賤 此道非耶 守之而不可長有 捨之而不可遽遺 若何以
百年之重 殉一朝之決哉 人之有苦樂 猶夢之有吉凶 其凶其吉
不足爲覺後之忻戚 則窮達之來 當一聽主宰而已 夫我何思何
慮 故作是詩 以廣其意

 人生寓大化 來去不可知
 區區形氣內 烏足以自私
 神血一已離 冥莫我是誰
 骨肉亦強合 況用聲名爲
 天地本逆旅 得喪眞毫釐
 夢中獲良寶 失之又何悲
 方其遘苦樂 感觸各相隨
 旣悟幻界空 忻戚俱如斯
 那將朝暮期 切切妄嗟咨
 借問百年後 窮達安所施

○ 臘月廿七日猝寒

 冬日久暄妍 蚊蝱終年飛
 通水走川渠 庶草靑不腓
 萬物各懷惠 況我患無衣
 寒暖固異節 復恐時候非
 今朝忽凜烈 朔風乘歲歸
 陽景吐還翳 慘慘少留輝

群木暴瘀傷　氣沮生意微
偃蹇雪霜姿　中路顏色違
譬如寬政餘　卒然下嚴威
歡愉變懵怛　觸眼皆殺機
天運有循環　涼燠相因依
土脈凍仍釋　膏潤百穀肥
二氣一錯戾　咄哉誰指揮
雖看春事近　惜此隴麥稀
老人饒苦心　淚灑何當晞

○ 除夜

虛堂隱几坐相依　近壁殘爐伏火微
遙夜欲隨寒漏盡　蕭條又送一年歸

○ 醉筆

相留丙戌年　勸汝一杯酒　捨我不重來　茫茫夜半後

【牙城錄】卷之十一

○ 丁亥元日立春

秀色晴湖泛遠天　梅花逗雪柳含煙

新春又建三元日　舊物今垂六十年

每歎光陰來未已　長懷鄕井去無緣

椒觴綵勝非吾有　柰甲屠蘇秪自傳

○ 獨游

卜築依山塹　煙霞在戶庭

澄懷看水石　獨立俯沙汀

日霽湖光白　春生野氣靑

新年乘暮景　猶自歎漂零

○ 同年申子長今七十二歲　髭髮不變　蹈履顔貌如四五十人 因其來訪　作詩志異

臞形秀骨走塵緣　張果先生是列仙

七十二年人世事　君看松柏茂陵煙

○ 喜聽蟬翁乘舟來訪

　晴湖睡起曙光開　南浦孤帆拂岸來
　當日子猷眞興淺　似君那肯到門回

○ 蟬翁載酒惠然　宴款成亭　雅謔之頃　侑以翰墨　實千古勝事　旣乃脫身過江　留約三日再至　戲作十五絶以替談柄　皆紀實耳

　二月湖光曙　春雲羃幽階
　生憎剡溪舟　只載故人去

　其二
　天明窓戶白　晨起嗔烏鵲
　葉舸泝晴湖　知君載酒客

　其三
　卯水駐輕橈　初疑販鹽者
　相逢兩老翁　一笑蓬窓下

　其四
　米家書畫舫　仙老水精壺
　此外無餘物　匡床竹火爐

其五

輕舟閣早潮　淺立洲沙上

旭日照湖明　孤光静復漾

其六

歸舟信潮退　泛泛渌波間

一葉蒼茫外　唯聞漁唱還

其七

成氏好林亭　角巾陶宴喜

應知沙上人　貌我丹青裏

其八

行壺腹空洞　亦似我便便

米汁俱堪貯　呼渠作鄭泉

其九

老去虧多飲　春來畏獨醒

依依雙白髮　相勸到沈冥

其十

千秋東海生　一派孤山老

忽得聽蟬翁　是名一味寶

其十一

臨池千古業　不受塵囂雜
恰似維摩宮　丹青閉兩鴿

其十二

隱几今非昔　披帷相卽空
誰知白蜺化　遂作亡是公

其十三

一帶盈盈水　牽牛夜渡河
今宵合懽被　下士將如何

其十四

始擬三朝至　經旬杳不回
春來多過雨　半是爲陽臺

其十五

新蒭滿甕酒　細意貯芳淸
擬待維舟後　灌君三巨觥

○ 三三淸明節　明日乃上巳

春遊多事賞心催　寒食淸明次第來

已趁重三踏靑天　還從上巳祓除回

○ 營松板以俟必至

將他岩壑千年骨　斂我乾坤七尺身
不待蓋棺先自了　終須螻蟻與相親

○ 野行卽事

四月平郊碧草深　行人歇馬就中林
晴雲不散山河氣　暖日初團樹木陰
亂世機心憐挺鹿　芳春物態感巢禽
年來棄擲將何用　岐路棲遑愧至今

○ 四月初八日牡丹盛開

靑城地接赤城霞　色色繁華襯眼斜
爲是朝來新浴佛　一時俱發四天花

○ 蒙恩疏釋 自丁丑四月去國 距今丁亥四月 恰十一年 時久旱 ▨得澍雨

萬死乾坤始解懸　恩波如海浩無邊

寧期擊水三千里　纔免投荒十二年
暖氣暫隨鄒律管　薰風轉入舜琴絃
簷端又聽終宵雨　明日須耕近浦田

○ 行止

我生太平後　奔走苦不暇
抵老冀安宅　展轉益悲吒
鶡鳴候晨鳴　沈憂値長夜
行止縱自私　何方可稅駕
家鄕舊業破　零落餘草舍
閭井實相識　誰肯通假借
世故浩無窮　顔貌日凋謝
拄策視前途　三歎高林下

○ 李澄畫二鶴二鶻

罷舞篁林下　翛翛刷羽閒
唯憐一片雪　留點綠苔斑

其二
半夜松梢月　靑山白露中
地偏無客到　淸唳滿秋空

其三

氣得秋天逈　精侵曉日紅
波濤滄海上　側聽大鵬風

其四

昂藏九節松　撲簌千年骨
側腦望靑霄　寧思狡兔窟

○ **畫四時山水八幅**

寂歷雙松陰　脫巾便傴仰
巖居復川觀　意薄秦丞相

其二

溪柳搖風細　林花隱霧重
輕衫赴春社　更度幾靑峯

其三

靑厓群樹靡　風雨一溪虛
爲問垂綸客　觀魚勝得魚

其四

萬木俱零葉　商聲入五絃

無人會幽意　目送雁飛天

其五
一葦涉秋水　水禽驚暗翔
前期在極浦　乘月過橫塘

其六
日去採山木　不辭風雪行
誰知任世道　未似束薪輕

其七
酒氣晚猶濃　江心夜更熱
隣舟吹篴兒　試弄關山月

其八
雪下剡溪寒　山川同一白
應知蓬底人　不辨船頭鶴

○ **次洪運判海亭十二韻**

湖海淹吾跡　乾坤有此亭
雲霞浮近郭　日月湧前庭
極浦涵元氣　澄波寫列星

朝帆通蜑市　夜網薦魚腥
物色供探討　登臨足視聽
燕輕捎落蕊　鷗淨逐流萍
客位忘頭白　詞場對眼靑
且寬懷作惡　肯許涕交零
几杖扶衰疾　形骸任醉醒
生涯憑險絶　世事託昏冥
彩舸依春壁　朱門恨畵扃
斯文留快閣　揮灑憶曾經　時適泛舟 不果登陟 因記向日留詩在壁

其二

海內餘蓬鬢　湖邊寄草亭
十年違紫闥　一字誤黃庭
水路通河漢　乾文浸日星
此生遭喪亂　是處避膻腥
漁父時相問　商歌不可聽
涼思湘岸竹　饞戀楚江萍
斗屋連沙白　畬田占野靑
歲華嗟荏苒　身事感丁零
縱抱劉楨疾　唯憂阮籍醒
洪墟從汨沒　勝地局沈冥
適蔡方安命　囚梁本固扃
小人終學稼　須讀相牛經

○ 將北歸 泛舟西湖 醉占八絶 請蟬翁放筆

江湖五月水心涼　南浦煙波接渺茫
珍重蘭橈且徐轉　海門西畔未斜陽
滄波百里逈浮天　水國晴嵐極杳然
兩兩白鷗飛盡處　西風吹送釣魚船
通津極浦畫冥冥　山靄汀煙白又靑
飮盡西湖無限酒　夕陽歸臥喚魚亭
前洋潮水晚來深　船際微風響玉琴
盡日白鷗翔不下　何曾得似我無心
風波世事摠茫茫　京國雲山入夢長
歌笛一聲人半醉　無端斷盡別離腸
深杯低唱轉依依　老罷情親接眼稀
我與浮雲俱北去　日將流水倂西歸
舟行不覺轉靑蘋　唯見雲林刺眼新
正是潮生風更好　桂陽山色漸迎人
蟬翁翰墨舊稱神　海客文章老更眞
倚醉風流千古事　後來喢點定何人

○ 舟回

孤嶼風亭小　煙波十里遙
回舟莫催棹　只合信歸潮

○ 賦小姬

簷短輕風度　墻低落日斜
佳人愛春色　坐近石榴花

○ 過貢津 村童列拜道左 舟中口占

浮寄西湖歲五更　扁舟始欲過江行
靈峯暮靄吟邊色　蟾浦春濤夢裏聲
已爲兒童憐惜別　還從鷗鷺愧渝盟
蘇翁一去黃岡後　赤壁淸遊最有情

○ 旅店阻雨

栗林西畔小莊淸　歇馬終朝聽雨聲
衰謝百年猶道路　淹留一日且柴荊
虞翻去國丹心破　蘇武還朝白髮明
蕭瑟行裝無定計　菑畬只合養殘生

○ 牙山

이승소(李承召, 1422~1484)[22]

牙山亦是古名區　土沃民稠冠一隅

俗尙淳漓深可懼　邑居興替更誰尤

恨無循吏如龔卓　不見文風擬魯鄒

客館空餘楹數十　浮雲往事轉悠悠　『三灘集』

○ 癸巳冬　陪東宮溫陽道中作

이항복(李恒福, 1556~1618)[23]

此路幾時盡　千山行復迷

二年長避地　今日始聞雞

點籍無丁壯　逢人有寡妻

溫陽非隴坂　不忍聽寒溪　『白沙集』

---

22 조선 전기 세조, 성종 때의 문신. 세조 때 『명황계감(明皇誡鑑)』을 한글로 번역함. 이
조, 형조판서, 좌참찬 등을 지냄. 당대의 문장가로 예악, 음양, 율려, 의약, 지리 등에
조예가 깊었음. 신숙주, 강희맹 등과 함께 『국조오례의(國朝五禮儀)』를 편찬. 문집 『삼
탄집(三灘集)』이 있음.

23 조선 중기의 문신이자 학자. 이덕형과 돈독한 우정으로 오성과 한음의 일화가 오랫동
안 전해오고 있음. 영의정을 지냈고 오성부원군에 진봉됨. 임진왜란 시 선조의 신임을
받고 전쟁 승리에 공을 세웠으며 전란 후에는 수습책에 힘을 씀. 문집 『백사집(白沙集)』
이 있음.

○ 次宋雲長翼弼韻

이지함(李之菡, 1517~1578)[24]

曩遇雲長初　實爲芸所幸

有意於汲古　從君借脩綆

玄黃方寸間　鄒魯曺不逈

鑢錫我須執　沙石子須磨

私情如或起　在邇還在邇

公初名之芸　『土亭先生遺稿』

○ 次溫陽詩板韻

심의(沈義)

雨後屛顔十倍淸　却繼蒼翠礙雙明

靈泉絶勝金丹熟　便作神仙地上行　時余浴郡地溫井

層軒畫棟轉凄淸　樹密猶儞寸碧明

指點前山雲起處　遠村疏雨少人行　『大觀齋亂稿』

---

24 조선 중기의 문신으로 학자이자 기인(奇人). 일반적으로『토정비결(土亭秘訣)』의 저
자로 알려져 있지만 근거는 없음. 역학·역학·수학·천문·지리에 해박하였으며 농업
과 상업의 상호 보충관계를 강조하고 광산 개발론과 해외 통상론을 주장. 진보적이고
사상적 개방성을 보였음.

○ 在牙山鑿井作

한충(韓忠, 1486~1521)**25**

泉源深在碧溪頭 拔石穿苔貯玉流
待得炎天傾一勺 足令浸潤萬人喉 『松齋集』

○ 牙山謫居詠懷 寄仲耕 尹自任

기준(奇遵, 1492~1521)**26**

孤囚海一徼 魚鳥但相群
淚暗關山雪 心飛故國雲
雁風霜氣逼 燈雨夜光分
苒苒芳年暮 隔江空憶君
炎荒萬里外 日暮與誰群
賦絶長沙鵬 心知衡岳雲
旅帆天外斷 鄕路雪邊分
塞北多歸雁 無緣一問君
江城寒日晩 獨鳥遠離群

---

25 조선 중기의 문신으로 직제학, 동부승지, 좌승지를 역임. 기묘사화(己卯士禍) 때 조광
조와 교유가 있었다 하여 거제도에 유배됨. 신사무옥(辛巳誣獄)에도 연루되어 의금부
에 투옥되었다가 장살(杖殺)당함. 뒤에 신원(伸冤)되고 이조판서로 추증되었음.

26 조선 중기 문신으로 이조판서에 추증되었으며, 기묘명현의 한 사람으로 온성의 충곡
서원, 아산의 아산서원, 종성의 종산서원, 고양의 문봉서원 등에 각각 배향됨. 저서로
는 『덕양유고(德陽遺稿)』, 『무인기문(戊寅紀聞)』, 『덕양일기(德陽日記)』, 『복재문집
(服齋文集)』 등이 있음.

滄海無歸客　關山有住雲

霜寒蘆葦動　夜靜星河分

落盡天涯淚　因風一寄君

嚴霜吹晩葉　宿客暮求群

海國三年別　鄕山一片雲

驚猿吟雪盡　落羽隔天分

唯有湖邊月　今宵又照君

風沙江不霽　驚鶴獨無群

秦塞幾回雁　楚天多暮雲

人猶千里遠　月自兩鄕分

一掬相思淚　何時更見君　　『德陽遺稿』

○ 次別知賦韻 送姜殷卿歸溫陽

나식(羅湜, 1498~1546)[27]

夫何若人之狷介兮　志與俗而不周

自髫齔而慕學兮　非古訓其焉求

追芳躅於往烈兮　挹高風於前修

嗟時命之不我畀兮　羌處約而罹愁

刀發硎而莫試兮　翼垂天而長收

寧假龜而視兆兮　卜余居兮山之陬

安時處順而自適兮　見肘決踵兮非余羞

任逍遙於物外兮　嗒喪耦而忘憂

床有琴兮浪撫　架有書兮亂抽

飛余錫兮步東皐　濯余纓兮臨淸流

優遊偃息以卒歲兮　又何必騁紫陌之華輈

江東暮雲兮不斷　渭北春樹兮相樛

寄遙情於天末兮　魂杳杳兮上浮

山高水深兮路漫漫　欲往從之兮難自由

送夫君兮贈一言　山之陬兮不可以久留　『長吟亭遺稿』

○ 溫陽松亭　次姜善述韻

이정(李楨)

溪亭幽且靜　光景雨餘朝

波際魚游樂　林間鶯語嬌

莎平宜細履　灘急合橫橋

最愛蒼髥客　淸陰晚更饒　『龜巖集』

○ 新昌道中

송인(宋寅, 1516~1584)[28]

寺廢何年塔尙存　漸漸麥秀沒頹垣
正當過客覓詩處　一陣野棠香斷魂　『頤庵遺稿』

○ 牙山道中

麥壟如雲半帶黃　農人扣腹喜將狂
共言今歲雨暘若　不識神功由聖王　『頤庵遺稿』

○ 用前韻 贈別李參奉貞民 以牙山參奉歸

심수경(沈守慶, 1516~1599)[29]

明朝有遠別　相對作淸談
晩景那須說　羈懷不自堪
愁多杯復一　坐久夜將三
薄宦君休厭　艱難合飽諳　『聽天堂詩集』

---

28 조선 중기 학자이자 문인. 이황·이이·성혼 등 당대의 석학들과 폭넓게 교유했으며, 만년에는 선조의 자문을 주로 맡음. 글씨에도 능하여 해서(楷書)를 잘 썼으며 수많은 글을 짓고 씀. 글씨에 〈덕흥대원군신도비〉, 〈송지한묘갈〉, 〈황산대첩비〉, 〈김석옥묘비〉 등이 있으며, 문집 『이암유고(頤菴遺稿)』가 있음.

29 조선 중기의 문신으로 청백리에 녹선되었으며 좌의정을 지냄. 문장과 글씨에 뛰어났으며, 저서로는 『청천당시집(聽天堂詩集)』과 『청천당유한록(聽天堂遺閑錄)』이 있음.

○ 新昌竹亭 奉贈李使君重器 博粲

양응정(梁應鼎, 1519~1581)[30]

炎海歸鞍病苦侵 高亭一上俯層陰

夜筵更對鳴琴宰 坐使淸風起竹林 次韻 鄭宗榮

遲遲一念苦相侵 三日新昌又窘陰

賴被主人勤置酒 小亭如畵竹成林 時壬仲夏也 『松川遺集』

○ 送安敏學赴牙山

박순(朴淳, 1523~1589)[31]

湖外經年別 嗟君又此行

獨醒人盡醉 孤雛世皆驚

海月傷心白 官梅照眼明

匡時須直士 吾道佇終亨 『思菴集』

---

30 조선 중기의 문신으로 공조좌랑, 수찬, 진주목사, 공조참판, 대사성 등을 역임. 시문에
   능했으며, 문집으로는 『송천유집(松川遺集)』과 저서 『용성창수록(龍城唱酬錄)』 등이
   있음.
31 조선 중기의 문신·학자. 서경덕의 문인. 명종 때 우의정·좌의정에 이어 선조 때 영의
   정으로 14년간 재직. 동서당쟁 속에서 이이·성혼을 편들다 서인으로 지목되어, 탄핵
   을 받고 은거. 시·문·서에 모두 뛰어남. 『사암문집(思菴文集)』이 있음.

○ 新昌東軒卽事 二絶

구봉령(具鳳齡)

漏盡殘星夜　鷄鳴曙色初
一壇叢竹露　寒韻滴來疏
霽旭昇靑嶂　遙空散紫霞
小闌山影裏　嵐翠滿簾斜　『栢潭集』

○ 復次牙山軒韻

臥數殘更夜欲窮　楚雲回雁叫東風
畫闌曉色褰疏箔　萬疊春山海日紅　『栢潭集』

○ 溫陽東軒韻

行到溫城山日西　碧樓攀眺忽含悽
黃龍天上雲霞遠　赤鳥人間歲月迷
輦路塵埃春寂寂　靈泉風雨夜悽悽
當時扈從皆耆碩　畫壁空留傑句題　『栢潭集』

○ 挽沈溫陽仁謙

구사맹(具思孟, 1531~1604)[32]

不謂城南別　居然隔九京

重霄恩賻疊　百里宦名成

衛尉元知足　恭侯早避盈

賞音今已矣　哀淚激中情　『八谷集』

○ 新昌拱北亭　次梁公瀁韻

輕衫偏喜竹凉侵　牢落池亭送夕陰

倦鳥祇今歸未得　山靈應已鎖雲林　『八谷集』

○ 牙山客舍　次韻　時以覲親行

윤두수(尹斗壽, 1533~1601)[33]

山勢西奔到水窮　荊榛古縣又秋風

---

[32] 조선 중기 명종, 선조 때의 문신으로 좌부승지, 이조판서, 좌찬성 등을 역임. 선조 때 신진 사류들의 원로 사류에 대한 탄핵이 심해지자 대부분의 사류들이 뜻을 굽혔으나, 끝내 신진을 따르지 않아 자주 탄핵을 받았음. 왕실과 인척이면서도 청렴결백하고 더욱 근신해 자제나 노복들이 함부로 행동하지 못하게 하였음.

[33] 조선 시대의 문신으로 대사간, 형조참판, 호조판서, 좌의정 등을 역임. 1590년 종계변무의 공으로 광국공신 2등에 봉해졌으며, 건저문제(建儲問題)로 서인 정철이 화를 입자 이에 연루되어 회령 등에 유배됨. 임진왜란이 일어나자 기용되어 선조를 호종(扈從)함. 문장이 뛰어났고 글씨도 뛰어나 문징명체에 일가를 이룸. 저서로『성인록(成仁錄)』, 문집에『오음유고(梧陰遺稿)』, 편저에『평양지(平壤志)』,『연안지(延安志)』,『기자지(箕子志)』등이 있음.

南樓縱目知何處　十里漁村落照紅　『梧陰遺稿』

○ 牙山得邸報　始知憲府論駁從事有日　戲吟

고경명(高敬命, 1533~1592)34

前路鐃歌曲未終　北來消息駭傷弓
敢將薄技酬洪造　謾有冤氛徹上穹
行榜催收郵卒散　官廚麁却客盤空
明朝匹馬江南去　依舊靑門　一禿翁　靑門　乃余舊業所在也

『霽峯集』

○ 次新昌板上韻　余於丙午夏　陪先君過此縣

經過三十七年前　此日重來意惘然
觸境易添遊子感　入疆爭說使君賢
自憐羈宦飄霜鬢　何意徵書落瘴煙
欹枕夜闌風雨晦　景陽鍾漏夢中傳　『霽峯集』

---

34 조선 중기 선조 때의 문인 의병장. 임진왜란 때 금산싸움에서 왜군과 싸우다가 전사하였음. 이후 좌찬성에 추증됨. 문집으로 『제봉집(霽峯集)』 등이 있음.

○ 到牙山縣 舍弟顯道候于堤邊 口號

권상하(權尙夏, 1641~1721)[35]

湖海三春別　溪橋一笑迎
雲深水不盡　看取弟兄情　『寒水齋集』

○ 牙山途中

午憩松陰下　頹然枕石眠
好風知客意　吹夢到秦川　『寒水齋集』

○ 宿牙山縣

김종직(金宗直, 1431~1492)[36]

芒芒枕海縣　鬱鬱饒桑麻
坐爲浮議搖　山川如剖瓜
由來考工地　豈容肥私家
復故不旋踵　民物生光華
我來臥堂皇　風雨旁橫斜

---

35 조선 중기의 학자. 스승 송시열의 유언에 따라 만동묘(萬東廟)를 청주에 세웠고 숙종
　의 뜻을 받들어 대보단(大報壇)을 세웠음. 송시열에게 계승된 기호학파의 지도자로서,
　이이가 주장하는 기발이승일도설(氣發理乘一途說)을 지지하였음.

36 조선 전기의 성리학자(性理學者)이자 문신. 영남학파의 종조이며, 그가 생전에 지은
　〈조의제문(弔義帝文)〉이 그가 죽은 후인 1498년(연산군 4) 무오사화(戊午士禍)가 일
　어나는 원인이 되어, 부관참시(剖棺斬屍)를 당하였으며, 많은 제자가 죽음을 당함.

青燈叩巓末 老吏爭悲嗟

太守愼拊循 勿放黃細衙 『東文選』[37]

○ 牙山白巖 同李繼叔 漢述 夜訪朴斯文 岐陽

이덕무(李德懋, 1741~1793)[38]

顯忠祠廻白巖圓 邨影濛濛靜晝眠

遙夜河明三五宿 虛郊水白上中田

厓霜颯集蛇鳴戞 嶺月橫飜虎氣羶

特地張燈詩話久 盆花逾馥照襟娟 『靑莊館全書』

○ 次新昌客館駱峯諸公韻

장유(張維, 1587~1638)[39]

駱峯宗匠百年前 讀罷留題倍悵然

---

37 1478년(성종 9) 성종의 명으로 서거정(徐居正) 등이 중심이 되어 편찬한 우리나라 역대 시문선집.

38 조선 후기의 실학자. 정조(正祖)가 규장각(奎章閣)을 설치하여 검서관(檢書官)을 등용할 때 박제가, 유득공, 서이수 등과 함께 여러 서적의 편찬 교감에 참여. 청(淸)의 고증학을 수용하여 조선에서 북학을 일으키는 데 공헌함.

39 조선 중기의 문신. 양명학을 익혀 기일원론(氣一元論)을 취하였으며, 수양의 방법으로 성리학의 거경이 아니라 정일을 내세움. 천문·지리·의술·병서 등 각종 학문에 능통했고, 서화와 특히 문장에 뛰어나 이정구(李廷龜)·신흠(申欽)·이식 등과 더불어 조선 문학의 사대가(四大家)라로 꼽혔음. 뿐만 아니라 철학적 규범에 대한 문학의 독자성과 순수성을 옹호하는 경향을 보임. 많은 저서가 있다고 하나 대부분 없어지고 현재 『계곡만필(谿谷漫筆)』, 『계곡집(谿谷集)』, 『음부경주해(陰符經注解)』가 전함.

更有諸公相屬和　因知一代盛才賢
騷壇綵筆光靑竹　古壁紗籠起碧煙
却爲畸翁分物色　應將傑句共流傳　『谿谷集』

○ 崔大容有海　以統禦從事行湖西　過新昌來訪留宿　示以與
李天章　明漢　唱酬韻　次以贈之

　　　　　　　　　　　　　　　　조익(趙翼, 1579~1655)[40]

蓬門閑掩碧峯東　深巷寧期舊友同
離合十年情轉苦　討論千古辯何雄
湖山客路秋雲外　草屋孤燈夜雨中
話到曉天愁又別　數聲歸雁度寒空　『浦渚集』

○ 子午泉

　　　　　　　　　　　　　　　　김정희(金正喜, 1786~1856)[41]

吾邦九州外　奇勝誰與讓
洌陽及馹域　於泉亦多狀

---

40 조선 중기의 문신으로 우의정, 좌의정, 중추부영사(中樞府領事) 등을 역임. 김육(金
　堉)과 함께 대동법 시행을 적극 주장. 성리학의 대가로서 예학에 밝았으며, 음률·병
　법·복서에도 능함.
41 조선 후기의 문신으로 서화가, 문인, 금석학자. 1819년(순조 19) 문과에 급제하여 성균
　관대사성, 이조참판 등을 역임. 학문에서는 실사구시를 주장하였고, 서예에서는 독특
　한 추사체를 대성시켰으며, 특히 예서와 행서에 새 경지를 이룩함.

佛池湧異品 金屑相儕行 梁山圓寂山有佛池 一名金水窟 窟
中盡是金屑 似與輞川之金屑泉相同

靑松與一牟 文義古號 琅城之東嶂 今淸州

名以椒水者 所在卽一樣 靑松, 文義, 淸州 皆有椒水

湯井任所記 溫陽溫井 有任元濬記 神水甛合釀 溫井旁有神
水 亦見任元濬記

種種潮汐泉 覘歷非虀妄

鳥岾志兩穴 東人謂嶺爲岾 岾字書所無也 鳥岾在聞慶 有潮
汐泉二處 或一日二至 或一日三至 謂之水推 亦方言也 葱倉
誇三漲 葱嶺倉在遂安郡 倉旁有潮泉 一日三至

昔聞郴州水 分半冷與湯

若較於增地 卽龍岡 有湯冷二泉 似與郴州相同 厥理竟誰長

馬靈沸甑鯑 甑淵在鎭安 馬靈卽古號 縣志云大寶上通頂 水
氣常鯑饎如甑炊 咸羅聚墨浪 咸羅 咸悅山名 有墨井

酸則江陰在 江陰金川古號 有酸泉 鹹者栗口旁 栗口殷栗古
號

富寧古石幕 富寧卽古石幕郡 資莊淸演漾 富寧有資莊潭 水
極淸 冬不氷

瀯汎隨地別 天一費巧匠

拈起諸泉理 奧妙不可暢

況復中州大 無非聞見刱

去訂子午泉 聊以博采訪 『阮堂全集』

○ 巍巖五山

이간(李柬, 1677~1727)[42]

天生名實儘無差　高踞雄盤斂不華

莫道巍巖偏結局　子孫湖海盡成家　廣德

亭亭奇拔入雲霄　玉立精神滿廓寥

絶特休憂圭角露　乾坤震盪定難搖　雪峛

蒼然根據萬山中　局面寬深氣勢雄

多少衣冠藏處秘　遠望惟見鬱葱葱　松岳

擁節張麾入大軍　眉稜伯氣若桓文

祖宗自制强臣命　坐鎭休論雪岳勳　月羅

拱揖羣巒將相尊　幕中文采小山溫

晴窓盡日無心對　不世襟期在默存　眠蠶　『巍巖遺稿』

○ 巍巖五水

立立奇巖虎負隅　跳珠萬斛走甌臾

天行淵臥尋常事　莫問神鱗定有無　龍湫

此谷胡爲帶此名　洞天明耀小溪淸

一時和氣元無種　召感焉知不再生　麟谷

千峯環衛百泉回　一壑桑麻十里開

管轄雲烟兼水石　化翁於此獨肧胎　磐溪
包絡分明氣勢遙　歸心日夜在宗朝
莫言大地爲經紀　餘潤能令萬室饒　驛川
溫泉何事詠巍巖　異瑞當從特地參
況復山川同氣脉　自非知者孰能談　溫井　『巍巖遺稿』

○ 賀溫陽新命

하연(河演)

陰火神精動　溫陽勝氣亨
源流何潤沃　宮殿正華淸
簇仗風雲盛　孤城日月明
一朝新寵命　千載復徽名　『敬齋集』

○ 溫陽偶吟

溫陽溫水水西頭　四月山村事事幽
拙筆荒聯爲日課　香芹薄酒遣春愁
煙綿細草萋萋長　風轉遊絲裊裊浮
淡蕩此身無少累　洗然江漢一虛舟　『敬齋集』

○ 溫陽扈從 與具綾城 申高靈兩相

최항(崔恒)

翠華春幸靈泉曲　扈從大小疇不樂
雙城在南靈山北　去天尺五長蛇幕
況乃同盟又同幄　乘閑日夕恣歡謔
羽觴隨波停不得　高談浪語驚霹靂
若比八僊纏半額　一飮斗石猶未足
日來夙夜少閑隙　暫從淸唫滕未促
酒星應愧歡不續　半夜飛向天翁白
天翁老矣好戲劇　立召飛廉與騰六
水砠交加爛銀竹　萬竈無虞更淸肅
寒威徹骨口拑束　無計可解惟酒力
又欲勸吾親杯酌　造物小兒亦不惡
此時不任陶劉責　無亦違天辜莫測
急呼奴星煖醽醁　霞隱亦宜來火速
徑臥醉鄕最上策　舍無何有吾安適　『東文選』

○ 寄溫陽扈從諸賢

최항(崔恒)

君看白日麗靑天　洗却咸池萬古懸
須信坤靈忘愛寶　欲供澡雪出香泉

又

共祝吾王壽後天 人心未與彼蒼懸
何須仙掌擎雲露 自有靈源一派泉

又

五雲佳氣靄南天 歌頌歡聲鬧四懸
擬進魏銘誇盛瑞 恨無才思雁流泉 『太虛亭集』

○ 大駕將還 戲示寧城諸公

신숙주(申叔舟)

每計歸期坐待朝 歸期已迫更無聊
三宿豈忘桑下戀 溪聲鳴咽倍前宵
良辰扈駕側群英 一月溪邊醉不醒
更待明朝上馬去 蒲芽葭茁爲誰青
淸時扈從共南遊 豈料人還君獨留
馬首春風吹不盡 離懷歸興兩悠悠 『保閑齋集』

○ 偶吟 呈貞父諸公 溫陽 扈駕時

靈泉春半雨初晴 粉帳連雲繞御營
依岸鑿沙嘗泆井 當溪累石聽灘聲
編稿起幕三間闊 圈木安燈一點明

得酒四隣招共飮 安閑亦足度平生 『保閑齋集』

○ 江湖四時歌

맹사성(孟思誠, 1360~1438)[43]

江湖에 봄이 드니 미친 흥이 절로 난다
濁醪 溪邊에 錦鱗魚] 안주로다
이 몸이 한가하옴도 亦君恩이샷다.

江湖에 여름이 드니 草堂에 일이 없다
有信한 江波는 보내느니 바람이로다
이 몸이 서늘하옴도 亦君恩 이샷다.

江湖에 가을이 드니 고기마다 살져 있다
小艇에 그물 시러 흘리 띄여 더져 두고
이 몸이 消日하옴도 亦君恩이샷다.

江湖에 겨울이 드니 눈 기픠 자히 남다
삿갓 빗기 쓰고 누역으로 오슬 삼아
이 몸이 칩디 아니히옴도 亦君恩이샷다. 『靑丘永言』[44]

---

43 고려 말 조선 초의 명재상으로 여러 벼슬을 거쳐 세종 때 이조판서로 예문관 대제학을
겸하였고 우의정 등을 역임. 『태종실록(太宗實錄)』을 감수, 좌의정이 되고『팔도지리
지(八道地理誌)』를 찬진. 조선 전기의 문화 창달에 크게 기여함.

○ 其歌謠曰:

"車如水馬如龍, 沐溫泉而旋返
朝爲雲暮爲雨, 下巫峽而逢迎
玆深忭歡, 敢獻歌頌"

其辭曰:
解慍薰風細, 痊痾暖溜淸
六龍回輦五雲程, 佳氣藹瑤京
綺陌香塵靜, 珠樓瑞旭明
蟠桃薦壽幾番榮, 億載贊昇平

世宗 22年(1440), 『朝鮮王朝實錄』 89

---

44 1728년(영조 4) 김천택(金天澤)이 편찬한 가집(歌集).

新定牙州誌

이호빈(李浩彬, 생몰년 미상)

古今叢錄

○ 禿旨村西北有蔣琬坪 俗傳蔣氏始祖 發跡之地 十里平野
土脈膏腴 海波漸噬 淪沒幾盡 岸上小阜有大塚 塊然獨存少無
頹圮 蓋蔣琬塚云 蔣氏本縣土姓也 聞其遺裔在嶺南義城慶山
密陽等地 爲衣冠大姓 而本縣無一人 稱蔣姓者 亦可怪也

○ 古有黃村部曲在縣北十五里 有德泉鄕在縣東二十里 載
在舊誌 而今無其稱 未知其何所指也

○ 電山有盤石 可坐數十人 環石鑿池 游魚潑刺而出 金文
長後孫世居也 今其墟爲芹田菜畦 云 後川西北有洞曰 炭洞

金文長舊基也 洞壑深邃 溪流縈廻 盤石精潔 可坐十餘人 世
傳文長公寫字於此 爲世名筆 後有林生 啓占爲已物云 月谷卽
方氏世居之地 而李忠武後孫 以方氏外孫 傳其基至今 居之宅
傍有雙杏樹 喬柯聳雲 磅礴數畝 是忠武公射亭也 忽於年前
一株自生 火枝幹燒盡後 有甹蘖復生於已燒之餘 聞者異之

○ 三西月美川入浦處一里許 有村曰 蟹岩 岩如伏蟹 故名
李忠武公別業在焉 判決事洪宇紀 以忠武公外孫 傳得來居焉
壓海亭下有海水出入 商舶漁艇往來 浦口添一 壓海亭奇趣 鄭
善興長堤 以塞浦口 所謂板橋堤也 浦傍民田 盡見奪戶 部量
其長廣附於邦籍 爲民害不少云

○ 縣之北二十五里 有村曰 南倉 牙山北 平澤南 蓋世祖五
年 省縣分屬之時 縣之北界屬平澤 其時平澤設倉于此 號曰南
倉 及其復縣之後 南倉復歸牙山 因以名之云

○ 李土亭知縣時移構鄕校 曰 百年後彌勒川 潮必生焉 潮
生則人才勃興 其後趙侍直泰萬 以任參判弘望女壻來 寓獨亭
村構茅數楹 扁曰 應潮堂 聚邑中冠童三十餘人 朝夕授業 朔
望考講 遠近聞風 請學者相踵 大有振作之望 有欲擅洞壑者
因□事起鬧 諸生學捲散 學舍柯然 泰萬和世道不可有爲 謝其
婦翁 匹馬還歸 識者惜之

○ 郡守方震基在月谷後麓 其外孫月谷李氏展掃焉 忠武公戰歿 返櫬於本縣殯 月谷未幾 天將陳璘 回軍北去 行到新昌公之子薈迎拜路左 璘曰 葬甫父耶 對曰 未也 璘使其下祉思忠 往卜葬地 思忠到錦峴山下 占一葬地焉 未幾縣人朴履仁以地術鳴 子孫信之 改厝於羅山下 忠武公有一雙長劍 面刻自銘 一曰 三尺誓天 山河動色 一曰 一揮掃蕩 血染山河 至今傳在於其後孫家

○ 許國字國耳陽川人 當光海廢母時 抗疏極言 遂被栲訊 遠配海島 仁廟反正後放還 授洗馬不就 詩酒自娛 人皆福其清高

○ 尹參坡平人 丙子亂父母兄弟 皆死於賊 參之子侄俱被虜 丁丑春親自入瀋 先贖其侄 價不足 捨其子而歸 明年又備 其直入瀋 則其子已死 痛哭而返 鄉黨服其行義 以鄧伯道比之薦授參奉

○ 金瑞生字子祥 再登第官 至檢閱 父喪居廬 哀毀而歿

○ 權淰安東人 光海甲寅以進士 投疏極論 廢母之非 被禁錮 以成準壻來寓下道 有女歸鄭善興 善興國舅韓西平浚謙外孫也 戚聯宮禁 家累巨萬 使氣任俠 白日都市 折辱公卿 威行州閭 守宰宸懾 或論其强暴之罪 而孝廟屢施寬貸 以權氏壻置別業下道 浚陂塘 日事射獵漁釣 侵暴居民 未幾筮仕 官至寺

正 其妻權氏殉節

　〇 黃瀚花原人　誠孝出天　家至貧　竭力必供甘旨　父沒執喪
盡禮　喪畢追服母喪　遷其父祖　以上五世墓　貸乞立石　鄕人供
薦于官　太守屢賜米　以獎其孝

　〇 李迪丙子柳琳　金化之捷　力戰有功　陞嘉善　官副揚管

　〇 金禹績以把揚　丙子亂入南漢　戰死

　〇 李黽馨不知誰氏子　國初以綺紈子弟　自京來寓葛谷家　貨
累巨萬　光廟溫幸時　令南悅爲黽馨壻　又使隨駕諸臣盡赴宴　其
供接之具　可埒王公云　大東有所謂靈城君

　〇 金鳳未詳其所自也　宣廟幸龍灣　鳳以宦者陪侍有功　錄扈
聖功　光海廢母殺永昌　鳳叩頭極諫　不勝憤恚　自刭而死　葬鷲
岩山　鳳以一宦者　昭扶大義　殺身靡悔　吁亦奇矣

　〇 大東古有姜就文者　爲人輕佻癡獃　爲鄕里所賤棄　偶登文
科　不調甲子逆适犯闕　就文迎謁路左　曰　文臣姜就文敢拜　适
大喜　曰　吾當拜汝吏郎　待命闕門外　就文諾而退　未幾适伏誅
就文當坐法適　蒙赦不誅　竄錮而死　就文負國之罪　神人所憤
竝錄之爲　亂臣賊子戒

○ 成時望者 湖西大賈也 少時以冠晚子弟 從張旅軒學 極有駃步 旅軒大加稱譽 文集有送 成處士時奮序 卽此人也 中歲棄其學 改其名 從事於計然之術 親自執鞭 沽鹽販魚 且當皇明設賑於椵島 駔儈貨物 屢致千金 識者鄙之 卜築於貢津 所謂喚魚亭·枕海堂 擅名一時 時望無子而死 歌臺舞榭 今有遺墟云

○ 權通川順善 自新昌來 寓於信風山下 以地術筮仕 官至郡守 年踰八十而死 弟順誨以其子 繼其後

○ 大谷有興陽申氏別業 節度使申繼宗 葬其父於家後 仍爲世葬 傳其子允弼 有二女 一歸洪昰 生文莊公可臣 一歸金圤尹楊善金圤外孫女壻也 傳受申氏家業 其子瑃登上舍 以孝友稱 年六十一歿 其臨終 母尙無恙 痛其母存 而先死 作詩自悼 曰

甲寅生遇甲寅年 虛度人間六十年

死生不孝窮天痛 只祝萱堂享百年

聞者憐之 孫進士奇彦 移去天安

○ 世云 姜都事胤世 居石泉洞 無子有女 歸尹僆 僆子縣監宜竦 傳受外業 其後參奉泰亨 主簿復亨 以孝行醫術擅名

○ 兵使高自謙 司正李靑石女壻也 無子有女 歸正郞李永成

生松坡德敏 德敏女歸于縣監任弼臣之外孫辛首榮

○ 豆蕪谷之辛蓋 任氏之外裔 亦松坡外裔也 松坡子別提致堯 有女歸郡守兪希曾 子孫蕃衍

○ 尙州方氏世居月谷 谷有昌平郡守洪生永同縣監中規 中規生子震武科 至寶城郡守 只有一女 歸李忠武

○ 侍直李雄子賢佑有女 歸縣監任弼臣 定宗大王第五女祥原郡主 適趙孝山 生子璧來寓白岩 其外孫姜氏 傳受家業 世居之有曰姜姬老 其孫汝彦中司馬有曰 姜姬輔有女 歸朴潛冶兄子由中 由中子興租 傳其財業 居黽尾洞 今白巖 姜氏黽黽朴氏 皆郡主外裔也 郡主墓在白岩村 西卯山爲外裔者 世奉展掃至 久遠尙不廢中樞

○ 李守義守仁弟也 有子曰 中石位護軍 居蔥田北大只洞傳數世至舜盆 只有一女 歸文正郎金瑞 生大只洞之金卽瑞 生之後也

○ 金店里古有方翰林應規 有女歸監察鄭徵檢寓金谷有子曰 郡守彦謙 彦謙女歸 主簿權洞云 南悅女壻朴雲龍有四女金谷之權・安・沈・吳 皆外裔也 主簿權芷有子 曰主簿泂 泂子卽孝子大平也

○ 柳繼龍娶白岩閔宗聖女 生東煥 爲鄭無女壻居金谷

○ 竹谷任氏後孫甚蕃 獨郡守順之無嗣 外孫辛參奉輔壁主
其墓祀云

○ 金慶福居梨川 五子俱登武科 追贈漢城判尹 亦希世之事也

○ 金尙彬尙州人 三司右使商山君後也 容貌魁偉 姿性仁厚
年二十五當丙子亂 爲胡所執拘繫困苦 終不屈 虜騎欲兵之酋
胡 奇其貌止之 曰 此人必千百其孫竹害也 因以得免乘夜間
行還至本土其後孫 果蕃衍 多居星垈

○ 直長愼仁立居昌人 左議政守勤後也 爲人恭謹感恪 素稱
長子 鄕里以孝行 薦徵拜
或就或不就 年踰八十而卒 無嗣 其壻紙主其祀

○ 郡守李大生安城人 莊肅公瑋子也 始居三北石橋 其子吉
甫 繕工副正 吉甫五代孫晉亦通仕籍 其後仍爲縣人

○ 縣監鄭峙海州人 左議政乙卿玄孫也 始居道谷 其旁孫有
光延 以行義稱 宣傳官

○ 朴志悌密陽人 貞齋宜中後也 始居車峴 其曾孫敏佐 性

孝有太豕 相亂之異

○ 尹東明坡平人 佐命功臣昭靖公坤後也 始居銅巖

○ 進士玄禧重 弱冠時受業於陶菴李先生 先生甚愛之 贈之
以詩 曰
天上獜兒說 曾聞古冊傳
今見玄禧重 斯言豈不然

○ 郡守李獜錫龍仁人 辛壬瘦死 人崇朝子也 始居近南

○ 韓東維淸州人 判書復後也 始居大谷

○ 趙漢裕漢陽人 漢川府院君溫後 始居大角里

○ 李憲基邃安君後孫也 鄕人薦之 曰孝傳三世

○ 察訪李命奎 文詞贍富 極爲明儕 所推重

○ 進士金思範居江淸洞 有能詩聲 其子進士善民參奉 善臣
博究詩文傍通書 以人才稱

○ 李尙淳居江淸洞 鄕人薦其孝

○ 李鎭泰臨瀛大君後孫也 來寓縣內

○ 韓相弼淸州人 大司諫承貞後也 贈參判澤玄孫也 寓居東
面月郞

○ 金東柱江陵人 慕菴德崇孫也 來居山洞

○ 李光國鐵城人 居于道谷 是舊誌所載 晫後也

○ 正言朴壽台密陽人 來寓金城 其繼子今居白楊里

○ 愼翊休直長仁立旁孫也 居于貢津 有文藝

○ 金得一光山人 檢閱脩後也 居于小東 有文藝

○ 金判書瓚後裔 與兩兄塔㙇 皆有孝友之稱

○ 元相孫原州人 原平府院君斗杓後裔也 居于原南

○ 金鍾聞淸風人 其父病風 四體不仁 鍾聞不暫離側 坐臥
扶 將登溷之時 或抱或負 十年如一 至有儒狀

○ 宋雨玉礪山人 典籍軾後孫也 性孝爲親求藥 輒有感應

人異之有 儒狀及官褒

○ 李台命石灘存吾之後 景節公來之十三世孫也 來居南面

○ 縣內有黃基沃 卽壬辰殉節 贈參判世得 丙子殉節 贈判
書珀之後也 兩世之忠節 官爵昭載於鐵券及敎旨 而至于基沃
零替不能保 識者惜之

○ 縣人古有朴弘 當壬辰倭亂 自鑄長劍 刻丹心報國 四字
杖而西將赴 行在至高陽界 遇賊百餘人 盡殲之 未至龍灣 大
駕還都 遂止之 丁酉淸正復入寇 弘曰 吾得死鴈矣 杖劍至嶺
南 謁忠武公於軍門 公與語而說之 軍中諸務 悉委之 露梁之
戰 自薦爲水軍領將撞破賊船 乘勝追擊 中丸而死 入壬辰錄券

○ 縣人姜台庭 殷烈公民瞻遺裔也 戊申亂 太守欲令別將
領軍赴素沙 時無可任者 台庭然出 曰 事不辭難職也 死於王
事 豈不榮乎 遂率軍丁 至竹山 與官軍 合勦減賊兵而歸 地主
賞之 不受欲報營 亦不願 吁亦烈哉

○ 私奴未金事主盡忠 其主貧不能起煙 則必乞貸 而供之
及主死 只有一孫 不能奉祭 未金必賣稿屨以祭 於終身不怠
縣官嘉其忠誠 特除身役

○ 私奴承業持身謹愼 友愛篤厚 其妹寡 只有一子 承業遂
賣田 贖其母子 又以貢津倉主人 嘗得米數十斛 輒分與其弟及
貧乏者 諸弟與人鬪 則承業必把臂還家 閉門不出 其人憤怒來
辱 終無一言 數日後往見 切責其人 大慙 縣官嘉其行義 特除
身役

○ 鄕吏李天齎 雙梅堂詹遺裔也 其父病篤 斷指注血 得其
回蘇 其母不幸 因火致死 自此火具與煙竹等物 平生不近於身
嘗構小屋於墓前 朝夕拜掃 營邑屢加褒賞

○ 邑村高巨福 自幼有孝行 母病嘗糞 斷指得其回蘇

○ 縣人孫禧大 三歲失怙 至七八歲 忽泣訴於其母曰 隣兒
皆有父呼父 吾何獨無 母曰 爾父死已久 自玆每恨不識父面
哀痛罔極 忽於夢寐間 有一老人呼其名 遄遽出見 老人曰欲見
汝父 詳視吾面 今此來見 知汝恨結故也 自此至八十之年 孺
慕益篤 恒若見其面 其母歿喪祭 盡其誠 地主特召賜宴極 加
褒獎

○ 才人李萬石居市浦 自孩提有異行 年纔成童 其母病 嘗
糞斷指 竟得回蘇 聞者異之 告官蠲役

○ 才人朴時同 事母孝 以倡夫入北邑 心忽驚動 捨其財貨

倍道徑還　則母果有病　人皆異之　其後母又病　陰瘇吮之得效
洞人聞于官

　○ 乾川里良人李云成　妻金召史　事姑至孝　其姑有髮際瘇
症甚危惡　召史吮之　首尾三朔如一　日竟得瘳　地主嘉之　遣吏
委存　特賜米肉

　○ 故吏金昌文　妻李召史　生有至性　其夫病篤竭誠醫藥　竟
至不救　遂絶食飮　及葬畢謂其子　曰　汝亦勞止　幸早就睡　因撫
其背　有不忍舍之　意及明　其子往視　母所已奄然逝矣　聞者賞
歎　傳其事者　耦山李命奎也

　○ 冷井里宋召史　年甫二十　其夫死者　召史絶穀五日　將至
隕絶　賴傍人投藥　僅得穌　其舅卽閭人所稱　金同知也　謂召史
曰　吾年七耋無依賴　汝若從夫死　則其誰保我　召史泣對曰　老
舅在　吾安得死歟　其怡容孝養　其舅終始如一　鄕里嘉告官請褒

　○ 金女李唐雲之妻　夫病斷指

　○ 李女李寅浩之長女　母病斷指

　○ 牙兵崔貴泰妻朴召史　未嫁之時　斷指以療其母之病　旣歸
之後　割股以治其夫之瘇　其孝烈蓋天性也　屢被營邑褒賞

○ 鄕吏李天默 父病斷指 長子寅協 亦父病斷指 四子淑回
兒時母病斷指

○ 朱泰春父病斷指

○ 李衡權母病斷指

○ 李泰協母病斷指

○ 總言本邑之事 則四忠竝焜於棹楔 五孝俱登歌謠 三先生
齊享於鄕賢 八文章聯鑣於詞壇 以文物之鄕稱

〈古今叢錄〉,『新定牙州誌』

忠臣

○ 李舜臣字汝諧德水人 大提學貞靖公邊之五世孫 楓巖百
祿之孫也 公始生母卜氏 夢楓岩公告曰 兒生必貴宜 名舜臣
遂名之 公器宇宏遠 操守堅確 孝友出天 家訓甚整 中萬曆丙
子武科 壬辰倭寇充斥 朝廷因大臣柳成龍薦 特授全羅左水使
公創電舡 所向輒大捷 癸巳爲統制使 七年干戈 征討南服 殲
滅倭寇 以成中興之業 嘗於陣中有詩曰

誓海魚龍動 盟山草木知

蓋可見其氣像也 天將陳璘 上書于上 曰 李統制有經天緯地
之才 補天浴日之切 又具奏于神宗皇帝 帝嘉之 賜都督印及諸
軍物 世所謂 皇朝八賜也 由是 名聞天下 戊戌陳璘與書于公
曰 夜觀乾象 東方將星病矣 何不用武侯禳法 答曰 雖用武侯
法 天何應哉 翌日督戰夜三更焚香祝天 忽有大星隕於海中 一
軍異之 黎明中丸卒 年五十四 宣廟甲辰 策第一勳 贈左議政
諡忠武 旌閭本邑 士子立祠腏享 賜額曰 顯忠戰伐遺墟 皆有
俎豆之奉 正宗癸丑 加贈領議政 全內閣刊行忠武全書 有御製
神道碑文 見塚墓

○ 李莞字悅甫 贈參判義臣之子 忠武公之從子也 有膽略
年十九從忠武公時 委忠武公之喪承遺命 諱言其死 代領其衆
脫陳璘於圍中 走倭寇於洋外 其後中武科 當适變以忠淸兵使
獎率兵衆矢滅賊臣亂平 遂已及建虜啓釁 朝廷特拔公爲義州
府尹 丁卯虜大入姜弘立溫辭求見公嚴却之力戰 自焚而死 贈
兵曹判書 諡剛愍旌閭 配享于顯忠祠 見武科

○ 李鳳祥字儀叔 忠武公五世孫也 公始生母鄭氏 夢鳳鳴于
廟庭 遂名之自幼 英豪凝重 涉履瞻視 不類群兒 及長識者 期
以國器 博通經史文識早進然不屑 公擧業睡谷相公李畬 以將
材別薦中武科 歷承旨兩局大將 刑曹參判 英廟嗣服與一時諸
公力辨 聖誣大忤兇黨 丁未斥補 忠淸兵使 戊申賊徒乘天雨雪

夜 四鼓入營 直逼寢堂 且格且縛 脅使速降曰 十三日已陷京
城 若發兵從我 則富貴與共之 不然死 公瞋目大叱曰 汝不聞
我是忠武公孫耶 豈從汝逆豎尿速殺我 賊以火衝其口 以劍加
其頸 百端威脅 終不屈罵不絶聲 遂遇害 贈左贊成謚忠愍旌閭
配享于顯忠祠 淸州有表忠祠 見武科

　○ 李弘武字子長 忠愍公叔父也 戊申公適在忠愍公淸閫任
所 賊徒執公 而問曰 兵符安在 公曰 我豈爲賊言之乎 賊徒將
欲受降 脅之以跪 公抗義不屈 厲聲大叱曰 男兒死則死耳 此
脥豈屈於汝 冒受白刃 體無完膚 罵不絶聲 賊又拘繫六日 忠
憤益激 不食而死 命旌閭 正宗戊申本伯 啓聞 下敎曰 挺刃交
加 特立不屈 節義凜然 可謂 是叔是侄 褒贈之典在所不已至
當宁朝 贈吏曹判書

孝子

　○ 金鉉字玉耳金海人 事親至孝 丙子之亂 擔病父到水原地
猝遇賊 賊欲殺其父 鉉急出以身蔽之 受刃而死 其父得免 事
聞旌閭

　○ 金孝一慶州人判書櫻之後孫也 七歲而孤 事母至孝 母病

㿫斷指和藥以進 母病得穌 後居表哀毀而歿 顯廟幸溫泉時 事
聞 贈禁病都事

○ 尹就殷新寧人掌令自任之曾孫也 事親至孝 其父年過八
十 病眼不視物 就殷刻不離側 嘗於盛暑侍 坐於路邊松陰 宣
廟朝御史柳根適見就殷 方進食極其甘旨心甚歎服 還朝卽上
聞授參奉 李土亭亦嘗稱其孝見籑仕

○ 洪粲字子高南陽人 晩全可臣之子也 誠孝出天 事親以禮
七年侍病 衣不解帶 薦授參奉 不就 顯廟溫幸時 事聞 贈戶曹
佐郎見籑仕

○ 許喬陽川人 天性至孝 家甚貧 蔬糲不能繼 竭力供奉 極
其滋味 母病斷指血 卽愈 見司馬

○ 權愈居二東 事親至孝 啓聞旌閭 後贈工曹佐郎

○ 權大平安東人 居南面金谷 事親至孝 親歿居廬 一如禮
制 前後父母喪 三斷其指 服闋晨謁祠堂 終身不懈 顯廟溫幸
時 事聞 贈禁府都事

○ 權祥龍祥虎兄弟大平之子也 事母竭孝 母病危篤 兄弟嘗
糞眂苦 請命北斗 及喪三年啜粥服闋 又以幼年失怙爲至痛 兄

弟爲父追喪三年 兩世三孝一鄕艶歎 齊籲於按 使轉聞 肅廟己
亥 贈祥龍佐郞祥虎持平 祥龍見武科

　○ 沈瑞雄靑松人 安孝公溫後孫也 居南面石隅 自少稱孝童
父病思食雉魚至 有飛雉入室 鮒魚躍橋之異 一鄕屢呈於繡衣
肅廟癸巳命給復

　○ 李時郁江陽君瑤後孫也 居三西事親至孝 至於啓聞

　○ 才人朴雷公以倡優誠孝出天 服父喪居廬三年 母病與其
妻吮汴嘗糞 母思食生雉 至有雌雉入門之異 及喪居廬六年 肅
廟甲午 事聞旌閭 免役并免其女之役

　○ 申思贊平山人 化堂敏一亦孫也 天性至孝 竭誠以求爲親
之藥 烏鷄自來號泣 而救延墓之大驟雨 忽至時人異之 以爲孝
感所致 遂連章請褒 見文科

　○ 朴履和咸陽人 潛冶知誡後孫也 當宁朝道臣以孝行啓聞
以贈職事判下

烈女

○ 鄭氏 贈監察沈諧妻也 丁酉倭變浮海避亂被圍逼 自度不得免 投水死 肅廟甲戌旌其門

○ 淑夫人閔氏判決事洪宇紀妻也 丁丑亂避兵于溫陽山谷間 被圍逼 全節而歿 尹復亨李之綱等 上聞旌閭

○ 鄭善興妻權氏 丙子亂殉節於江都 其父舍人淰疏斥廢母之論 人謂忠烈華于一家

○ 李東遇妻許氏生一子 東遇死 許氏夙夜號天 水漿不入口 窆期已定 許氏潛飲鹽水而死 同日葬于 水漢城下

○ 忽介官婢也 溫順有美色 爲品官李仁訥妾 未幾仁訥死 忽介年十八有遺腹 生一子 衙僮欲奪志 不肯從 困苦至錐刺穿筋 終不從 斷髮自誓以全節 事聞旌閭

○ 莫介全石福妻也 丁丑亂守節而死 事聞旌閭

○ 良人李之雄妻林召史 丁丑亂爲賦所逼 自刎死 旌閭

○ 官婢佛寬 年十六爲京人李振緒妻 生一子 未數年振緒遘

疾 佛寬嘗糞號泣 夫歿 佛寬不憚雨雪 恒守殯側 姑喪啜粥 三
年守節不渝 人不敢亂 肅廟己酉旌閭

　　○ 士人趙毅鎭妻閔氏事舅姑孝 姑病衣不解 細號泣祝天 及
喪哀毁過節 其夫得奇疾 至誠救護 竟不救 閔氏强進粥飮 以
悅舅心 纔過卒哭 飮藥自絶 開視筐篋 則已自具襲斂之需 蓋
矢死已久也 地主及繡衣皆褒尙

　　○ 忠武公後裔李復秀妻辛氏 素有婦行 其夫遘奇疾 至三年
辛氏日夜涕泣 至誠扶護 嚴冬風雪 潔身沐咎焚香祝天 請以身
代 及病㞃刲股出血灌口 復穌者 數日 竟不救 辛氏水漿不入
及葬 仰藥下從 聞者憐之 擧狀請褒

　　○ 金召史一東金漢成妻也 其夫死 其父欲奪其志 矢死不從
有下從之意 舅姑戒之曰 汝夫雖死 幸有一子 汝其保性命育孤
幼 以繼夫後 自是無憾容養 舅姑益篤 及其子夭 姑亦死 乃傳
家事於其娣 因飮藥死 士林擧實聞于官

　　○ 金召史縣內崔志永妻也 纔成婚未及 歸其夫死 夫死與母
喪偕 父曰 待汝母殯奔 汝夫喪 召史曰 吾夫已死尸未出 房吾
往則吾猶舅家人 苟吾夫出埋後 則憑誰尋夫家 卽夕治歸撫其
夫之尸 長號一聲 卽欲下從 慮其舅不能保全 朝夕供饍極 其
誠敬如是者五六月 其舅之心稍可安 遂引藥自決 邑中士夫同

聲請褒

○ 烈女忽介, 佛寬旌閭記 丁巳

임헌회(任憲晦, 1811~1876)[45]

　牙有二烈女 一曰忽介 溫順有姿色 爲品官李仁訥妾 年十八
其夫死 有遺腹生一子 衙僮欲汗之 困苦備至 至於以錐穿筋
亦不從 斷髮自誓以全節 事聞旌閭 一曰佛寬 年十六 爲京人
李振緒妻 生一子 未數年 夫遘疾 嘗糞呼泣 及沒 不憚雨雪 恒
守殯側 終身守節不渝 人不敢亂 又善事姑 姑歿啜粥三年 蕭
廟己酉 事聞旌閭 皆官婢也 噫 周夫子愛蓮說 有謂蓮出於淤
泥而不染 香遠益淸 華陽老子引之 以記丹陽婢鍊玉之烈 今二
婢 其類也歟 此雖本於天畀之性 亦我列聖朝道齊之效也 二婢
俱無后 失其姓不傳 閭亦廢已久矣 今官奴徐春根等 鳩財重建
謁余記曰 欲使後之人 嗣而葺之 其亦可尙也已 蓋貞烈之氣
直上淸虛 如矢中的 從古節婦 與造化酬酢 如呼吸桴鼓然 馴
致天地協應 鬼神効靈 况乎民之秉彝 好是懿德者邪 人心不死
閭之永保於無止也審矣 余亦邑人也 記於何辭　　　　『鼓山集』

45 조선 후기의 문신이자 성리학자. 경학(經學)과 성리학(性理學)에 조예가 깊어 낙론(洛
論)의 대가로서 이이(李珥), 송시열(宋時烈)의 학통을 계승하여 전우(田愚)에게 전수
함. 윤용선(尹容善)의 주청으로 내부대신에 추증되었으며 연기의 숭덕사(崇德祠)에 봉
향됨. 문집으로『전재문집(全齋文集)』이 있음.

○ 古井故事

行宮庭有古井, 命開井, 有泉湧出 源深而淸, 賜名駐蹕神井 領議政申叔舟等奉箋稱賀曰:

聖蹕遙臨, 暫駐湯盤之浴, 天休滋至, 式表后媼之祥, 慶溢堪輿, 懽騰朝野 竊以自昔帝王之出, 必現符瑞之徵, 稽諸歷代, 各有特書 恭惟邁舜溫文, 齊湯勇智 卑宮惡服, 盡力溝洫之經, 聞義樂行, 決若江河之沛, 治化旣洽, 睿澤旁流, 當巡駕之豫遊, 錫斯民之休助 眷茲驪陽之暖溜, 實是辰韓之勝區, 佳柔擁和, 名津鍾粹 留兩宮之玉輦, 從百寮之周廬, 何圖一掬之靈泉, 新迸九重之禁次? 淸浪虛涵於乾象, 玄泓濬發於坤元 甘露讓其脂凝, 句萌足以根潤 從地湧出, 聞妙品於蓮經, 洗垢方涼, 仰大心於芯錄 徒披往牒, 獲覵當時, 玆遇道冠百王, 德叶蒼昊, 迺於民無覆盆之日, 遂致地不愛寶之珍, 振古所無, 自今伊始 臣等猥將陋質, 獲際昌期, 浹骨淪肌, 覩千載難遭之事, 冶金伐石, 勒萬世垂耀之章　　　　『世祖實錄』

○ 劉烈婦傳

박윤원(朴胤源, 1734~1799)[46]

班固曰 朝鮮之俗 男子尙信義 女子不淫辟 槩據隆古而言也

---

[46] 조선 후기의 학자. 김원행의 문하로 학자들로부터 추앙을 받음. 정조 때 선공감감역, 강학청 서연관에 임명됐으나 사양함. 서학, 불교를 배척하고 성리학을 깊이 연구하였으며, 사후 대사헌에 추증됨. 『근재집(近齋集)』과 『근재예집(近齋禮集)』이 있음.

自箕聖遠而政敎弛 至于麗季 淪陷夷狄 斁減綱常 妻殺夫者甚
衆 寧復有本初之風俗哉 我朝興 導民以禮 頒三綱之圖 行改
嫁之禁 由是汚俗丕變 閭巷匹婦 皆知好持貞節 于今三百餘年
閨門芳烈 國史書之不絶 嗚呼盛矣 非列聖敎養之深 曷由而致
此哉

潘南子曰 八路之廣 吾不能盡知已 蓋嘗考黃州遺誌 得烈婦
八人 牙山誌得五人 牙小縣 黃遐邑也 而貞烈若斯之多 王化
之自近及遠 亦可見矣 然其十三人之中 當倭變虜亂之際 恥受
逼辱 而捐軀命者十二人 若其處平時而從夫死者 則惟牙山許
氏一人耳 何彼多而此少也 所惡有甚於死則死之 生亦非有失
身之憂 而猶死之 斯二者 果孰難乎 君子尙論 必有以定之矣
許氏士人李東遇妻 生一子而東遇死 許氏晝宵號天 水漿不入
口 及夫將葬 取鹽液盈椀飮之 腐腸而盡 與夫同日葬 宗族隣
里 莫不稱許氏之節 以余近者所聞 漢陽劉氏事 與許氏相類
何其奇哉 遂幷記載 以備太史氏之採取焉

劉氏 崔弘遠之妻 漢陽人 父宗大 祖同中樞聖禧 以孝行聞
劉氏爲人 端淑慈惠 自幼寡言語 父母不甚訓督 而動合女則
年十四 嫁弘遠 事舅姑 誠敬備至 事夫一主承順 而每相對 敬
之如賓 未嘗或懈 平居 聞古昔婦女節烈之事 則輒擊節歎曰
女子當如是矣 或聞自刎者 則必非之曰 死豈無他道 而忍毁父
母遺體爲 一日夫忽臥疾 閱歲益篤 劉氏躬執藥扶護 徹宵不寐
或潛禱鬼神 請代夫死 夫竟死 時劉氏年方二十五 痛夫早死
哭而絶 良久乃蘇 遂收淚斂容而言曰 吾夫之死 由妾薄命 今

則已矣 惟當盡吾誠於送終奉祀 何可徒事哭擗 以傷親心 又重
使逝者憾也 乃手製衣服而襲之 竭力具奠饌 惟恐過時 劉氏自
是蓬首敝衣 面垢不洗 惟於祭時 洗手而已 方夫之疾甚也 買
別舍出寓 及夫葬 舅欲返魂于本第 劉氏泣曰 事理則然 而老
親在 哭泣難便 且旣皐復於斯 返魂於斯 恐亦非害禮 請姑俟
三年何如 舅憐其意從之 劉氏嘗擧一子兒 眉目類父 劉氏每撫
而語曰 幸賴天之靈 此兒得以長成 則可不絶其父之祀 又顧而
謂女弟曰 吾欲死矣 崔氏血屬惟有此兒 吾死則誰鞠兒 夫奠又
誰尸之 吾所爲不死者此耳 後三年 夫几筵撤 兒子免懷 則是
吾當死之日也 不幸兒二歲而死 人謂劉氏之賢 而不保一兒 天
道無知矣 自是家人慮劉氏決死 常防之 劉氏不加悲 每以和顏
色見舅姑父母 家人由是意稍寬 及夫大祥之日 劉氏躬檢饌羞
盡禮行事 舅姑宗戚 皆罷歸 只留婢數人 翌日 劉氏梳頭沐浴
服新澣衣 淨掃室宇 收藏器皿訖 語婢曰 日熱房燠甚 炊于他
鼎 蓋欲其尸體速冷 而婢莫之知也 仍入祠堂痛哭 婢輩止之
劉氏卽止哭 就枕而臥 婢輩遂入廚炊飯 有頃忽聞痛腹聲 驚怪
入問之 劉氏曰 有何痛也 吾其好歸矣 婢疑之 環視其傍 有一
器 器底有鹽液 婢走報于舅姑父母 舅姑父母 急疾就視之 已
不能言矣 惟呼父母數聲而絶 是日壬寅五月二日也 遠近聞者
莫不歎息流涕 知事尹壽雄等百餘人 擧其行 呈文于禮曹 請啓
聞旌閭 禮曹許以施行

　潘南子曰 古語曰 非死者難 處死者難 丈夫猶然 況女子乎
如劉氏者 實有高識 隱忍三年 待時從容 又能不自殘其形 烈

孝俱全 可謂難矣 余聞其叔父宗哲言 劉氏容貌纖弱 若不可辦
大節者 而卒乃能然 異矣哉 豈所謂柔以剛 爲用者非耶 同時
有朴景兪妻李氏 亦於其生日殉夫云　　　　　　　　　『近齋集』

○ 靈仁山動石記

박준원(朴準源, 1739~1807)[47]

　靈仁山在牙山縣南 其尾蟠于海三之一 而二跨于陸 首則聳
然入于雲間 測其高可望數百里 多怪物焉 凡邑有水旱疾疫 縣
監必齋戒 具牲酒 親自往祭之 實一縣之望 而特靈於諸山者也
歲癸未 家大人自水部出守于牙 余隨往 夫牙古之牧也 以大州
稱 且濱海 意必有奇聞異事 按縣誌而無見 遂訪於邑中之父老
皆曰靈仁山有動石 大如屋 狀頗奇怪 小觸之卽動 大觸之亦動
千萬人之觸之動 不加於一人之觸之動 又或有自動焉 牙民以
爲神 往往有禱祀者 且言百濟時溫祚王避兵于是山 見石以爲
怪 命士卒拔之 皆力盡顚仆 石終不拔云 余聞而異 詰其目擊
蓋未也 余卽欲登山搜觀 以險峻不果 每朝夕從山下仰而望焉
有異雲出於其上 蓋靈詭之所蓄也 或曰石者物之靜者也 石之
有動 理必無也 余曰不然 凡物之生 各自有形有性 確然不可

易 然氣周流旋轉 動蕩散出而爲物 或不能無變 是故走者或飛
聲者或喑 直者或曲 叢者或蔓 其靜者安知不有動乎 華山有起
石 彭蠡有鳴石 扶餘國有吹石 宜都有陰陽石 望夫之山有語石
又安知山之無動石乎 況其瑰奇靈特 鍾毓異物 山之有動石 理
或然也 彼所謂爲神爲佛 能禍福于人 是則誕妄 君子不信也
遂爲之記

『錦石集』

○ 溫陽溫泉北湯記

남구만(南九萬, 1629~1711)[48]

　歲庚子秋 慈親以頭風苦眩 就浴于溫陽郡之溫湯 余實陪來
時八月卄二日乙巳也 旣來翌日 周覽昔時殿宇遺址 頹垣缺砌
略無完者 想先王之遺風 慨盛世之已遠 躊躇竟日 殆不能爲懷
殿前有冷井 井旁有小碑 西河君任元濬記其前後 而字畫刓缺
僅可尋其文義 其辭云以內需財幣購工刻之 而其短數尺 比諸
士庶墓表不能半之 嗚呼 此乃我祖宗崇儉守約 不欲以侈大示
諸後人之義歟 居民云湯泉之源 本在殿址之下 其熱爛人肌 不
可以浴 故以銅筒引泉脈 右而爲南湯 左而爲北湯 所謂南湯
在殿址右少前 而上有館宇以覆之 卽世祖大王所嘗臨御 而今
衆人所就浴也 所謂北湯 在殿陛左阯下 一區而兩井 與南湯同

---

48 조선 후기의 문신이자 정치가. 소론(少論)의 거두(巨頭)로서 문사(文詞)와 서화(書畫)
에 뛰어남. 우의정, 좌의정을 거쳐 영의정까지 지냈으며, 기사환국(己巳換局) 후에는
유배되기도 함. 문집 『약천집(藥泉集)』이 있음.

制 攻石精美且過之 卽東陽都尉所謂三大妃臨幸之所 而荒穢
特甚者也 今去東陽來此時又二十春秋 瓦礫塞滿於井中 草根
纏縛於甃旁 蕪沒沮洳 幾不可辨 且其外湯則爲治皮匠所溷 穢
惡之氣不忍聞 余訊諸居民 或云湯上昔有畫閣 萬曆庚申歲始
頹毀 又云中年有病惡瘡者來浴 是後遂廢不浴 居民鹵莽 言不
足徵 而東陽所記有云病瘡者恣意溷浴 抑亦得此說否 余意天
旣生水火 使民並用 而又使壬夫丁女交效其靈 鴻洞轇轕 釀出
神泉 于以除萬民之疾 於是焉聖王有作欽天之賜 旣身受其祜
又敷錫于下民 樂與人共之 如周文王之囿 使之咸躋于壽域之
中 夫豈若隋唐華淸 祇用爲淫樂之資而已 先王作事 又將以利
於後也 今其遺澤之及人者 將與天壤無窮 獨恨其一修而一廢
不得普施其功用 此其可惜 奚特越俗之不好古 而使聖路長堙
也 且念禮曰男女不同浴室 蓋欲厚其別也 今此湯泉 當春秋二
分之際 遠近士女其至如雲 其勢不得不迭浴於一井 揆以禮意
有不當然者 今若開此廢湯 使男浴於南 女浴於北 則我先王先
妃之盛德洪恩 汪濊而並流 旣可以祛吾民之痛痒 又可以成吾
民之禮俗 豈不休美矣哉 或以先妃所臨 卽爲禁地爲難 余以爲
先王所御 亦旣許人浴 先妃所臨 獨許婦人浴 而又何傷乎 昔
宋之宣仁高太后有言 苟利於民 吾無愛乎髮膚 此卽我先妃之
所嘗爲訓者也 雖玉欄看花 天路遠隔 竊想聖母塞淵之意 豈不
欲以一沐餘波 酌萬世生靈哉 於是余乃聚徒隷具畚鍤 疏其塞
滌其穢浚其溝決其流 三日而治畢 至若旣開而復塞 旣修而復
廢 斯乃守土者之責 吾亦未如之何也已矣　　　　　　　『藥泉集』

○ 名六男說

조상우(趙相禹, 1640~1718)[49]

夢雖云虛 旣見於經 亦出於孔聖之言 則其亦有所信而不虛
章章明矣 嗟余生晚 後周與魯不知幾千百年矣 然稟五秀之精
則夫豈有間於古哉 粵昔葬先人於溫泉之東聖居之南蓬山蓮
花峯下 越五年庚戌歲建申之月壬戌日癸卯時 生長男爾後 爾
後未生之前四日夢 一株靑松 偃蹇於細君之胸 有白頭老翁告
余曰 必去此松 然後迺生此兒 解娩後 顧瞻門外 則設弧矣 命
名曰爾後 而字曰景松 越三年癸丑歲甲寅月甲寅日戊辰時 生
次男爾重 前其三日夢 客自西而來 頭戴大四冠 駐馬於一間茅
屋外 吾先君子顚倒衣屨 迎入於堂 敬待以送而生 名其兒曰爾
重 字其兒曰景冠 越四年丙辰歲甲午月丁丑日庚戌時 生第三
男爾翻 此前二日夢 余升家後山逍遙 美一華蟲飛入於懷中 括
其兩袖 五采之文 照耀於單綌之表 旣而生 乃名曰爾翻 乃字
曰景翬 越六年辛酉祀庚子月壬子日乙巳時 生第四男爾昭 其
日夢 手持釣竿 步遊於後溪 碧瓦積在沙上 躬自移瓦之際 鯉
躍於其中 口與鬐甚赤 暗符如前 其名曰爾昭 其字曰景鯉 越
七年丁卯載乙巳月戊午日庚申時 生第五男爾翰 厥日夢 豪鷹

---

49 경사(經史)에 밝고 글씨와 그림에 뛰어났던 조선 후기 문신이자 학자. 태인현감 등을
지냄. 1683년 증광문과(增廣文科)에 을과로 급제하여 이듬해 사헌부 지평(持平)을 거
쳐 대사간(大司諫), 대사성(大司成), 개성유수(開城留守) 등을 역임함. 1711년 우의정
(右議政)이 되어 세제(稅制)의 폐단을 시정했으며 중추부판사(中樞判府事)에 이름. 문
집 『시암집(時庵集)』이 있음.

坐於架上 振翮升降 先君子謂余曰 此乃奇鷹也云云 心自忻然
果得生焉 名之以爾翰 字之以景翼 越八年甲戌之歲 月建曰壬
申 日曰庚子 時曰壬午 生第六男爾炳 余適去湖南時也 爲省
姑氏于長興府衙 而夢大黑虎入伏衾底 輒驚 並衾抱出於窓外
則變爲負文龍馬 衆莫能御 獨自剪拂着鞍 而繫一梅樹 踊躍難
雙 府伯之大夫人 乃吾姑也 告之以實曰 細君今日 亦必生俊
兒也 故名其名曰爾炳 字其字曰景章 余歷記前夢 而欲使子孫
知之 各名而字之 而吾未知諸兒壽夭窮達之如何 竊怪夢兆之
各異 不得不著書 而名曰名六男說　　　　　　　　　　　『時庵集』

　　○ 朴氏黃禹海妻也丙子虜亂賊騎猝迫投水死 仁廟朝旌閭

　　○ 奉春店人妻也丙子虜亂其夫被擄賊欲劫之至死不從遂見
殺 仁廟朝旌閭

　　○ 貴一李得天女也夫死不嫁奉姑至孝一村稱之曰是父是女

　　○ 金氏夫死不食十日死繡衣以聞 上之己酉命旌閭散金好
鼎之女也

　　○ 順陽私婢也 事姑舅至孝 其夫溺水死 繞水號哭 及葬飲
鹽水 死竟合葬

○ 崔氏士人沈來恒妻也 夫病已絶斷指 血出以灌之 自朝至
晡 遂得穌後 又聞母病 當用人骨和藥 又斷指以用療 其母病
因以成疾而死 肅廟朝庚寅禮判以孝烈雙行陳達 命特復其戶

要路院夜話記

박두세(朴斗世, 1650~1733)**50**

要路院二客問答

肅宗戊午年間 湖西一士人 隱其姓名 渡灞下鄕 匹馬玄黃
駄卜而騎 牽童懸鶉 每投院 受侮不一 午發素沙 初昏到要路
院 緣蹇蹄也 自度店舍 行旅已滿 將此草楚行色 不可號主人
驅斥賓旅 寧入士夫所館 庶幾相容

遂尋入一店 見土廳上 有一豪華年少客 頹然半臥 高聲呼曰
若等安在 不禁行人入來 兩蒼頭應聲突出 而士人已跳下騎 一
僕曳其奴鞭其馬 叱出曰 爾目盲者 不見行次已入耶 一僕推士

人勸之出 士人出且語曰 日已曛 姑歇此 定他舍 還出爲計 汝
兩班在彼 何至相阨如此 客笑曰 且止且止 士人乃還入 將攝
衣欲上土廳 而客臥自若 遂升堂立 若將拜謁 而猶偃然不動
意彼以京華裙屐 被服鮮麗 鞍馬豪快 鄕視余而輕易之 其駿氣
驕習 可以術折之 卽拜甚恭 客按枕點頭而已

徐曰 尊在何所士人 跪對曰 住忠淸道洪州金谷里中 客笑其
詳盡曰 我豈公誦戶籍單子乎 士人俯首曰 行次下問 不可以不
詳也 因請曰 初欲得舍館移去 日已昏黑 店且人滿 有此空隙
肯許坐此待曙耶 客曰 初云欲去 今云欲留 是二言也 士人曰
初曰且止 今曰且止 是則一言乎 客曰 尊亦兩班也 兩班與兩
班同宿 何所不可 士人曰 盛意可感 乃呼奴曰 馬牛入繫 粮米
出給 客曰 豈牽入牛來耶 不言糧米 則奴不知粮之爲米歟 士
人曰 行次京客也 吾不是牽牛來 奴亦非不知粮之爲米 而言馬
必竝擧牛言 粮必竝擧米 鄕人之恒談也 鄕人聽之尋常 而行次
獨笑之 非京客而何 客曰 君言亦復佳也 因問緣何事往底處
士人曰 爲族人欲頉丁役 留洛下知舊家回耳 客曰 知舊爲誰
所幹得諧費否 對曰 曾前上京 主六曹前金丞家 此舊識也 所
幹費步同價猶不足 未諧而來矣

客曰 金丞何許人 曰 官人也 自云仕於兵曹 爲丞之職 其出
也 遠則騎近則步 亦着紗帽冠帶 謂吾曰 日後有事上京 主我
家 我爲之幹旋云 客太息曰 君見欺於書吏也 丞書吏之稱 非
官員也 官員豈有徒步者乎 所戴非紗帽 所謂蠅頭 所着非冠帶
卽團領 君陷渠術中空費價 惜乎 行人例如此 客因鄙夷士人

不復稱尊 而直以君呼之

士人曰 書吏官人固若是殊別乎 客曰 甚矣 君之鄕暗也 君
所居金谷 去州城幾里 曰 不記也 但聞曉發夕至 客曰 君所居
之在僻如此 宜乎不識書吏官員之別 君之州凡百姓之所仰望
而敬畏之者 誰也 曰 書員衙前 曰 又有加於此者乎 曰 別監座
首 曰 又有高於此者乎 曰 無 曰 獨不知有牧使乎 曰 牧使州
中之王也 豈可與衙前輩 同日語哉 曰 君言是也 君之云牧使
卽京之官員 此之書吏卽彼之衙前 曰 然則吾所知金丞 亦非兩
班耶 客笑曰 今日乃知非兩班乎 君欲知兩班之稱乎 仕路有東
西班職 經東西班者 謂之兩班 彼丞卽兩班之所役使者 何可僭
擬乎兩班 士人曰 僕鄕人也 不知丞之稱 乃書吏之號 而徒見
蠅頭團領 有似紗帽冠帶 認以爲兩班 而納交也 因自咄咄憤歎

客曰 何爲忿恨也 豈惜半同步兵之弁歟 士人曰 非也 雖費
一同 爲族人頉役 夫復何惜 前日金丞問吾字 其後金丞每字吾
吾亦字金丞矣 到今思之 渠以胥輩 呼兩班之字 不亦濫乎 不
亦忿且恨乎 不遇行次 長受大辱 客大笑曰 行次之德不少 又
問 君居鄕爲何等兩班 曰 吾亦上等兩班 客曰 君爲上等兩班
則族屬何爲見侵於軍保 士人曰 諺云 貴人亦有裸裼眷黨 此何
足累余 客曰 君里中亦有他兩班乎 曰 有之 曰 誰 曰 北里有
倪座首 東隣有牟別監 客曰 是亦上等兩班乎 曰 然 其兩班伯
仲於余 而威勢權力 非吾之所敢望也 昔倪公之微賤也 妻鉏荣
子牧牛 夏則荷鍤於水溝 稱兩班而先漑 冬則挾布於場市 字常
漢而共飮 勸農之來謁 頷頤應之曰 勿勿 書員之過拜 低冠答

拜之曰 好好 浮沈閭巷 頗似尋常人矣 一朝薦爲別監 未久轉
至座首 出則坐鄕廳 官吏羅拜於庭下 入則對官司 騶從伺候於
門外 前日未厭糝羹 而忽飫玉食 昔時不具犢駕 而遽馳肥馬
女妓薦枕 貢生侍席 喜給還上 怒施刑杖 客至呼酒 口渴喚茶
平日比肩之朋交 睨示之常漢 莫不拱損以禮之 俯伏而畏之 號
令威風 振動於一境 苞苴賂遺 絡繹於四隣 此非丈夫事業乎
一日 倪公 因還上分給 出給在海倉 僕欲丐斗斛之惠 往拜之
飮我三盃酒 因嘖舌曰 顆頤公之爲沈沈執綱也

客大笑附掌曰 此眞上等兩班 有頃奴告飯 士人曰 擧松明火
上之 客曰 君以上等兩班 行中不具燭乎 士人謬曰 行中燭盡
於去夜 蓋見人豪華 羞己困弊 無而若有 對客誇談 固鄕生之
態也 客諦其僞對 哂之良久 呼其僕曰 松明烟苦之去 其僕出
來 撲滅之 士人停食曰 眼不明夜 匙難尋口 客曰 盲亦食矣 士
人曰 盲人久久成習 撫盤自殤 然余不盲者也 猝然失明 實不
省飯在那處 假使行次能覓食如淸晝乎 不借眼於鶺鴒 換睛於
蝙蝠 定自掬入口乎 而已呼奴曰 更擧火

客笑曰 欲觀君處變 故戲之耳 乃命其僕 擧燭炷蠟長坮 煌
煌可好 士人行饌 惟餘焦醬數塊 靑魚半尾 半開盒 摘出呑之
若不欲示客 客遽伸臂去其盖 視之曰 上等兩班 飯饌不好 士
人故爲恧縮狀曰 久客之餘 將盡之 饌何係兩班高下 床旣撤
取客竹欲盛草 客遽奪其竹曰 尊前不敢燒南草 況汚吾竹乎 士
人作色曰 倪座首牟別監前 猶燒此草 何有於行次眼前 指客口
曰 此口亦口 指其口曰 吾口亦口 何汚之有

　客大笑　還授竹曰　君可謂唐突西施　倪座首牟別監　誠尊矣
我獨不爲座首別監乎　士人曰　行次於所居邑　或得爲座首　洪州
座首　決不得照望矣　客曰　吾居京中　京中豈有座首　士人曰　座
首州郡中極職　京中獨無居首之職乎　客曰　領議政首職也　士人
曰　然則行次或可爲領議政　吾州座首未易圖也

　客搖首曰　高矣美矣　座首之任也　且曰　君州座首　雖未易圖
獨不可爲君州牧使乎　士人曰　牧使出於京中　此則易也　然牧使
有可貴者　亦有不足貴者　客曰　一州王胡不貴乎　士人曰　某時
某牧使來　其心麟仁　一洞唱麟子之歌　歌曰

　　子兮子兮　其父麟
　　父兮父兮　其子麟
　　有是父　有是子
　　胡不萬春

此爲可貴者　某年某牧使來　其欲狼貪　四隣唱狼子之歌　歌曰

　　子兮子兮　其父狼
　　父兮父兮　其子狼
　　有是父　有是子
　　胡不促亡

此爲不足貴者　行次當爲吾州牧使　能使百姓不歌狼　而歌麟

乎 客笑曰 吾爲君州牧使 當使百姓父母我矣 士人笑曰 其能
易乎 且曰 京中首職 亦有可貴者 不足貴者乎 亦有歌麟狼之
調者乎

客曰 有賢宰相 眞宰相 淸白宰相 爲可貴者 可貴者 亦可以
歌麟矣 有癡宰相 盲宰相 坊門宰相 爲不足貴者 亦可以歌狼矣

士人曰 予不文 未審所謂 客曰 此皆古實 在方冊者 因問君
入丈乎 曰 未也 曰 年幾何 曰 無一年三十 曰 未晩也 明年入
之 猶不遠小學之道 然君以上等兩班 何至今未娶 士人歎曰
兩班之故 尙未入丈 彼欲則吾不肯 吾求則彼無意 鄉之兩班
如我者少 欲必得如我者 而好風不吹 遂至於此

客曰 君勿恨歎 君之身短短未長 君之頤板板無髯 待身之長
而髯之生 則那無入丈之日耶 士人曰 行次勿嘲 人之言曰 不
孝有三 無後爲大 三十未聚 豈非大可憫者乎 客曰 何不求於
倪座首 车別監乎 豈其家無處子耶 曰 處子則有之 年且落數
歲 甚相敵也 客曰 然則彼亦老處子 以老都令 配老處子 正所
謂配合也 何不相婚 曰 未有易者 曰 何事未易 曰 此正我求
則彼無意者 客曰 君以上等兩班 降求於渠 渠何敢乃尒 曰 非
他也 吾兩班昔之龍 而蠖屈乎 彼兩班古之鶒 而鵠擧乎 時者
適去 王侯將相 寧有種乎 眞談所謂 化是兩班也 客笑曰 座首
別監 兩班之化者乎 曰 兩班固非一層 有爲約正 而稱兩班者
有爲風憲 而稱兩班者 有倉監官 而稱兩班者 過此而爲別監
其層又加 過此而爲座首 其層尤高 居鄉而得座首之稱 果非兩
班之善化者乎 客曰 君儀狀端雅 言辯敏給 雖在鄉曲 必不空

老 明牧使見君 別監座首擧而畀之 君之化兩班亦不遠矣 吾爲
君能婚處乎 士人若不知言之戲 而猝然喜動顔色曰 不亦好乎
何感如之 豈行次門中 有阿只氏乎 客合口良久 以文字獨言曰
無如駤何 無如駤何 乃曰 吾門中無有 而我自知有處 歸當言
之 士人曰 雖許婚 不知行次所居 何由相聞 客曰 君雖不知吾
居 吾已知君之所居 相通何難 卽當專人 報于忠淸道洪州金谷
老道令宅 士人曰 然則幸甚 自是客稱士人 以老道令爲笑資

　士人欠伸數次曰 夜向闌矣 鞍馬之勞 睡魔先導 客曰 吾自
湖南轉入內浦 馬上一朔 未或困憊 君作數日之行 而乃欲先我
宿耶 老人在路 其氣易困 其睫易交 此莫非老道令之故也 士
人曰 然矣 吾爲道令之已老者 行次爲書房之方少者也 已老者
臥 而方少者坐 禮固然矣 遂脫笠而臥

　客笑曰 君善謔者 然起起 士人笑而起坐 客或誦古文 或吟
詩句 士人曰 行次所讀何書 盖以誦爲讀 亦鄕語也 客笑曰 風
月也 因問曰 觀君身手 必不能張弓架箭 馳馬試劍 豈爲儒業
乎 士人不辭讓而對曰 僕雖居鄕 恥學武事 儒業則未能 而文
行則粗識 第於十四行中 二字加畫變音者 甚難解 盖嘗眷眷反
復於此 而口訛舌强 至今未瀅 客曰 豈爲諺文耶 此乃反切 非
眞書也 士人曰 鄕曲人知反切亦鮮 況眞書乎 能解眞書 何患
乎家貧 又何患不得閑游 某里有某甲 學千字爲書員致富 一坊
待之 某村有某乙 讀史略爲校生免役 一鄕佳之 亦有二三人
荷明紙出入科場 爲先輩業 而所志議訟飛筆書之 里閈尊敬 隣
保問遺 鷄首魚尾我飫逮族 此則眞書之利 非人人可能也 金戶

主者頗解文 坐戶主十餘年亦饒産 爲男子者 縱未能眞書 學知
諺文 亦足以磨鍊結卜 看讀古談冊 雄於一村中耳 客曰君之學
反切 亦欲坐戶主乎 曰 然 常人坐戶主自行之 兩班坐戶主使
奴行之 戶主何妨

客曰 然則稱君戶主可乎 曰 何所不可

客曰 人而不文 不可謂人也 士人曰 吾雖不文謂之人 客曰
君知人之所以爲人者乎 有人其面者 有人其心者 徒能人其面
而不能人其心 非人也 文所以人其心者也 君都不知文 惡得爲
人 士人曰 以面言之 行次面人也 吾之面人也 以心言之 行次
知眞書 行次心人也 吾知諺文 吾心亦人也 誰或曰 非人也 客
笑之 又問 古之人有夫子者乎 曰 不知也 曰 各邑皆有鄕校 主
鄕校 而享春秋釋奠者 誰也 曰 孔子 曰 孔子卽夫子也 士人曰
鄕人少知識 但知孔子 不知孔子之別號 又有夫子

客噱噱大笑 又問 君知有盜跖乎 曰 聞之 曰 孔子盜距孰爲
賢人 曰 行次無我矣 我雖迷劣 豈不知孔盜是非乎 客曰 靑天
白日 奴隷亦知淸明 漆夜昏夕 禽獸皆知暝黑 孔子盜跖 人則
一也 而聖狂賢愚 天地不侔 固可竝謂之人乎 人而有文 孔子
徒也 人而無文 盜跖徒也 士人曰 信如行次所言 行次文士也
固是孔子之徒 吾亦能解諺文 高免於盜跖之徒也 客笑曰 孰謂
盜跖 不知諺文乎 士人曰 諺文出於我國 盜跖安知

客大笑曰 君言然矣 古有中黃子者 分人五等 吾以爲吾當上
五等 君當下五等 上五是眞人·神人·道人·至人·聖人 次
五是德人·賢人·善人·智人·辯人 中五有公人·忠人·信

人・義人・禮人　次五有士人・工人・虞人・農人・商人　下
五卽衆人・奴人・愚人・肉人・小人　上五之於下五　猶人之
於牛馬也　士人是行次自當人　而當余於角鬒者　吾唯一笑而已
假令孔子往見盜跖時　盜跖爲此談於孔子　則　是跖亦自當上五
之人　而當孔子於下五之牛馬　豈與跖呶呶爭辨　亦必一笑而已
客笑曰　有是哉　君之辯也

　乃以文字自言而曰　小痴大黠　士人若不解文字　而謂客之誦
風月　問曰　行次又讀風月耶　其意又云何　客笑而應曰　吟風詠
月　遣興言志　風月之義　其體則有五言・七言之別　請與我唱和
風月可乎　士人苛苛笑曰　不知眞書者　亦爲風月乎　客曰　風月
非一槪也　知書者　爲眞書風月　不知書者　爲肉談風月　士人曰
雖善肉談　集出五字七字　非吾事也　客曰　君盖有語癖者　必善
肉談風月　且試作之

　士人掉頭曰　謂猩猩之能言者　而俾作詩句　知蛩蛩之善負者
而使荷石臼　其可得乎　客曰　非難也　效我體爲之　數三次　彈指
乃兩句曰

　我知鄕之睹　怪底形體條
　不知諺文幸　宜其眞書法

　士人曰　何謂也
　客逐字釋之曰　我謂吾　見謂看　鄕謂谷　之謂去　語助辭　睹之
釋　落伊　怪底言怪形　體言身　條卽枝　謂持也　士人曰　人身亦有

枝乎 客曰 鈍哉 君才 宜乎不移行中字 盖謂鄕谷人 持身怪狀
也 士人陽怒曰 行次譏我乎 客曰 鄕人豈獨君哉 吾自鄕來 見
如此者多 故言 非指君也 如君者 自是鄕中之秀才 異等不易
得者也 士人收怒 而若微喜者 客又曰 辛之釋近於寫 沼之釋
近於不 謂諺文不能寫 眞書都不知也 遂屬士人和之 士人牢讓
再三 客曰 我爲戶主作風月 而戶主不和 是簡我也 豈以我不
能駈出戶主乎 士人曰 逐則便逐 何至恐嚇 鄕人縱不知書 如
此之言 了無怖心 客笑曰 君可謂膽大者 吾眞戲之耳 雖然速
和之 士人搔首曰 大事出矣 欲和則腹中無文 不和則身上有辱
客曰 何辱之有 曰 當夜遭逐 非辱而何 客曰 和則不見黜 士人
熟視客曰 此豈行次世傳之家耶 吾人逆旅 孰我敢逐 客作色曰
先人者爲主 主不能斥賓乎 卽呼奴曰 黜此兩班 士人謝曰 村
夫妄發 請和而贖罪 客奴二人 已立堂下 欲將吾下

客曰 鄕生迷劣且止 因請士人曰 欲不遭斥則速和 士人爲惶
怖困感狀 良久曰 僅集字 客曰 第言之 士人曰 猝然效嚬不成
語 乃呼兩句曰

我見京之表 果然擧動戎
大抵人物貸 不過衣冠夢

客曰 何謂也 士人如客 釋之以道至表字 若不能釋者 但云
上如主字 下如衣字 客曰 表字耶 豈上京見東人表冊耶 士人
曰 不知眞書 安知表冊 鄕人蠶織紬端鬻之表 人指織工之精者

曰 表紬 吾以此知表字之釋 爲物也 始疑而終信之 謂果然 威
儀動作之擧動 凡良哈之謂戎 而亦有別義 僧之敎人千字 釋戎
曰升 盖指京中士大夫擧動 驕亢也 以物借人之謂貸 人之放氣
亦謂之貸 夢之釋飾也

　客蹶然起坐 把士人手 注目曰 尊何誑惑人至此 墮蚩尤霧裡
入后羿彀中 沒頂上下不能自出 又自恨曰 果有客氣 凡於旅次
爲此擧數矣 未嘗一敗 今卒困此 豈所謂好勝者 必遇其敵者
然尊之辱人太甚 士人曰 京之士夫豈獨曰尊哉 吾自京來見如
此者多 故云 非指尊也 如尊者自是京中之厚德宏器 不易得者
也 客曰 吾言也 尊何反之之速耶 士人曰 狙傲速矢 雄驕取經
驕傲而不受困者 尊見之乎 每以行次稱客 而猝然尊之 客笑曰
行次何去 士人曰 君何去 而稱我以尊 吾非有土之君 亦非尊
之家君 尊之君我 不亦題外乎 戶主之稱老道令之號 吾所自致
且曰 所議婚事 須爲老道令無負 負則眞子所謂 一口二言 客
曰 無爲再提 弄擧爲老道令 指婚何怪之有 士人笑曰 吾必欲
入丈於尊門中阿只氏 客拍手大笑曰 吾門中雖有阿只氏 倪座
首・车別監之所不欲者 我爲之耶

　因睨士人曰 譎計罔測 吾始於子 馬牛粮米之言 而少嫚之
中於子金丞呼字之談 而大輕之 終於子夫子別號之說 而全侮
之 然無鄉音 而故爲野態 掩書史而謬 若不文 是則子不免詐
僞二字 士人曰 子不知兵書乎 鷙鳥之搏也 匿其爪 猛獸之攫
也 縮其頸 故名將之制敵也 强而示之以劫 初拜子之時 已審
子有嫚我之意思 傲我之氣習 將欲折去驕志 故不得不匿我爪

而示弱 將欲挫去豪氣 故不得不縮我頸 而示之㤼 此在兵法
顧子之未察 而反指余以詐僞 可乎 昔者 陽貨以術 故孔子亦
以詭道待之 夷之不誠 故孟子亦以非病託之 是亦可謂之道乎
客曰 吾不料子之辯 至於此也 且貸是常辱 非兩班之言也

　士人曰 彌處士罵座中人曰 車前馬糞糞放氣也 吾不曰糞 而
曰貸 亦覺淸矣 客曰 吾旣先下手 尙誰尤哉 因擧其衣示士人
而自歎曰 可愧 士人客遊之餘 衣袍渝斃 乃擧而示客曰 如此
者 可愧乎 子之輕煖 不亦好乎

　客曰 然則子將恥仲由之斃袍 而艶子華之輕裘也 吾之見賣
亦已太甚矣 子詭談且止如何 因先誦自己之句 次吟士人之句
曰 辭意勝我 又曰 子何不押韻 戎是平聲 夢是去聲 士人曰 子
不曰效我體爲之乎 條是平聲 沼是去聲 子之風月 誠巧矣 然
未盡善也 何不押以池枝 深索條沼乎 客曰 果然 吾於子當讓
一頭地 乃自剪燭跋 改視士人之面 開口好笑曰 思向來說話
節節見瞞 使人大慚 第我初遇子 只見衣冠之汚斃 言語之鄕音
不悟其引以詆之 籠以罔之 遂全身陷溺 可使白日當之 豈至於
此 始於子對二言之說 答盜跖之辭 頗疑之 而終不飜悟也 士
人笑曰 小疾面大點之時乎 客曰 到今思之 吾誠爲狐所媚 爲
蠱所傷 不但耳目之昏迷 不覺心性之罔昧 如借眼鶺鴒 猩猩題
詩 孔子往見盜跖之辭 無非文者語 而汎然聽過 不可少疑焉
士人笑曰 子今追悟鴒鶺之喩 乃爲鬼蠱之證 正所謂頰受排於
鍾樓 眼始眩於沙坪者也

　客大笑曰 能近比也 因曰 今旣相親 盡語姓名 爲後日之記

乎 士人曰 子先之 客欲言而遽止曰 逆旅邂逅 何用通姓名乎
士人强之 客曰 家在長興坊洞不遠 終不言其姓名 盖客自負豪
氣 奄受欺罔 恥於傳播 反欲秘其跡也

　客又曰 子飮酒乎 曰 飮無幾何 客曰 吾失問也 子往海倉 飮
三盃酒云 又曰 詭詐如此 非吾之痴 雖使智者當之 不見欺難
矣 士人曰 智者初不爲如子擧措

　客呼其僕曰 進酒 酒甁鑰椿皆侈美 伴以鸚鵡杯 一獻一酬
啗鰒而臥 客曰 今則可和眞書風月 乃口占一絶 自書曰

　蜀州不識韓爲魏 魏使安知范是張
　自古名賢多見賣 莫咍今日受君罔

　士人曰 雙韻也 乃次其韻曰

　由來餓隷全齊王 畢竟傭耕大楚張
　休將玉笋輕林莽 未有驕人不見罔

因請爲聯句 唱曰

逆旅相逢逆旅別 故人心事故人知

客續成曰

他時尙憶今宵否 明月分明照在玆

客請爲四韻 先成曰

宿鳥初飛古院邊 偶然傾盖卽佳緣
南州遺逸珍藏璞 東洛疎庸管窺天
穿柳黃鸝春暮後 盈樽綠蟻月明前
篇章留作他時面 不必相逢姓字傳

士人和之曰

淸風明月興無邊 此地相逢信有緣
憂樂君能都付酒 窮通吾自一聽天
黃金然諾論交後 靑竹功名未老前
直遣兒童司馬誦 何嫌今日姓名傳

士人請爲六言曰

秦京綠樹君住 湖海靑山我家
大醉狂歌浩蕩 范范俗物誰何

客步曰

良辰皓月千里　美景桃花万家
樽酒論文未已　明朝別意如何

士人請爲三五七言曰

手停卮　口詠詩
花送風前雪　柳迎雨後絲
要路院逢要路客　洛陽人去洛陽時

客步曰

盡君卮　聽我詩
今日顔如玉　明朝鬢若絲
倏忽光陰眞過客　冶遊須及少年時

士人曰　佳哉　子必洛陽才子・少年詩客　何詞之華　才之捷耶
吾以文賦應擧　詞章初非本色　雖爲人所强　時作和語　辭拙意乾
堪覆醬瓿　誠所謂　此贈惻輕爲者也　客曰　子無過謙　當世以文
鳴者　京少于敵　況鄉谷乎　吾則自少學詩　而才思鈍薄　語不驚
人　第少澁滯之病　自是到處　不嫌露拙　輒有吟詠者也　乃笑曰
工不工　能不能中　欲以敏捷勝我　則雖七步之子建　八文手之溫
庭筠　莫有以過　紛紛餘子　無足豎降幡矣　子乃欲以三五七　壓
倒元白耶　士人曰　子眞所謂　文如翻手成　初不用意爲者也　眞

書風月　實非吾敵

　　客自想　吾欲以各體　抨渠之才　而卒不勝　吾可以奇巧困彼
請以藥名聯句　士人曰　諾

　　客曰　前胡昏謬受君誣

　　士人曰　遠志殊非賤丈夫

　　客曰　大困從來受益智

　　士人曰　且當歸去讀陰符

　　士人曰　是亦尋常　請更爲聯　首用木尾用土　首用水尾用火
上下間一金字　爲五行詩　客曰　子先唱　吾不閣筆

　　士人曰　萍蹤何處至

　　客曰　華月照虛堂

　　士人曰　流影金樽照

　　客曰　瀅然飮白光

　　士人曰　末句甚難　而語意渾全　子固未易才也　客請用國名相次

因非眞實儘荒唐　心不提撕易陸梁

欲致聖功要孟晋　推吾道德在參商

　　士人曰

不必爲詩動效唐　言淸意遠最强梁

雲邊桂影流照漢　風外篁音轉索商

客曰 觀此絶 屈玆膝 士人曰 子之首句 含譏我意 吾之末句
何如 客曰 右寫淸言 左模遠志 古人云

吟時使我寒侵骨 得處疑君白盡頭

良有是也 士人曰 請擧列宿名相酬 因曰

文江尙可負千翼 筆力猶堪抗兩牛
詩眼卽今誰最亢 我爲師曠君離婁

客曰 不敢當也 酬曰

碧桃紅杏間楊柳 皓月明河轉斗牛
有驥卽騎寧附尾 豊功盛德定跛婁

士人曰 非所擬也 請取卦名 同一韻字相步曰

妙藝奇才出等夷 定無詩輩敢肩隨
淸襟霽月光風迓 爽韻緇塵濁俗離

文到蘇黃堪許友 詩慚甫白不丁師
何會漢水流西北 未覿秦是顆頤

客步曰

何煩逞彩慕希夷　亦勿韜光故詭隨
長在湖山山趣逸　雖居人世世氣離
書中講習推賢友　卷裏追攀仰聖師
畝蕙畹蘭將自刈　明窓淨几且搯頤

士人曰　請從干支中　韻字同者　左右用之曰

野老祝多子　朝英撫五辰
有誰排異已　無處不同寅
注意推明乙　輸誠接白申
三邊淸宴未　城內免愁辛

客曰　勁敵出奇驕　將生惻　乃曰

達觀窮二酉　高識洞三辰
受嫚顔如甲　懲尤念自寅
夜吟恒過丙　朝讀每侵申
不必長呼癸　何妨且喫辛

士人曰　非生惻也　乃賈勇也　客曰　請創別例　吾爲子呼韻　子
押之　子爲我呼韻　我押之　爲十韻可乎

士人曰 何必十韻 二十韻亦可也 客曰 呼何韻 曰 在子口 客
呼江 士人笑曰 子欲以窄韻 汗我背乎 遂押曰

氣壓穿雲岊 神淸濯錦江

士人呼咸 客曰 江之對也 乃押曰

世皆嗜鄭衛 人不貴韶咸

遂迭呼一字 士人與客皆應口輒對 吸一竹之間 盡押江咸二
韻 士人詩曰

龍鳴雄釰掛　鯨吼巨鍾撞
藝苑回珍駕　驕壇建彩幢
詞高墳可孄　筆健鼎堪扛
逸興詩盈軸　豪情酒滿缸
胸吞瀛海闊　眼笑潤溪淙
瑞睹朝鳴鳳　靈知夜吠狵
飽仁輕翰跰　飫德薄羊腔
食淡盤登笋　嗅香佩扈茳
猶堪支度世　何必問爲邦
今日湖西路　淸宵院內窓
簣中初困范　樹下竟窮龐

卷甲纏申款 回軍却受降

望洋河伯縮 瞻岳地靈懼
引罰蛆浮骨 輸誠蠟注杠
淸襟今有二 朗韻古無雙
碌碌慚驢技 渾渾艶駿厖
談間傾大爵 醉後走長杠
贈別應勞夢 逃虛定喜跫
好風吹不遠 且涉濟時艭

客詩曰

誰是交如淡 無非喜食鹹
金輝須待鍊 玉潤正由礛
眼眜收樗櫟 心茅弃檜杉
貪財欣得得 愧色好攕攕
驚類翩翩蝶 狡同趯趯毚
不羞腸屢換 都忌口三緘
謾欲趁塵陌 何曾臥翠巖
旅亭□□駕 荒院遽聯衫
掩迹君行詐 開襟我示誠
秖言珍在璞 那意釖藏函
倏爾狼投圈 俄然馬脫銜

昏迷擠霧壑　爽朗抗雲帆
乍幸初乘勝　飜驚忽敲儳
有成還有敗　誑楚復誑凡
兒女能禽信　番胡敢劫堿
謝愆情款款　題拙語喃喃
朗詠波濤筆　高張日月繆
湖山春藹藹　花月影零零
各厲靑雲志　同辭白木鑱

　　客曰　篇已圓矣　可以閒話　士人曰　適千里者　驥以一日　駑以
十日　鈍健雖殊　成功則一　客曰　水之過平陸也　其流滾滾　其容
淡淡　有徐遲之意　無急促之思　而及其觸危石衝巨岩　飛沫洒湍
呑波噴浪　不啻駿奔而駛急　子於廣韻頻撚髭窄韻　不停手　有契
乎水也　不然　此亦子之陽澁陰滯　以瞞余者也　所不知者行文也
因問子必得科　士人曰　擧子業頗苦　蓋嘗一魁東堂　兩魁監試
三捷增廣　而每每見屈於會試　吾以是謂鄕試易而漢試難　客太
息曰　以子才　尙未占科　士人曰　吾誠不才　眞有文辭　豈不得摘
一第　客曰　非然也　科場循私　未有甚於此時　閥閱子支　則黃吻
初學　皆占高科　鄕谷儒生　則皓首巨筆　尙屈荊圍　不然　子以短
李之詩　小杜之文　大科雖難力致　獨不得小科乎
　　曰　小科已爲之矣　客曰　然則必是丁巳榜　多鄕儒之時也　自
甲寅以來　地要之兄弟　門高之子姪　無論文之高下　筆之工拙
如柳貫魚　無備種幼學　至丁巳榜　曾前有故未赴擧者　及新出童

幼若于人外 皆無形勢鄉人也 士人曰 吾果其榜也 他道未詳
而同道同年近四十餘員 人以近古所罕 子必先我司馬 客曰 吾
於甲寅增廣得之 子何以知我先於子 士人曰 子不但有賓主之
逸才 僧儒之亢藝 必是當路之華冑 得位之供支 獨不能居吾之
前乎 客曰 子所引喩 有似深意 欲以虛辭贊人 則詩有太白 文
有退之 何必曰賓主 何必曰僧儒

士人笑曰 稱子諭也 以詩號者眾 而必舉短李 以文名者多
而必引小杜 是譏我短小也 吾故舉賓主 爲其姓馬也 引僧儒
取其姓牛也 客笑曰 指馬曰馬 指牛曰牛 指短小曰短小 何怪
之有

士人又笑曰 子之言信矣 子果指短小曰短小 吾無以辭矣 吾
果指馬指曰馬 指牛曰牛 子又不得辭矣 客大笑曰 欲證吾喩
反歸自辱 士人曰 吾生長京第 下鄉屬耳 近因設科稠疊 在京
時多 士林間事 粲得十之二三 凡赴舉儒生 臨科輒相謂曰 今
番得塊束否 塊束云者 猫裏也 猫裏云者 妙理也 凡見擬試官
望者 約可親舉子 受私標 合投囊中 囊腹欲裂 及受點入院 驗
表取之 此外 又多密事 暗算譎計詭術 未暇彈舉者 此之謂塊
束也 非洛下士巷 論各品趨好者 今子藝學屠龍 才逸綺高 雖
非蹊逕 亦足高參 然天數難也 人事或勝 舉世同醉 獨醒未易
子亦不無玷染者矣

客笑曰 假令孔門弟子 當此時觀光 顏會冉閔之外 不染者幾
人哉 子亦有京中親舊之已顯者 當暑月而臨清流 果能不同浴
乎 士人曰 吾非獨守正也 又非獨無科慾也 可使平原君當前 安

能不聽處囊中 但所恨者 不識公子勝耳 客曰 然 中情之談也

　問子有男子乎 曰 有 曰 能受學乎 不可不先授小學 士人曰
小學宜授 至於方名 不欲敎 曰 何哉

　士人曰 世上紛紛 兒解東西南北太分明 吾恐此兒不敎 而且
染於俗 況敎之耶 客曰 嘻嘻 朋黨之弊 可勝言哉 今有西南北
三朋 誰爲君子 誰爲小人 士人曰 今之黨異於元祐·咸豊 非
判別邪正爲一朋也 聞李德裕之黨多君子 牛僧孺之黨多小人
其或近此耶

　客曰 於西於南 誰牛誰李 曰 余未嘗立朝 旣未分何者爲西
何者爲南 又安知誰人是李 誰人是牛

　客曰 吾則以爲西人多君子 南人多小人 士人曰 子必爲南論
者也 客曰 吾爲南論 乃稱西人多君子乎 士人曰 反語倒言 欲
試吾胸中也 客大笑曰 子之胸中所論何方 士人曰 吾所論者
南陌西阡東畬北隴 客曰 好哉 使滿朝人所滿皆如此 夫豈有禍
家凶國 爲史筆所誅討乎 且曰 三論曭可無諱盡言 士人曰 子
先言 吾當論其可否矣 客曰 西人如橡樟 多支廈之材 南人如
喬木 多庇人之蔭 小北如蒿蘿 小特立之樣 士人曰 西如長江
其勢則壯 而不無敗楫之駭浪 南如大行 其形則高 而不無折軸
之羊腸 小北如大陸 雖無奇勝可觀 亦自平坦可好

　客曰 子豈爲北者乎 無貶意多興辭 且子以爲今日清濁之論
畢竟成敗如何 士人曰 吾不知也 第就字上說 以濁得名 必趨
權附世之人 以清爲號 必砥名勵節之士 清者易退 濁者難去
然易退者 犯乎不深 難去者 滅頂乃已 清之害 不至於深 而濁

之禍 將不可勝言也 客曰 理勢然也 抑有可以祛朋黨之策者乎
唐自中葉 受困於河北賊 累世不能去 而文宗乃曰 去河北賊易
去朋黨難 自昔朋黨之難去 果如此其甚耶

　士人曰 無難也 文宗以後 武宗相李德裕 私黨斥 武宗以後
宣宗相令狐綯 涅朋縮 今我聖上 睿智英武 非武宣之比 宜有
所大處分矣 客曰 收甲黜乙 屛彼升此 所謂一邊進 而一邊退
其怨盆深 其害彌酷 非所以去之也 必寅協相濟 爛熳同歸有德
讓之美 無忿疾之患 然後 可以無偏無黨矣 能致斯者 果何道
耶 士人曰 甚易也 聖后在上矣 公以夔龍 卿以稷契・庶尹・
其不允諧乎 百僚其有不師師者乎 客曰 言則是也 乃酌酒 慨
然曰 國家終以此不寧矣 其誰以此警欬於丹極之下乎

　士人曰 子誠志士也 彼處華屋者 不知其爲蜃樓也 趨要津者
不知其瞿塘也 人視以幕上之燕 而自處以儀時之鳳 世看以釜
裏之魚 自誇以登雲之龍 禍迫朝夕 甘眠未寤 危在咫尺 昏醉
不省 有幸其灾 而無爲之慮念者 有甘其敗 而無爲之憂歎者
傷時之忱憫世之言 獨於子見之 客曰 吾有平生不平心 願質之
我國禮義之邦也 事大以禮 交隣有道 非若北狄南蠻西羌之域
也 狄從犬 蠻從虫 羌從羊 惟夷從大弓 謂挽大弓也 天下稱 東
夷曰君子國 又曰小中華 以國則禮樂文物 彬彬然 以士大夫則
道德禮義 濟濟然 以閭里風俗則 孝友睦婣之化熙熙然 吾以爲
普天下之環海之際 有道之方 東方最也 近或有復讐雪恥之議
酬恩報德之論者 有讐欲報 有恥欲雪 有恩德欲酬報 誠義理也
然而邦讐國恥 非尺刀寸鋒之所得復而雪者也 皇恩帝德 非几

區㾁域之所能酬而報者也 吾力與勢 旣不得損彼之一毛 寢彼
之牛武 而反深其讐益其恥 將自株之不瞻 酬恩報德 有未暇顧
者也 知其如此 而爲此言也 則是空言也 苟有如越鴟夷之勸王
臥薪 趙武靈之擧國胡服 則或可有爲 然亦繫天運 故武候知天
道之不可挽回 而出師盡悴死而後已 只爲追報之願也 噫 時不
分逆順 勢不揣强弱 事不論成敗 務爲空言而已 則烏可以明義
理云哉

士人曰 吾亦有一怪之者 願正之 赤鼠之變 辱大羞小 黑龍
之禍 辱小羞大 誠有復讐雪恥之勢力 則不思先復二陵之讐 而
謾欲遄雪孤城之辱 何哉 客曰 易知也 地小民寡 形單勢弱 不
敷於四守 況謀人乎 於南於北 已知其不能有爲 故徒爲復讐報
德之言 以寓不忘在莒 必欲尊周之義 若使國家眞爲此擧 則豈
不永有辭於天下耶 又行一盃曰 子居鄕食貧否 何衣之弊 馬之
困也 士人曰 然 楊雄之貧揮逐不去 昌黎之窮 揖送猶留

客曰 子必好言仁義 而長貧賤者 吾嘗謂男子墮地 可行者有
三第 讀書窮理 爲世名儒一策也 決科揚名 以顯父母二策 於
斯二者 未能一焉 則當家力農 積穀殖貨 衣服飮食 恣其美好
不猶愈於守拙坐窮 無計資身上不能奉養父母 下不能率育妻
子者乎 先聖有餘力學問之訓 昔賢有朝耕夜讀之事 專心於做
業 而不有家人生業 非長計也 許魯齋曰 爲學當先治生理 生
理不足爲學有妨 此通論也

士人曰 太上立德 其次立言 其次立功 此之謂三不朽 子之
言 盖本於此 而求其歸趣 則將未免 太史公先富利之機也 斬

裁之有言曰 志於道德 則功名不足以累其心 志於功名 則富貴
不足以累其心 志於富貴而已 則亦無所不至 凡爲士子 當以此
言爲法 且子所謂讀書窮理 非世所稱理學乎

曰 然 爲理學者 必拱手斂膝 終日危坐 其意何居 不爾則不
復爲理學乎 古之理學 莫盛於夫子 而未聞夫子之必拱手斂膝
終日危坐也 士人曰 夫子教人 以手容恭足容重者 非拱而斂乎
原壤夷俟 以杖叩其脛 非常時危坐之證乎 危坐則意專 意專則
心不放 程子見人靜坐 每歎其善學 此儒者所以必危坐也

客曰 體貌在外 心志在內 雖飾其體貌於外 而不正其心志於
內 則是玉其表而裏之礫也 薰其容而肚之猶也 吾則以爲 無一
非義之事 無一不正之擧 則暗室云爲對天日而不怍 閑居動作
質神明 而無恧 則雖亂頭跣足昌被而行 箕踞而坐 袒褐裸裎而
臥 無不可也 士人曰 此言蓋有叛而去 觀古今學者 名實之不
相左 言行之不相戾 能幾箇乎 有光隱者 假隱者 托僞學者 盜
虛名者 處不會激濁而揚淸 出未嘗行道而濟時 徒使士林不精
朝紳不協 以傷世道 以病人國 故商君之喩之六蝎 韓子比之五
蠹 若斯類者 雖備容儀於曾思 移體貌於程朱 亦何所取乎 如
軼如非 其爲言 固不無憤世憎俗之意 妬賢媚能之思 而周公之
對武王問 亦曰 人多隱其情 飾其僞 以改其名 有隱於仁賢者
有隱於智理者 有隱於文藝者 有隱於廉勇者 有隱於交友者 如
此之類 不可不察 所謂隱於仁賢 隱其情於仁義之方 聖賢之事
以誣世者 所謂隱於智理者 隱其情於智謀之冊 性理之學 以瞞
人者也 所謂隱於文藝 隱其情於文翰之場 藝術之苑 以盜名者

也 所謂隱於廉勇 隱其情於廉潔之行 勇健之跡 以賣其聲者也
所謂隱於交遊 隱其情於交遊之間 儕友之中 以要其譽者也 周
公大聖人也 而其所告達君父之言 亦如此 人固可不察其心 而
以體取之乎 子之言 誠有見矣 近來士大夫 雖不以隱逸自處
而鮮有不操行者 願聞子所操 曰 操一反字 吾起而頭觸于屋
不咎屋之低 而咎吾頭曰 爾何不俯 吾行而足蹭于路 不尤路之
險 而尤吾足曰 爾何不謹避 凡遭惡境迷界 危急之時 困頓之
日 不分是非不論曲直 一皆反之 躬而自責 此吾平日所操也

　士人曰 所操如此 所行可想 吾則異於是 一動一靜 惟天君
奉而行之 天君命余曰 爾須主乎義 義所以勝利也 余於是奉此
命 唯義之主 利不敢誘焉 又命曰 爾須主乎敬 敬所以勝怠也
余於是奉此命 唯敬之主 怠不敢現焉 又命曰 爾須主乎寬 寬
所以勝忿也 余於是奉此命 唯寬之主 忿不敢恣焉 又命曰 欲
去邪惡之思 惟正爲最 於是奉其命 正以履之 邪無所側焉 又
命曰 欲除驕傲之氣 惟恭爲元 於是奉其命 恭以行之 驕無所
生焉 又命曰 欲止欺詐之習 惟誠爲本 於是奉其命 誠以實之
欺無所施焉 此吾平日所自操也 客曰 先儒以爲人當以己心爲
嚴師 子之所操其出於此乎 雖然子徒能言 未能行者也 方欺瞞
我時 獨不能奉天君之命 以誠其心乎 士人曰 然則子所操亦虛
事也 方慢侮余駈逐余時 獨不思反躬自責之道乎

　客大笑曰 天下無不對也 少焉 鷄送曉唱 客驚起 呼僕曰 今
日往遠 趣秣馬 因謂士人曰 吾爲子別章 士人曰 聯句乎 曰 各
擧韻 吸煙茶一次 遠唱曰

客中多過客　人內少斯人
接話初當夕　論文直到晨
不分千里相　深愧九方歆
莫播今宵事　應添笑語新

士人曰

美景春三月　高談夜五更
偶然今邂逅　何處更逢迎
共詠詩留別　相酬酒送行
此會眞堪笑　知心不記名

士人請寫志敍別　乃唱曰

且留征盖聽離詞　萍水浮生此遇奇
等待百年休問卜　掃除餘事任從師
可辭一介何曾受　宜受千鐘亦不辭
未必詩人偏冷落　也從先後贊文治

客曰　子所師者誰也　家山宅水爲性理學者乎　曰否　吾從先
聖先師　性理學存黃券中　又自具吾腔子　裏何求乎人　客誦其
項聯曰　難道辭也　等待百年　榮辱死生　不問可知　卜誠可笑也
掃除餘事　出入起居　唯書是對　從師在其中也　誦尾聯曰　志則

可也 非吾敵也 和曰

　落落曉星欲曙天　臨岐分手更依然
　劇談河決前言戲　浩唱雲停後調姸
　逸氣每憑詞翰寫　幽懷都付酒盃傳
　何嫌不識名誰某　異日應開夢裡筵

　士人曰 佳詠也 乃出馬各騎 交馬首相語 客笑曰 子何倨見
長者 盖具負擔 而坐故譏之也 士人曰 立談之間 言不盡意 盖
客履鐙而立也 客曰請爲馬上別曲 乃吟曰

　門前攬轡少遲留　欲別無言更注眸
　步步靑山流水上　沉吟竟夕各回頭

　士人曰

　詩逢勁敵古稱難　今日分分携幾日
　雁塔題名知不遠　朝班野次更相歡

　遂回騎着 各向東西 東方始欲白也 士人旣不知 客之爲誰
客亦不知 士人之爲誰

庾黔弼[51]

庾黔弼平州人 事太祖 爲馬軍將軍 累轉大匡 太祖以北界鶻
岩鎭 數爲北狄所侵 會諸將議曰 今南兇未滅 北狄可憂 朕寤
寐憂懼. 欲遣黔弼 鎭之如何 僉曰 可 乃命之 黔弼卽日 率開
定軍三千以行 至鶻岩 於東山 築大城以居 招集北蕃酋長三百
餘人 盛設酒食 饗之 乘其醉 脅以威 酋長皆服. 遂遣使諸部曰
旣得爾酋長 爾等亦宜來服 於是 諸部相率來附者千五百人 又
歸被虜三千餘人 由是 北方晏然 太祖特加褒獎

八年 爲征西大將軍 攻百濟燕山鎭 殺將軍吉奐 又攻任存郡
殺獲三千餘人

太祖與甄萱 戰於曹物郡 萱兵銳甚 未決勝負 太祖欲與相持
以老其師 黔弼引兵來會 兵勢大振 萱懼乞和 太祖許之 欲召
萱至營論事. 黔弼諫曰 人心難知 豈可輕與敵相狎 太祖乃止

---

51 유검필(庾黔弼, ?~941)은 고려 전기의 무신. 골암진에 침입한 북번들을 평정했고 연
산진에 침입한 백제 장군 길환을 죽이고 임존군을 공격했으며, 조물군에서 견훤을 무
찌르고 청주에서 백제군에게 대승을 거둠. 936년 후백제를 정벌, 멸망시킴.

仍謂曰 卿破燕山·任存 功旣不細 待國家安定 當策卿功

十一年 以王命 城湯井郡 時百濟將金萱·哀式·漢丈等 領
三千餘衆 來侵靑州 一日 黔弼登郡南山 坐睡 夢一大人言 明
日 西原必有變 宜速往 黔弼驚覺 徑趣靑州 與戰敗之 追至秀
歧鎭 殺獲三百餘人 馳詣中原府 見太祖 具奏戰狀 太祖曰 桐
藪之戰 崇謙·金樂二名將死 深爲國家憂 今聞卿言 朕意稍安

十二年 甄萱圍古昌郡 黔弼從太祖往 救之 行至禮安鎭 太
祖與諸將議曰 戰若不利 將如何 大相公萱·洪儒曰 若不利
不可從竹嶺還 宜預修閒道 黔弼曰 臣聞兵凶器戰危事 有死
之心 無生之計 然後可以決勝 今臨敵不戰 先慮折北何也 若
不及救 以古昌三千餘衆 拱手與敵 豈不痛哉 臣願進軍急擊
太祖從之 黔弼乃自猪首峯 奮擊大破之 太祖入其郡 謂黔弼曰
今日之捷 卿之力也

十四年 被讒竄于鵠島 明年 甄萱海軍將尙哀等 攻掠大牛島
太祖遣大匡萬歲等往救 不利 太祖憂之 黔弼上書曰 臣雖負罪
在貶 聞百濟侵我海鄕 臣已選本島及包乙島丁壯 以充軍隊 又
修戰艦以禦之 願上勿憂 太祖見書泣曰 信讒逐賢 是予不明也
遣使召還 慰之曰 卿實無辜見謫 曾不怨憤 惟思輔國 予甚愧
悔 庶將賞延于世 報卿忠節

又明年 爲征南大將軍 守義城府 太祖使人謂曰 予慮新羅爲
百濟所侵 嘗遣大匡能丈·英周·烈弓·恩希等鎭之 今聞百
濟兵已至槽山城·阿弗鎭等處 劫掠人物 恐侵及新羅國都 卿
宜往救 黔弼選壯士八十人 赴之 至槎灘 謂士卒曰 若遇賊於

此 吾必不得生還 但慮汝等同罹鋒刃 其各善自爲計 士卒曰
吾輩盡死則已 豈可使將軍獨不生還乎 因相與誓同心 擊賊 旣
涉灘 遇百濟統軍神劍等 黔弼欲與戰 百濟軍見黔弼部伍精銳
不戰自潰而走 黔弼至新羅 老幼出城 迎拜垂泣言曰 不圖今日
得見大匡 微大匡 吾其爲魚肉乎 黔弼留七日而還 遇神劍等於
子道 與戰大克 擒其將今達·奐弓等七人 殺獲甚多 捷至 太
祖驚喜曰 非我將軍 孰能如是 及還 太祖下殿迎之 執其手曰
如卿之功 古亦罕有 銘在朕心 勿謂忘之 黔弼謝曰 臨難忘私
見危授命 臣職耳. 聖上何至如斯 太祖益重之

　十七年 太祖自將征運州 黔弼爲右將軍. 甄萱聞之 簡甲士
五千至曰 兩軍相鬪 勢不俱全 恐無知之卒 多被殺傷. 宜結和
親 各保封境 太祖會諸將議之 黔弼曰 今日之勢 不容不戰 願
上觀臣等破敵 勿憂也 遂乘萱未陣 以勁騎數千 突擊之 斬獲
三千餘級 擒術士宗訓 醫師訓謙 勇將尙達·崔弼 熊津以北三
十餘城 聞風自降

　十八年 太祖謂諸將曰 羅州界四十餘郡 爲我藩籬 久服風化
嘗遣大相堅書·權直·仁壹等往撫之 近爲百濟劫掠 六年之
閒 海路不通 誰爲我撫之 洪儒·朴述熙等曰 臣雖無勇 願補
一將 太祖曰 凡爲將 貴得人心 公萱·大匡悌弓等奏曰 黔弼
可 太祖曰 予亦已思之 但近者新羅路梗 黔弼往通之 朕念其
勞 未敢再命 黔弼曰 臣年齒已衰 然此國家大事 敢不竭力 太
祖喜垂涕曰 卿若承命 何喜如之 遂以爲都統大將軍 送至禮成
江 賜御船遣之 因留三日 候黔弼下海 乃還 黔弼至羅州 經略

而還　太祖又幸禮成江　迎勞之

　十九年　從太祖擊百濟　滅之

　二十四年卒　黔弼有將略　得士心　每出征　受命卽行　不宿於

家　及凱還　太祖必迎勞　終始寵遇　諸將莫及　諡忠節　成宗十三

年　贈太師　配享太祖廟庭

　子曰兢　曰官　曰儒　曰慶.　　　　　　　　　　　　　　『高麗史』

殤萬兒

이민구(李敏求)

　壙棺半是幼時衣　老我悲號汝不知

　承議郎資許通帖　將歸地下欲奚爲

　汝之爲我子十六年　夜眠在旁　晝不離于前　忽一去而不返　英

韶之質　覿之而無所見　向汝字畫端姸　不敎而能　至於詩詞　禁

不使爲　時伺我不在　取禿筆片簡竊爲之　輒淸警無疵　旣死　發

其篋　得累數十篇　其一絶曰

　家在三浦邊　身游萬里外

　茫茫乘白雲　一夢人間世

　又有楚語一篇曰

　　日欲落兮茫茫　月初生兮微微

　　碧雲歸兮天際　林鳥棲兮孤飛

　　爲此語者　焉能久在世間　往庚寅冬　有女巫謂　是兒天人謫來
當忽然失去　及亡　他巫所言亦然　寧有是邪　死而有知　與汝會
合　得復爲父子　亦不遠矣　其悲奈何　　　　　　　　　『西湖錄』

新昌縣拱北亭記

서거정(徐居正, 1420~1488)[52]

　　茂松尹相國　語居正曰　新昌守趙君愉　構新亭　扁曰拱北　索
記　幸子有一言　予念丙子夏　自西原之公城　道所謂新昌　而過
之　太守金同年慄　迓于道　時方酷熱　小坐樹陰叙酌　仍訪爲縣
之略焉　金曰　縣地狹而人寡　土瘠而産少　吏黠以頑　民嚚且訟
慄無盤錯之才　但勿擾而已　予曰　古人云治小邑　如烹鮮　君之
爲縣　庶幾得體矣　使繼君者　心君之心　政君之政　夫焉有不理
者乎　予因行迫　遂告別而去　後數載　之湖南　道于是　太守尹斯
文壕　邀于路觴之　訊其爲政　猶吾金同年也　又予行迫　未暇歷
訪　心竊自怪居正之於此縣　無夙昔之緣者然也　向聞趙侯之爲

52 조선 전기의 문신이자 학자. 『경국대전(經國大典)』, 『동국통감(東國通鑑)』, 『동국여
　지승람(東國輿地勝覽)』, 『동문선(東文選)』 등의 편찬에 참여했으며, 『향약집성방(鄕
　藥集成方)』을 국역(國譯)함. 문집 『사가집(四佳集)』이 있음.

政 勤而敏 簡而要 不好煩其令 而民安其業 勿亟民而民樂趨
事 官廨亭榭 煥然一新 予思其人 慕其政 不親覩其邑 則與金
同年, 尹斯文所曾商略者 未嘗不往來于懷矣 今趙侯之構亭
茂松之屬記 獨勤於予 是前日天之再斳於予者 正竢今日也 敢
不樂爲記 予惟臺榭之建 非所以事玩遊 乃尊王人 接賓客 導
宣堙鬱也 其曰拱北 則非但止於是 使登眺於是 觸詠於是者
瞻望魏闕 指長安於日下 未嘗一飯忘君 深得春秋尊王之義焉
夫春秋 褒善貶惡之書也 尊王室則書之 重民事則書之 趙侯此
擧 役不煩民 時不擧嬴 而尊王又如是 在春秋之例 當大書特
書而美之也 如予忝局文翰 雖欲不書 得乎 若山河邑居之形勝
未嘗一目 安能張皇乎哉 予有薄田一頃在平澤 他日 倘乞骸歸
老 當一造其亭 以畢其說云　　　　　　　　　　　『四佳集』

土亭遺稿

이지함(李之菡, 1517~1578)

土亭先生遺稿序

정호(鄭澔, 1648~1736)[53]

我朝名賢大儒 前後輩出 而間有磊落奇傑之士 如金梅月,

鄭北窓諸賢 不遵繩墨 託迹方外者 亦非一二 其中土亭李先生
尤卓絶高遠 不可涯量者也 先生姿稟甚高 氣度異常 學無師承
神解宏博 凡天文地理醫藥卜筮, 律呂筭數, 知音察色神方秘
訣 無不通曉 孝友忠信 樂善好義 出於天性 趙重峯嘗以淸心
寡欲 至行範世 幷與栗, 牛兩先正而稱之 惟此數語 可以槪先
生之始終矣 世之觀先生者 只以栗谷奇花異草之喩 謂先生高
則高矣 奇則奇矣 而疑其非適用之才 此有不然者 其所謂奇花
異草 特据其粗迹而論之而已 及撰誄文則曰 忠信感物 孝友通
神 外諧內明 游戲風塵 遇事沛然 板上丸轉 知我雖希 積德必
發 此豈非實地上摸寫之言乎 且其所與交游 如朴思庵, 高霽
峯, 栗谷, 牛溪, 尹月汀及我松江先祖 皆一代名勝 至於敎育
成就 如李鳴谷及重峯, 徐致武, 朴春茂徐起諸人 其臭味之相
合 嗜好之篤厚 無異芝蘭 惟於宵小邪佞之徒 則視之如蛇蝎
棄之如糞土 凡此好惡之正 無非從忠信道義中流出 此豈果於
忘世 游心物外者之所能也哉 記曰 儗人必於其倫 以余觀於先
生 其殆邵堯夫之倫歟 明道論堯夫之道曰 志豪力雄 闊步長趨
凌空厲高 曲暢旁通 又曰 堯夫放曠 又曰 堯夫直是無禮不恭

---

53 송강 정철(鄭澈)의 4대 손(孫). 노론의 수장인 송시열의 제자로 노론의 중심인물. 우의
정, 좌의정 등을 거쳐 영의정을 역임. 1684년 관직에 오른 뒤, 계속되는 당파싸움 속에
서도 일관되게 노론의 입장을 대변. 이로 소론과 남인 등 당파 갈등의 유발로 여러번
귀양과 파직을 당함. 1717년 소론의 반대를 물리치고 세자(후일의 경종)의 대리청정을
시행. 그 후 사화(士禍)를 당해 다시 유배를 갔다가 노론의 재집권 시 돌아와 영의정에
까지 오름. 시문(詩文)과 글씨에 능해 문경(文敬)이란 시호를 받았음. 저서로『장암집
(丈巖集)』이 있음.

蓋先生一生所需用 卽堯夫打乖法門 傲睨一世 雜以諧謔 若其
妖星爲瑞星 及傭奴詐疾之言 實與生薑樹上生 忘却拄杖等句
語 同一機括 但堯夫微露其迹 而先生太露 此其少異也 若使
前後二賢 出爲世用 雖或不純乎規矩準繩 而豈不綽綽於經濟
一世乎 謝上蔡謂堯夫直是豪才 在風塵時節 便是偏覇手段 余
於先生亦云 先生平日 不喜著述 家藁所存 僅寥寥數編 此何
足以窺先生之萬一乎 然其稿中 次陶潛歸去來辭 寡欲說及牙
抱封事諸篇 可見其存養施措之端 一臠足知全鼎 亦何必多也
今先生裔孫鷄林大尹禎翊曁從及府使浣兄弟 相議入梓 索余
一言弁卷 余雖不敢當 亦何心終辭 只述其平日所得於先輩之
論者以復之

　崇禎後歲庚子仲春下澣 後學烏川鄭澔謹序

辭

○ 次陶靖節歸去來辭

　歸去來兮 安宅恢恢胡不歸 初不是心爲形役 復何喜而何悲
南余旆兮孰拒 北余轅兮誰追 耳不聞其毀譽 口不言其是非 知
蘊袍之且煖 又何羨乎錦衣 遵大路之蕩蕩 曜此日之不微 瞻彼
中郊 鳥飛獸奔 深山爲屋 溪谷爲門 出入閑閑 所性猶存 饑食
木實 渴飮汙樽 田有禽兮不與 鳥獸中之原顔 何最靈之反昧

入鼎鑊而自安 我不欺乎我身 誰速我乎鬼關 有百體而快適 愧
女子之闖觀 瞰天地之闊遠 笑白雲之往還 巢何爲乎避堯 管何
爲乎事桓 歸去來兮 履中途而優游 貧不屑乎仲子 富不屑乎再
求 無旨酒與佳肴 可娛樂而忘憂 視不分於五穀 難從事乎西疇
茫茫滄海 渺渺孤舟 指雲間之華夏 望日下之靑丘 從吾心之所
好 樂天放而周流 見風濤之將起 返故園而時休 已矣乎 泰和
雍熙問何時 隙駒其過不我留 不知不慍孰能之 陶琴本無絃 誰
爲鍾子期 藝丹田之黍稷 玆不怠乎耘耔 書窮姚姒之書 詩詠子
姬之詩 心此心而不疚 質諸鬼神而無疑

說

○ 大人說

　人有四願 內願靈强 外願富貴 貴莫貴於不爵 富莫富於不欲
强莫强於不爭 靈莫靈於不知 然而不知而不靈 昏愚者有之 不
爭而不强 懦弱者有之 不欲而不富 貧窮者有之 不爵而不貴
微賤者有之 不知而能靈 不爭而能强 不欲而能富 不爵而能貴
惟大人能之

○ 避知音說

　士之駕 由知音也 而叔季之知音 殃之媒也 何者 財用 初非

凶物 國家之殃 多出於財用 權勢 初非凶物 大夫之殃 多出於
權勢 懷璧 初非凶物 匹夫之殃 多出於懷璧 知音 初非凶物 賢
士之殃 多出於知音 不見知於宣孟 則程嬰何殃 不見知於燕丹
則荊卿何殃 不見知於蕭何 則韓信何殃 不見知於徐庶 則諸葛
何殃 知音之遇 不殃者鮮矣 而不困不辱 全未有聞 是故 人有
願爲知音者 賢 士姑避之而已矣 相遇而不殃者 其惟山水間之
知音乎 其惟田野間之知音乎

○ 寡欲說

　孟子曰 養心 莫善於寡欲 寡者無之 始寡而又寡 至於無寡
則心虛而靈 靈之照爲明 明之實爲誠 誠之道爲中 中之發爲和
中和者 公之父 生之母 肫肫乎無內 浩浩乎無外 有外者小之
始小而又小 梏於形氣則知有我而不知有人 知有人而不知有道
物欲交蔽 戕賊者衆 欲寡不得 況望其無 孟子立言之旨 遠矣哉

疏

○ 莅抱川時上疏

　伏以臣 海上之一狂氓也 年將六十 才德兼亡 自顧平生 無
一事可取 有司採虛名 主上加謬恩 委任字牧 分符畿甸 臣聞

命兢悚 只欲循墻 而翻然自謂曰 聖上不可負 淸朝不易得 將
竭臣駑鈍 盡臣譾薄 圖報乾坤生成之至恩 不意濕症重發 手足
無力 擧身欲行 無杖則仆 使犬馬之誠 未能自效其萬一 故疏
陳一隅之褻 冀補興邦之猷 伏願殿下 小垂察焉 抱川之爲縣者
如無母寒乞兒 五臟病而一身瘁 膏血盡而皮膚枯 其爲死也 非
朝卽夕 雖黃帝歧伯 必窮其思困其慮 萬端其術 然後始可與言
起死回生之道也 況今以臣庸劣 雖欲救此 誠未由如之何也 而
不忍立視其死 敢獻上中下三策 先言財穀之艱難 眼前之巨患
而後畢其說 八道之中 殘邑非一 而他邑則財穀雖小 民數亦小
其飢也易可得而救之 抱川則良丁纔爲數百 而合公私賤男女
老弱則數不下萬人 土田瘠薄 耕不足食 公私債納償之後 則礧
石俱空 茶食連命 年豐尙飢 況凶年乎 苟欲救此 則非數萬石
必不贍矣 今縣儲實穀 不過數千石 不實雜穀 通計乃爲五千石
民出此官租 用爲種子 用爲貢賦 則其所分食者 不滿千石 以
千石之穀 爲萬人一年之食 亦云難矣 況官租食破之後 流離死
亡者 亦非一二 則元穀之數 其能不縮乎 況縣於路傍 邊將之
經過 野人之往來 供億倍他 糜費不貲 一年減會計用之者 至
於百餘石 則十年之後 將減千石 年彌久而穀彌縮 不知此後
何以爲縣 蓋障不完 倉廩數少之穀 亦或有腐朽者 軍器齟齬
無一物可用於緩急者 此一縣之大患也 率此窮民 修政亦難 況
官廨之頹傾 犴獄之廢壞 何暇恤哉 然則不出數十年 縣必爲虛
里矣 議者以爲 請於朝 發京倉之米 移富邑之粟 則救此何難
臣意以爲不然 前此京外之穀 移轉于抱川者 曾過五六千石 民

之飢困　與前無異　假令今者　又移給如前數　亦不能膏萎醒渴
從可知矣　京倉之穀　富邑之粟　其數有限　而八道之殘邑　請賑
無窮　發倉移粟　若至累累　則恐無可繼之理也　古人以爲滄海不
能實漏巵　今國家之儲　不及滄海　列邑之費　多於漏巵　臣實憂
之　欲救殘邑而不能善措　徒以移轉爲良籌　則穀必不足　終爲京
倉富邑之病而已　古之君子　亦或有發倉廩救人者　此特遇時之
不幸　偶一爲之　豈可以此　爲相繼之道乎　如不得已而必欲救之
之方　則自有其說　臣聞帝王之府庫有三　人心者　藏道德之府庫
也　其大無外　萬物備焉　苟能發此　則無以尙矣　一人立極　先開
其府　用敷錫厥庶民　厥庶民亦各自開其府　于汝極　錫汝保極
然則時和歲豐　皞皞熙熙　吾民之財　與南風而俱阜　菽粟之多
如水火之至足　夫如是則豈獨富一縣之民哉　擧國之民　莫不含
哺皷腹　爭發華封之祝　此非上策乎　銓曹者　藏人材之府庫也
人材之會　如百川之朝宗于海　車載斗量　不可勝數　苟能發此
則亦何有不可平之事乎　元首明哉　股肱良哉　庶事康哉　大而用
后稷則黎民不至於阻飢　小而用張堪則麥穗可見其兩歧　淸風
宇宙　貪泉自渴　甘雨邇遐　冤草自甦　夫如是則豈獨救一縣之民
哉　擧國之民　莫不歌之舞之於至治之中矣　此非中策乎　陸海者
藏百用之府庫也　此則形而下者也　然不資乎此　而能爲國家者
未之有也　苟能發此　則其利澤之施于人者　曷其有極　若稼穡種
樹之事　固爲生民之根本　至於銀可鑄也　玉可採也　鱗可網也
醎可煮也　營私而好利　貪嬴而嗇厚者　雖是小人之所喩　而君子
之所不屑　當取而取之　救元元之命者　亦是聖人之權也　此非下

策乎 棄此三策則其如濟民何 嗚呼 百代之帝王 孰不欲開此三
府 以裕民生乎 欲開道德之府則形氣之私閉之 欲開人才之府
則邪佞之臣閉之 欲開百用之府則猜忌之徒閉之 今我殿下潛
心學問 大體是從 仁如天地 不嗜殺人 卽祚之後 未嘗致一人
於形戮 好生之德 洽乎民心 形氣之私 宜若不能閉之 而道德
之府不能大開者 何歟 此臣之所未喩一也 殿下卽祚之後 朝廷
淸明 人皆引領而望曰 稷契皐陶之輩 將各熙其績 太平之治
可復見於今日 邪佞之臣 宜若不能閉之 而人才之府 不能大開
者 何歟 此臣之所未喩二也 殿下卽祚之後 視民如傷 大開公
道 山林川澤 與民共之 猜忌之徒 宜若不能閉之 而百用之府
不能大開者 何歟 此臣之所未喩三也 道德之府開 則身雖欲貧
終不得不富 以古人已行之跡觀之 堯舜所居則茅茨也 所服則
短褐也 所饎則藜藿也 所盛則土簋也 然則堯舜宜若極貧窶之
匹夫 而終見潤身餘光 被于四表 格于上下 得壽得祿 子孫保
之 民到于今 莫不尊親 堯舜可謂富之至矣 道德之府閉 則身
雖欲富 終不得不貧 以古人已行之跡觀之 桀紂所居則瓊宮也
所服則寶玉也 所食則八珍也 所盛則玉盃也 然則桀紂宜若爲
極富貴之天子 而終見天下之惡歸焉 藏一身之無所 至今呼匹
夫之最貧最賤者 而數之曰汝如桀紂云爾 則莫不勃然而怒 羞
爲之比 桀紂可謂貧之至矣 今我國家道德之府 將開乎 將閉乎
焉有聖明在上 而道德之府 終不大開乎 意者府之重門 曾已洞
開 而遠臣未及聞知也乎 議者又曰 人才之府 振古不開 但府
庫之中 無才也已久 今之所藏者 皆是不才 雖發而用之 亦不

足爲一世之富　臣意以爲大不然　府庫之中　焉有無人才之時乎
日月星辰之麗乎天者　古亦如此而今亦如此　草木山川之麗乎
土者　古亦如此而今亦如此　至於人才　何獨不然　有天則必有星
辰　有地則必有草木　有國則必有人才　忠信之人　求於十室之邑
亦無不得之理　況朝廷之上　羣哲之所萃　擇於其中則君子人必
多有之矣　多有之　未有聞者　恐錐雖處囊　藏鋒太深　其末不得
見爾　不然　用之易其才　使其才　歸於不才也　已曰用之　何如則
可謂不易其才乎　曰使鷹櫪雉　使鷄司晨　使馬服車　使狸捕鼠
則是四物　皆可用之奇才　不然海東靑　天下之良鷹也　使之司晨
則曾老鷄之不若矣　汗血駒　天下之良馬也　使之捕鼠則曾老狸
之不若矣　況鷄可獵乎　狸可駕乎　如此則此四物皆爲天下之棄
物也　以人之一身言之　視者目之才也　聽者耳之才也　若用之不
易其才　則耳也目也誠爲一身之奇才　不然　離婁之目　天下之至
明　若使之聽則不能　師曠之耳　天下之至聰　若使之視則不能
至於手足百體之用　莫不皆然　古人有言曰　不在其位　不謀其政
上中二策　肉食者謀之　臣必欲終始言之　將多出位之罪　姑舍是
不言　擧下策之切於縣邑者　陳達焉　殿下若命該司　採以施之
則實爲抱川之大幸也　臣嘗遇閭閻　有一女子　年可四十　坐於門
前　頗有慘怛之容　問之則答曰　家有薄田少許　去年失稔　朝夕
之資久絶　不忍見良人之飢困　烹野菜而供之　良人强咽數著　噓
唏而止曰　難復咽矣　明日如此　又明日如此　一旬之後　良人遘
疾而死　言未盡而嗚咽不能言　久之氣定　乃曰　我之氣血枯瘁
三歲兒呼渴而不能乳者　亦久矣　端午日夜半　兒振其手足　若冬

月寒苦之狀 我卽驚起 以手驗其口 氣已絶矣 走歸房中 手掃
缸底 偶得米粒 急嚼和水 注之於口 俄而呼吸乃通 不知此後
能復生幾日耶 因嗚咽 欲畢其言而且不能焉 臣聞其言見其色
不覺涕泗滂沱 此則一寒女矣 凶年飢歲 則闔縣將盡塡溝壑 尙
復何言 誠欲賑飢 王府之財 猶不足惜 山野空棄之銀 何惜而
禁之 使不得鑄 陵谷埋藏之玉 何惜而禁之 使不得採 海中無
窮之魚 何惜而禁之 使不得捕 斥鹵不盡之水 何惜而禁之 使
不得煮乎 私人之謀利者禁之 亦云不可 況縣邑之所作 實是救
萬民之命者 則誠不可禁也 凡物之産 只取用於本官 在他官者
恒禁之 使不得取 不亦左乎 雖曰他道他官 莫非王土 抱川無
海 則海物取之於他境 豈云不可 臣請聞見有處 試鑄銀採玉而
用之 若功勞多而所得不夥 置而不爲 若所得多而可爲救民之
用 則書其事之首末 轉而上聞 銀玉之事 未能逆料其如何也
漁則全羅道萬頃縣 有洲名曰洋草 而於公於私無所屬 若以此
姑屬抱川 則捕魚貿穀 數年之內 可得數千石 鹽則黃海道豐川
府 有井名曰椒島 而於公於私 無所屬 若以此 姑屬抱川 則煮
鹽貿穀 數年之內 亦可得數千石 以此爲抱川倉廩之儲 用之於
救民 用之於官費 而元穀會計 永不減一石 則無米粟漸縮之憂
有永世恒足之樂 況善爲措置 則數萬之資 不難致矣 抱川安知
他日 不爲國家之大保障乎 且抱川旣得蘇復 洋草與椒島 又移
給殘獘之列邑 皆如抱川之爲 則非是博施濟衆之一助乎 或曰
君子言義 而不言利 何敢以財利之事 達於君父前乎 忍哉 或
人之言也 賓之初筵 側弁之俄 舍其坐遷 則責以無禮 可也 至

於赤子匍匐將入井 則心自怵惕 不正冠 不納履 顚倒以救之
何暇責手容之不恭 足容之不重乎 況義與利 由人以判 若使凶
人居之 所謂禮法者 皆爲利欲矣 昔者 王莽誦六經 安石學周
官 何有於義哉 若使吉人居之 所謂財利者 皆爲德義矣 昔者
子思先言利 朱子務糶糴 何有於利哉 或人妄爲之說 以沮救民
之謀 天必厭之 呂尙, 膠鬲 皆爲聖人之徒 且通漁鹽之利 況今
日之民 呼號於窮餓之水火 有甚於呂尙, 膠鬲之時乎 大抵德
者 本也 財者 末也 而本末 不可偏廢 以本制末 以末制本 然
後人道不窮 生財之道 亦有本末 稼穡爲本 鹽鐵爲末 以本制
末 以末補本 然後百用不乏 以抱川之事言之 則本旣不足 尤
當取末以補之 此豈得已而不已者乎 至於漁鹽赴役之人 則募
其自願 與民分利 國家不費一石之穀 不煩一夫之力 命可活萬
人 縣可保百年 何憚而莫之爲也 臣誦南風之詩而慕堯舜之德
覽西漢之史而戒弘羊之私 今者殿下 誠能阜億兆之財 均億兆
之利 奠赤子於春臺壽域之中 則何慕乎帝舜 何戒乎弘羊 何畏
乎淳風之不能復哉 臣第念日月易逝 隙駒難縶 若悠悠泛泛 所
成者闕如 則斯可虞也已 藥有陋於目而適於病 言有陋於耳而
適於時者 伏願殿下 勿以愚臣爲庸陋 而少垂察焉

○ 莅牙山時陳弊上疏

伏以雖有靈丹 病熱者服之則死 雖有不潔 病熱者服之則生
用言之道 亦猶是也 伏願殿下 勿以愚生之言 爲至不潔 而特

垂睿鑑 以救一時軍民之病焉 臣聞王者 以民爲天 民以食爲天
今者列邑 不知大可恃者 只在此天 而慢侮之殘害之 俾天而失
其天 于時保之 不亦難乎 臣請試擧一縣之一事而陳之 嘗聞牙
山簿牒之煩 倍於他縣 一日呈訴 或至四五百人 臣以爲物衆而
然也俗惡而然也 臣到任後觀之 則是非物衆俗惡而然也 冤民
之多 非他縣此也 臣請言其由 去癸丑年 軍籍時 守縣之臣 鞭
撻刷吏 使之多括良丁 吏不堪苦 充之以老病垂死之人 繼之以
木石鷄犬之名 良丁之多 若有倍於他縣者 因以餘丁 移補他官
甲戌年 改軍籍時 因舊額不敢改 其實則以本縣之民 充本縣之
籍 尙且不足 況他官之役乎 故毒疾而不能免役者有之 七十而
不能除軍者有之 闕額頗多 況使服他官之役乎 諸色軍兵 官府
奴婢 旣無其身 則必懲價於一族 貧民不能卒辦 則囚而督之
使男民立其番 而又立一族之番 女民納其布 而又納一族之布
男號泣於行伍 女號泣於犴獄 農桑失時 衣食俱空 流離奔竄
鎖尾於他鄕 以至於消耗 良可惻然 匹夫匹婦 不獲其所者 古
人恥之 縣民之載籍於族案者 多至千餘 訴冤者日日盈庭 或稱
寸數不知 或稱皮肉不干 欲辦之則闕番誰立 若不辦則兵民之
病 終不可救 將若之何 一縣之冤民 已爲千餘 則一國之冤民
不知其幾萬億 是故兵民之冤氣 塞乎天地之間 三光告凶 癘氣
熾行 亦可懼矣 文王之治歧也 有幼而無父者 有老而無子者
有老而無妻者 有老而無夫者 四者 天下之窮民而無告者也 文
王發政施仁 必先斯四者 今窮民之多 倍蓰於文王之世 而無民
被周恤之澤者 臣竊爲聖明恥之 本縣有士族金百男者 年六十

一 尙未冘儷云 臣怪聞其由 人曰 本縣人物不足 以士族充皂
隷諸員者甚多 而若移居于他境 則一族受其侵人之患 避一族
如避陷穽 百男之名 曾在軍案 人不肯作壻 將至於老矣 臣聞
其言 見其人 嘆惻不能已 又有曰 百男 兄弟中之健實者也 其
女兄金氏年五十而未嫁 男兄金堅者 年五十七未娶 皆托居百
男之家 非獨此也 又有士族朴弼男者 年五十 有鄭玉者年五十
五 有鄭權者年六十二 有朴由己者年七十一 皆未嘗爲人夫 臣
所聞者如此 臣所不知者 豈止此 爲士族者如此 庶人之鰥寡
何可勝數 噫 喪其冘儷而爲鰥寡者 亦云窮矣 彼則初不知有天
倫 實是天下至窮之民也 非徒不被仁政 反被侵害 使其生理益
窮如此 則呈訴 烏可已乎 民惟邦本 本固邦寧 今者外有强敵
內多冤民 脫有緩急 其能濟乎 本旣不固 則邦寧難必 若以此
爲不足念則已 不然 事起乎所忽 禍生乎无妄 措置之方 不可
緩也 伏願殿下 亟命八道 損其戶數 減其軍額 善用見在之兵
遵養時晦 俾無後悔 大抵患民之散 則要須撫之以恩德 不徒刷
還之爲尙 患兵之寡 則要須敎之以義勇 不徒若林之爲尙 昔周
之衰 列國用兵爭强魏人與秦人戰 孰不曰秦勝 何者秦兵衆且
强 魏兵寡且弱也 衆寡之數 愚夫所易見 强弱之勢 智者所難
燭 當時魏之信陵 能燭其勢 故禦秦于邯鄲也 以爲人欲爲我死
則只將數萬 亦可以摧彼 人不欲爲我死 則雖將百萬 無異獨立
遂下令曰 父子俱在軍中者 父歸 兄弟俱在軍中者 兄歸 獨子
無兄弟者 歸養 歸兵二萬 而以餘勝秦 信陵遇求益之時 損而
又損 卒至成功者 知人衆 不如人和也 今之有司反此 處太平

之世 寇賊未至 先斲其邦本 不知勞來安集之道 惟以囚人之父
囚人之兄爲良法 而使獨子無兄弟者 不但奔走於已役 又役其
一族之役 不但役一族之役 又役其鷄犬木石一族之役 歸養之
令 鮮有聞焉 而老男老女 不知嫁娶 爲鰥寡 死於窮困者比比
有之 當此之時 山戎海寇之有智計者 將數萬之衆 來犯我國
國必瓦解 何者 民之冤悶 非日非月 無一夫爲國死者故也 嗚
呼 有司之事殿下 縱不如軼堯舜駕湯武 忍使聖明 不如魏公子
無忌乎 或以爲廢一族之法 則厭役者 無所顧念 或有移避之心
不足之軍額 尤至於虛疏 患莫大焉 臣意以爲不然 徵一族則兵
民散亂 或爲僧徒 或爲盜賊 而民日以寡 是知徵一族者 散民
之道也 軍額安得不爲之虛疏哉 不徵一族則案堵生殖 散亂者
還集 失百人而得千人 軍額之虛疏 非所當虞也 且兵民之移接
者 非皆移接于鄰國也 若使所歸之官 一一推刷 以定其地之役
則等役也 豈有避本縣之役 而服他官之役哉 在本土而無一族
徵 歸他官而又不得安 雖賞之使移 終不移矣 伏願殿下察安危
之勢 悶生靈之窮 亟除一族之法 左右皆曰不可 勿聽 諸大夫
皆曰不可 勿聽 臣之所言 國人之公論 民之困窮 殿下之所見
抑又何疑 昔秦繆公 爲晉軍所圍 將不免俘獲 野人三百 馳冒
晉軍 脫繆公以歸 野人三百 豈可敵億萬之精兵哉 其前日活己
之恩 有以激成其義勇也 是知衆者有敵 仁者無敵 殿下若能除
一族之法 率億兆以仁 則無敵於天下矣 孟子曰 王請勿疑 臣
亦請殿下之勿疑也 臣受殿下一邑之兵民 若不以誠而撫養之
將不免不忠之罪 徵一族病齊民 臣終不忍爲之也 且古之明君

制民之産 爲什一之政 使仰足以事父母 俯足以畜妻子 樂歲終
身飽 凶年免於死亡 然後兵卒之出則出以田賦 民力之用則不
過三日 今則政煩賦重 民不堪支 盡賣田廬 僑居四方 齊民之
有田者無幾 故耕富人之田 得其什之五 以爲糊口之資 雖大桀
之民 不如是之困也 而又使之爲軍卒 則不計妻子之食 罄其所
儲 以贏其糧 名之曰上番 或役半歲 或役百日 或役一朔 下番
之後 名之曰進上山行 或營鎭 或郡縣 役之者不知其數 又名
之曰驅馬軍 別役軍者 出於不意 又使修軍裝 守軍器 殆無虛
日 亦已甚矣 又使之役一族之役 納一族之布 可謂已甚而又甚
不知厥終之勢 終何如也 嗚呼 舜不極其民 造父不極其馬 今
者極而又極 不知厥終之勢 終何如也 嗚呼 殿下聽臣言 亟命
減軍額除一族 猶可及救 不然 後雖有悔 噬臍無及 臣爲上爲
民 豈爲民而不爲上哉 祇有犬馬之誠 不能括囊耳 嗚呼 臣之
此疏 天理存亡之機決矣 倘爲殿下之所擇 則宗社幸甚 生民幸
甚 嗚呼 臣受殿下一邑之兵民 雖不能平其政刑 如齊之卽墨
趙之晉陽 徵一族病齊民 終不忍爲之也

記

○ 遺事

萬曆元年癸酉五月 宣祖朝命薦卓行之士 吏曹以先生氣度

異常 孝友出人擧之 少時葬親海曲 潮水漸近 度於千百年後
水必囓墓 欲防築以禦水 殖穀鳩財 用力甚勤 人多譏其不自量
先生曰 人力之至不至 我當勉之 事之成不成 在天焉 爲人子
者 豈可安於力不足而不防後患乎 海口廣闊 功竟不就 而先生
之誠則未止也 天資寡欲 於名利聲色 淡如也 有時戲語不莊
人不能測其蘊也 出石潭日記

今上朝擢用人材 如趙穆李之菡成渾崔永慶鄭逑金千鎰柳夢
井柳夢鶴金沔等 以學行相繼 超敍六品職 出參判李廷馨東閣雜記

萬曆二年甲戌八月 先生以抱川縣監 棄官歸 先生憂抱川穀
少 無以活民 請折受魚梁 捉魚貿穀 以助邑用 朝廷不從之 先
生初無久於作邑之計 只游戲耳 旋棄官 出石潭日記

萬曆戊寅三月 先生見栗谷 名士多會之 先生顧左右大言曰
聖賢所爲 頗作後弊 栗谷笑曰 有何奇談 乃至於此 願尊丈作
一書 以配莊子 先生笑曰 孔子稱疾不見儒悲 孟子稱疾不就齊
王之召 故後世之士 多以無疾稱有疾 夫稱疾欺人 乃人家怠奴
懶傭之所爲 而爲士者忍爲之 乃托於孔孟之跡 豈非聖賢所爲
作後日之弊乎 一座皆笑 時栗谷辭疾將免大諫 故先生云然 又
曰 去年妖星 吾則以爲瑞星 栗谷曰何謂耶 先生曰 人心世道
極其潰裂 將生大變 而自星現之後 上下恐懼 人心稍變 僅得
不生大變 豈非瑞星乎 先生又語諸名士曰 當今世道 如人元氣
已敗 無下手救藥之路 只有一奇策 可救危亡之勢 座客請問奇
策 先生曰 今世必不用此策 何以言爲 固靳不言 座客請問甚
切 良久 先生乃曰 今日叔獻 栗谷字 留朝 則雖不能大有所爲

必不至於危亡 此乃奇策也 此外更有何策乎 楚漢相距 以得韓
信爲奇策 關中初定 以任蕭何爲奇策 豈於得蕭何韓信之後 更
說他策乎 一座皆笑之 先生之言 雖似詼諧 而識者以爲的論
出石潭日記

　四月 栗谷還歸鄕里 先生責栗谷曰 君何忍退去乎 栗谷曰
我果非耶 先生曰 譬如親病極重 死在朝夕 而爲子者 奉藥以
進 則病親極怒 或以藥椀擲于地 有時擲于面 傷其鼻目 則爲
子者其可退去乎 其可涕泣懇勸 愈怒而愈進乎 以此可知君之
是非矣 栗谷曰 譬喩則甚切矣 但君臣父子 無乃有間乎 若如
吾丈之言 則人臣寧有可去之義乎 出石潭日記

　先生布衣草鞋篛笠 負褚而行 或遨遊搢紳間 傍若無人 於諸
家雜術無不通 乘一葉扁舟 四隅繫大瓢 三入濟州 無風波之患
手自爲商賈 以敎民赤手營生業 數年內 積穀數萬 盡散之貧民
揮袂而去 入海種瓠 結子數萬 剖而爲瓢 鬻穀幾千石 運之京
江之麻浦 募江村人 積土汚塗中 高幾尺 築土室 名曰土亭 夜
宿室下 晝升屋上 居之未幾 棄之而歸 其父母之葬也 相葬山
子孫當出兩相 而其季子不吉云 季子卽其身也 先生强之 自當
其災 後山海山甫 官至一品 而先生之子孫夭而不顯 先是思亭
之蕃號 謂土亭曰 此山右邊不足 而汝當其災 是可欠也 先生曰
吾之子孫 近雖零替 至五六代後則必爲衆多 而亦不無顯榮之
應矣 先生嘗爲抱川縣監 以布衣草鞋布笠上官 官人進饌 熟視
而不下著曰 無所食 吏人跪于庭曰 邑無土産 盤無異味 請改
之 俄而盛陳嘉羞而進 又熟視之曰 無所食 吏人震恐請罪 先

生曰 我國之民生困苦 皆坐食飮之無節 吾惡夫食者之用盤 命
下吏雜五穀 炊飯一器 黑荣羹一器 盛之笠帽匣進之 翌日 邑
中品官來謁 爲作乾荣粥勸之 品官低冠擧匙 乍食乍吐 先生食
之盡 未久去官而歸 邑民攔道留之不得 出或人記事

先生哀流民襤衣乞食 爲作巨室以館之 誨之以手業 於士農
工賈 無不面喩耳提 各周其衣食 而其中最無能者 與之禾藁
使作芒鞋 親董其役 一日能成十對 販之市 一日之工 無不辦
斗米 推其剩以成衣 數月之間 衣食俱足 而不勝其苦 多有不
告而遁者 以此觀之 蓋見生民因惰而飢雖疲癃百無一能 而未
有不自爲芒鞋者 先生之示民近效妙矣哉 出或人記事

丙子冬 白沙李相國恒福 與韓西平俊謙 中司馬初試出江舍
讀書著文 欲赴會試 時先生來麻浦過冬 余與益之 俊謙字 朝夕
往來講話 一日問于先生曰 公見高人逸士耶 先生曰 我嘗遊外
方 多所見知 而最高者二人 次者一人 余問之則 云其一人常
在海上 捕魚爲業 始見於忠淸海上 後十餘年 再見於全羅海上
居無定所 以舟爲家 只有一妻一女 不用大舟 只用中船 獵魚
之暇 時或運穀受價資生 其船可容三百石 而常不過二百石 卽
止不載 以其載輕則操運便 而無任重之患也 不以受價廉厚爲
意 嘗邀我遠漁 遂從之 乘小船信帆而往 則若出天外 殆非衆
漁所能到 其操柂挭棹 絶非衆漁所能及 捕魚而炙之 烹熟之法
極其滋味 又非凡人所及 嘗出外 其妻偶往隣家 獨其女在 有
人來買魚 受其重價 比市直倍之 其妻歸 女詑以能受重價 則
妻驚曰 此魚市直若干 而倍受之 爾父聞之必怒 急使追之 減

其半價而還之　此亦可見其一端　我極知其異人　故爲留待而欲
見矣　一日暮乘舟而來　謂其家人曰　余仰觀天文　明日卽冬至節
也　作豆粥　云我要見　與語則日月星辰之推遷變易　至格物致知
之理　無不燭照　而至問治國之道　則笑而不答曰　客何多事耶
勤問其姓名則亦不言　而他日又來訪則業已移去　蓋必知我復
來故也　其一日　徐致武　隱遯自樂　僅識字　嘗有人授靑丘風雅
致武受之　來請學於我　我乃敎之　終日讀不懈暇則必汲水取薪
以供家役我乃止之　則致武曰　其人授之以書　欲其讀之也　我若
不讀　初不受之　今旣受之　則不可虛人之賜　故如是勤讀　旣受
學於公　有師生之分　讀書之暇　不宜閑遊　宜供師家之役　以盡
弟子之職　年近六十　受學將一年　終始不怠　其次徐起　其爲人
比之於此二人則萬萬不及　然頗能文　恬靜自守　決非俗子之流
云　出白沙李相國所記

　先生嘗自漢挐山　仍往海南李瀿家　主人尊待之　慮其跋涉海
程　累日飢困　卽以數斗之飯進之　公盥手　不用匙著　如拳作丸
左右手　或飯或饌　須臾食之　旣矣　夜闌後　主人勸入房中　衾裯
俱是彩段　欲與陪寢　先生喩其獨宿自便　再三牢拒　不得已辭出
先生遺矢狼藉於衾裯　不辭而去　因向全羅左水營　守關者察公
之行色　冬節只着單衣跣足　別無凜凜之色　着蔽陽子　曳草履
而辭無卑屈　疑怪殊常　密告于節度李公　節度卽出大門　而延待
之極尊　留邸十餘日　其時陪通引金姓者　兒名順從　容貌如玉　資
質穎悟　讀書晝夜不倦　公愛之　圖削官案本役　而率來于保寧
敎誨未久　遂參於司馬　公卽以相當門族壻娶　造家于結城　生長

三女 因爲士夫家 公培養人物類如此 先生常自保寧上京 朝進
斗米之飯 別無裹糧 而步行一二日 輒到京 小無困憊之色 先
生常携竹杖 行路而睡 困則兩手據扙 鞠躬而低頭兩足分踏 定
立而閉目 則鼻息如雷 雖牛馬觸之 反以退却 公則凝然山峙
終無動撓驚覺矣 十月風浪 津船敗沒 公游入水中 兩手各挽曳
漂人 更入水底 拯救垂死之人 以方藥救活 故終無殞命者 出或
人記事

　重峯趙先生 博古通今 明決善斷 而天資撲厚 不事外飾 故
世無知者 其知之者 亦不過以伏節死義許之而已 至論一世人
材 則不及於先生 蓋疑先生才短而不適於用 雖諸老先生 亦以
爲然 惟土亭先生知之 土亭 卽重峯之所尊師也 土亭嘗與人語
人問土亭曰 今世草野間 亦有人材乎 土亭曰 不知也 雖然 吾
黨有趙汝式者 安貧樂道 擺脫名利 愛君憂國 出於至誠 求之
古人 實罕其儔 吾意以爲可用之才 此外無他知也 人曰 所謂
人材者 當大事 能辦得之謂也 趙公之伏節死義 人皆知之 至
論其人材適用 則恐不足以當之也 先生曰 自古能當大事者 恒
出於安貧樂道 愛君憂國之人 趙君爲人 固非如君輩所能識 世
皆以此人爲迂闊無能 衆口一談 若聞吾言 必大笑之 君但自知
而已 愼勿傳說 他日當知吾言之不妄 出安邦俊所記

　重峯趙先生曰 臣所師事者三人 李之菡李珥成渾也 右三人
者 學問所就 雖各不同 其淸心寡欲 至行範世則同 又曰 李之
菡有言曰 東民幸有生理 主上好善 相淳淸白 阿大夫求譽之賂
不敢到京師 仕途之淸 是蓋民蘇之日也 及乎浮議峥嶸 台躔屢

搖 李之菡又嘆曰 東國藎臣 只有朴淳 而亦不使安於朝廷 淳
若去國 則朝廷危矣 至于今日 其言大驗 又曰 李之菡淸白 千
古無匹 又曰 我朝祖宗以來 嘉獎吉再 追爵鄭夢周曁乎聖明
追諡金宏弼鄭汝昌趙光祖李彦迪 其於徐敬德曹植成運, 朴薰
莫不致祭而嘉獎 所以激勵儒林者至矣 獨於李之菡高世之行
未有所及 僻縣蒙士何以獎進 之菡爲人 天質奇偉 孝友絶倫
聞兄之蕃病在洛中 步自保寧 不憚其勞 謂兄有師道 服其喪三
年 樂善好義 出於天性 聞有一行者 則輕千里而見之 安命世
之死 追悼平生 曹植隱淪 神交篤好 成渾李珥 最所敬重 鄭澈
强直 雅言稱之 尤好獎誨後生 李山甫之孝友忠信 朴春茂之恬
靜有守 俱有所自 如徐起下賤之人 貧不力學 不愛其財 資以
成就 晚應徵辟 出宰二縣 薄奉厚下 祛獎賑窮皆立宏遠之規
束姦御吏 不惡而嚴 一境稱其神明 常懼一物失所 志伊尹之所
志也 不以一毫自浼 實東方之伯夷也 又於縣學 欲兼文武之才
以備邦國之用 謨猷材調 隱然有孔孟之風度 不幸病死 牙山之
民 無少長 如喪父母 攔街號哭 爭奠鷄酒 其佯狂自晦 所以避
禍 而見試於明時 非全遯世也 若依曹植朴薰例 贈爵賜諡 以
敦薄俗 以立懦夫 則人知實行之爲可尙 觀瞻感化 不自知其日
進 事親從兄 必有可觀 而亦可推以事君矣 出重峯疏

　先生爲學 嘗以主敬窮理爲主 嘗曰 聖可學而能 惟患暴棄不
爲耳 先生誨子姪最戒女色 此而不嚴 餘無足觀 先生自少寡欲
於物無吝滯 稟氣異常 能忍寒暑飢渴 或冬月 赤身坐烈風 或
十日絶飮食不病 天性孝友 與兄弟通有無 不私其有 輕財好施

能救人之急 其於世上芬華聲色 澹然無所好 性喜乘舟 泛海涉
危而不驚 一日飄然入濟州 州牧聞其名 迎致入館 擇美妓薦枕
指倉穀謂妓曰 爾若得幸於李君 當賞一庫 妓異其爲人 必欲亂
之 乘夜納媚 無所不至 竟不被汚 州牧益敬重焉 少不學 旣長
其兄之蕃勸之讀書 乃發憤勤學 至忘寢食 不久能通文義 不事
科擧 喜不羈自放 與栗谷相知甚熟 栗谷勸從事性理之學 先生
曰 我多慾 未能也 栗谷曰 聲利芬華 皆非吾丈所屑也 有何慾
可妨學問乎 先生曰 豈必名利聲色爲慾乎 心之所向 非天理則
皆人慾也 吾喜自放 而不能束以繩墨 豈非物慾乎 其兄之蕃歿
先生哀痛如考喪 期年盡後 又心喪期年 或以過禮爲疑 先生曰
兄是我師 我爲師心喪三年耳 萬曆六年戊寅 拜牙山縣監 所親
勸赴任 先生忽然赴邑 問民疾苦 有以魚池爲苦 蓋邑有養魚池
使民輪回捉魚以納 民甚苦之 先生乃塞其池 永絶後患 凡出令
皆以愛民爲主發奸如神 雖老吏有罪 則責之曰 爾雖老 心則兒
也 命去冠 辮白髮爲童 使持硯陪案前 老吏慚愧甚苦 未幾 遘
嬰痢疾而卒 年六十二 邑人悲悼 如親戚金 繼輝問珥曰 馨仲
何如人 或比於諸葛亮何如 珥曰 土亭非適用之材 豈可比於諸
葛亮乎 比之於物則是奇花異草珍禽怪石 非布帛菽粟也 先生
聞之 笑曰 我雖非菽粟 亦是橡栗之類 豈是全無用處乎 蓋先
生性不耐久 作事且好奇 非循常成事者 故珥語云然 出石潭日記

先生聰明計慮 超越近古 泛濫諸家 不事雕虫 天文地理 醫藥
卜筮 律呂筭數 知音觀形察色 神方秘訣之流 無不通曉 上無所
授 下無所傳 先生身長逾於平人 骨格健壯 面黑圓豐 足長盈尺

眼彩動人　聲音雄琅而　罕其言語　氣宇堂堂　威風凜凜　常着蔽陽
子草履　一生徒步　周流四方　以訪名山大川　兼察風俗之如何　人
物之多寡　其間奇異之事　流播而不敢强記焉 出或人記事

　先生着蔽陽子　服龘布衣　徒步而求見曹南溟　侍者入告　南溟
卽下階迎入　待之甚敬　先生曰　何知非野人樵夫　而迎接至此耶
南溟曰　子之風骨　吾豈不知乎　先生自言性能耐寒耐飢　或寄宿
巖石之間　數日不食　別無他恙　南溟戱之曰　稟氣如此　何不學
仙　先生斂容曰　先生何輕人若是　南溟笑而謝之　有一善觀象者
一日晨叩先生之門曰　邇來少微星精薄已久　去夜星忽沈精　於
君有災　故特來爲問耳　先生曰　噫　吾何敢當是應　必於南溟曹
處士有災也　未幾　南溟亦卒 出南溟師友錄

　重峯聞先生隱居海隅　倘佯不仕　乃脩束脩之禮而受學　先生
叩其學　大驚曰　君之德器　非吾可敎之人也　吾黨中有李叔獻,
成浩原, 宋雲長三人　此皆學問高明　至行範世　吾從子李山甫
吾門生徐起　此皆忠信可杖　誠通金石　若與此五人者　長爲師友
則不患不到聖賢地位矣　重峯自是師事牛栗　而於龜靑必拜之
與鳴谷交契甚厚

　重峯香疏見罷之後　與先生約會于扶餘江寺　同訪孤靑于頭
流山　從容講論而還　是行也　行過連山　先生促鞭疾馳　重峯訊
其由　先生指村中一家曰　此乃金鎧之家也　想其害正人之狀　不
覺馳過也　時先生門生柳復興從行　先生謂柳曰　君輩因吾而得
見今世之一等人物　豈非幸歟

　重峯爲通津縣監　先生乘舟來訪　因言民心之頑悍　從容數日

而還

重峯徒配富平 丁判書公憂 先生來吊 時有亘天之長星 重峯
問吉凶之應 先生答曰 長遲短速 此星當在十五年後流血千里
之應 十五年前 公若多讀古人書 勸人主以消災滅殃之德 則庶
幾凶變爲吉 民受其澤矣 又曰近觀尹子仰月汀所撰圃隱遺像
恰似吾友 爲人臣子之忠孝 若如圃隱則死無憾矣 但吾友窮無
奉養之資 是可慮也云云 出重峯子完堵所記

先生少時 聞徐花潭之賢 負笈于松都 晝則受業于花潭 夜則
休息于舍館 舍主之妻 年少且美色 而其夫卽行貨者 一日其妻
勸其夫出商 其夫治任而出行 未幾忽生疑訝之心 乘夜潛還 匿
形闖觀 則其妻果入於先生之寢 嬌態淫容 不可盡狀先生起寢
而坐 正依冠肅顔色 備陳人倫之重 男女之別 循循反覆 誨之
責之 其女始焉笑之 中焉愧之 末乃涕泣之 其夫急告于花潭曰
家有如此之事 極其奇異 獨觀可惜 故敢來告之耳 花潭出而覘
之 果如其言 花潭卽入握手曰 君之學業 非吾所可敎 願歸去
焉 出朴玄石師友錄

李先生某 韓山人 稼牧之後 道號土亭 稟受上品 淸明在躬
雖不屑屑於規度上 而自能優造深妙之域 見人聲色 徑知吉凶
臨事處危 見於未形 學問淵博 亦不講論 不事科擧 不慕榮利
其天顯李判事之蕃公之內子 嘗有彌月之慶 有一相者問于土
亭曰 公伯氏室 迫坐草之期 抑有弄璋之喜耶 公曰 昨日果得
男子 是一國之相 人問何以知之 曰 聞其啼聲而知之 其男 卽
鵝相也 又尹上舍浚 一時有能詩聲 尹送其詩 質於判事 判事

極口贊之　公曰　凶終人之詩　兄何譽之過乎　判事公責之曰　年
少有前程之人　汝何發言之妄耶　公笑曰　後日當驗吾言耳　己酉
之禍　果肆於鐵市　甲戌年間　來寓南小門洞人家　余往拜之　適
飮朝酒　紅潮登頰　手擾鬂邊而言曰　此病知所從來　但甚苦耳
又言人言中庸詩云　維天之命　於穆不已　蓋曰天之所以爲天也
嗚呼不顯　文王之德之純　蓋曰文王之所以爲文也　純亦不已　集
註曰　天道不已　文王純於天道　亦不已　純則無已無雜　不已則
無間斷先後　此說似未盡　蓋子思兩引詩而釋天與文之所以爲
天爲文　合而斷之曰　所謂純　卽所謂不已也云　此雖託於他人
而其自得見之辭也　自保寧上京　不齎糧　深冬臥雪不爲寒　其季
子山輝亦知音　一日有人來　乞陳玄於公　公彈琴　山輝持墨而出
一日又彈琴　志在魯仲連　山輝曰　大人其思仲連乎　公在牙山溝
厲　常嘔吐　手擊銅匜　令山輝聽之　山輝詭曰　其聲甚和　大人必
獲安平矣　出門外　頓足搯胸　呑聲痛泣　公果不起　吁　此父子可
謂曠世奇士矣　出苔泉記

　鄭北窓李土亭　皆以異人見稱　而觀其平生行跡　實是篤於人
倫之人也

　淸江淸兮白鷗邊　白鷗白兮淸江邊　淸江不厭白鷗白　白鷗長
在淸江邊　先生騎牛過洛東江　于時嶺伯適與亞使　船遊江中　見
其騎牛　使人招來　觀其容貌　心甚異之　問之曰　若能詩乎　曰粗
識文字　嶺伯以三邊字韻呼　先生卽口呼此詩云　而此說錄於商
州尹姓士人雜記中　未詳其是否　故於末端　附錄之耳

　萬曆六年戊寅　政院及經筵官洪迪　請贈爵　三公啓曰　李之菡

世之人豪依金範例施行 時以國家多事未遑 出政院日記

　先生 生於正德十二年丁丑九月二十日 卒于萬曆六年戊寅
七月十七日 墓在保寧縣西高巒麓先塋右邊 土亭址 今在麻浦
書院 在保寧縣東靑蘿洞 上之十一年乙丑 因湖西章甫進士崔
文海等上章 丙寅三月 賜額號花巖

附錄

○ 先生見示所著寡慾論 且戒酒 邀以一言 敢述鄙懷

　混然明命本無私 形氣於人有梏之

　慾到寡時方得力 心才放後便成危

　狂瀾止水非他物 悍馬銛鋒未易持

　最是性偏難克處 一言終不負嚴規 高霽峯

○ 丙子冬 先生自保寧 挐舟到順天 舍舟徒步 歷訪鄭松江棲
霞樓 遂登瑞石 留證心寺者凡六日 自證心 過余雪竹窩 劇談
竟夜 翌日余請齋號 先生命以不已 蓋取諸天命不已之義 而
以賤名帶命字故也 方欲請先生銘 而先生行矣 又得短律一
篇 奉呈先生行軒

　英耊應匡世 丹崖異宋纖

徒聞入于海 不見擧於鹽

已脫簪纓累 寧遭物色嫌

南天雲霧裡 空復小微占 前人

○ 過安眠島憶土亭先生

安眠西望隔重丘 却憶先生雙涕流

自是分明安史筆 如何千古作爲讐 趙重峯

○ 保寧途中 憶土亭先生

碩人千里昔同遊 期我終身少過尤

今日重來思不見 可憐誰進濟民謀 前人

○ 書院營建通文 _竝享鳴谷先生

有土亭李先生 實一世之偉人也 識見高邁 貫徹天人 深晦遠
引 若出範外 而夷考其行 允踏規矩 其從子鳴谷先生 承訓土
亭 專力經籍 德全行備 表裡醇粹 平生處心接物 一出於誠實
無僞 親疏老少 賢愚貴賤 莫不均歡 同得於深仁宏量之中 而
臨利害秉大義 則儼然有不可奪者 設使遊於聖人之門 其事親
竭力 事君致其身者 則子夏必不曰未學 而所謂寄百里之命 託
六尺之孤者 亦可以無愧矣 噫 玆兩賢歿已久矣 而其遺風餘澤

入人者深 有所不可泯者 鄉先生歿 而可祭於社者 實非斯人歟
實非斯人歟 肆我一二小子 圖建祠宇 因爲有志者 考德講學之
所 而綿力將無以集事 用是爲懼也 古之人 或有曠百世 隔千
里相感者 矧我兩湖諸友於兩賢 地相近也 生亦同時 或必有見
而知者 聞風而慕者 其與曠百世隔千里者 所感淺深 當何如
出財力 助斯後 想有不謀而同者 鄭守夢

○ 書院賜額祭文

上之十二年歲次丙寅三月乙卯朔十八日壬申 國王 遣臣禮
曹佐郎李䓂 諭祭于故縣監李之菡, 忠簡公李山甫之靈

明宣在宥 休氣鴻厖 慶雲慶星 不專厥祥 宜鍾于人 爲國之
光 矯矯名賢 在下瑞世 蘊德揭高 不夷不惠 奇偉超卓 三代人
物 志氣如神 氷壺秋月 豈專稟懿 寔由探道 主敬爲本 反躬允
蹈 智周萬變 行貫神明 切磨鴻儒 如邵於程 旣究道竗 旁通俱
詣 時出緒餘 游戲經濟 淸質濁文 其跡恢奇 或乖常軌 足驗猷
爲 剡薦屢登 郡紱超授 百里衽席 民曰父母 世際熙隆 羣彥揚
庭 詭時不逢 獨抱幽貞 天脫羈羈 沖然眞則 甕盎乾坤 粃糠萬
物 風行雲敏 不可名稱 龍游鳳矯 孰能笯簹 亦越忠簡 出其家
庭 不失孩心 和厚淵宏 早襲訓誨 視身篤學 秉善無惡 竊脂不
穀 雖在孔門 忠信無怍 羽儀登朝 進塗大啓 正色曠度 和毅交
劑 薰善者興 覿德者服 雖其嚘媚 莫或瑕謫 惟時文成 追被謠
諁 抗辭前席 痛白其誣 天聽渙納 士林有扶 逮遘播越 益篤毗

翼　進擢冢宰　恩顧日渥　忠義奮發　有國無身　慷慨雪涕　感動華
人　中興之業　與有其功　奔走積瘁　卒以忠終　一門之內　幷時鴻
哲　予每起顇　緬懷風烈　睠彼湖邑　桑梓之鄕　儒紳興慕　刱祠妥
靈　竝座合享　奕世有偉　有儼芬苾　今累十禩　玆因申籲　寵頒華
額　遠賜禮酹　敷予忱愊　知製敎徐宗泰製進

○ 祭土亭先生文

　木列榛榛　間挺大椿　草生離離　或穎靈芝　先生之降　實鍾秀
氣　水月情懷　大羹腸胃　忠信感物　孝友通神　外諧內明　游戲風
塵　土木形骸　泥塗軒冕　遇事沛然　坂上丸轉　得失榮辱　沸湯沃
雪　聲色臭味　竊脂啄粟　五車何用　手持寸鐵　知我雖希　積德必
發　王曰汝諧　出宰百里　兒民奴吏　咸戴樂只　云胡一夜　月犯小
微　椿折芝凋　天日無暉　嗚呼先生　而止於斯　盛大沖氣　悠散何
之　余生雖後　早蒙不遺　肝膽相照　廓無屛障　先生戒余　毋缺人
望　余獻先生　少收天放　相規以善　冀獲晚功　今玆已矣　激余悲
衷　殯不躬臨　葬不執綍　南天杳冥　風雨蕭瑟　緘辭寫哀　遙奠菲
薄　有感必應　庶幾歆格　李栗谷

○ 祭土亭先生文

　維萬曆八年歲次庚辰閏四月己亥朔十三日辛亥　　後學銀川
趙憲　敢昭告于土亭李先生之靈　嗚呼　先生之存也　國有所倚

民有所依 道有所托 士有所歸 今先生之死也 國無三綱之棟
民失四乳之望 斯道爲之寂寥 後學無所嚮往 若某之愚 則有
疑兮 於何仰質 而有罪過兮 孰爲俯誠 然則先生之逝 曷爲
而不使某失聲而痛哭 號天而隕涕也哉 嗚呼 先生之生 信乎
命世 資稟旣異 完養以預 研窮經學 不達不措 聰明絶人 功有
倍做 造詣旣深 道由我躬 聖賢格言 皆在胸中 曾遊京洛 諧伯
翶翔 遭時孔艱 我友云亡 見幾斯作 高遯江海 伊耕傳築 屢空
不悔 惟孝與友 盡其誠赤 爲親營壙 躬負土石 千秋萬歲 惟恐
潮破 築堤之謀 匪爲殖貨 人雖有言 仁者之過 聞伯有病 千里
不遠 要以便省 屢遷屢困 蘇殘抱川 匪爲榮願 服喪如師 三年
糲飯 仲氏早逝 抱屍慟哭 撫孤愍斯 教養式穀 哀切嫂喪 猶子
疾篤 冒病勤恤 垂死乃復 聞人有善 奔見如渴 遇人之乏 分賑
乃豁 克己好義 在邦必達 屢辭徵召 匪爲高激 朝廷或爽 憂形
于色 王有德言 喜動於顏 晚赴牙山 要濟民難 單車屛從 無遠
不到 講究獘瘼 政先無告 江魚永活 矜爾赤子 猾吏斂手 永絶
奸究 曾未數月 遠邇心服 如獲展蘊 民竝受福 如何一疾 齎志
而歿 巷哭相聞 人怨亟奪 丐婦思奠 擧夫遠引 天長地久 遺愛
難泯 嗚呼先生 其止於此乎 某以愚蒙 晚拜巢湖 獎勵勤止 不
憚屢枉 安眠尋勝 頭流遠訪 奉携偕行 卽事明理 動靜云爲 莫
非教示 慨我頑鈍 十年猶初 分牧通津 慮短才疏 扁舟來泊 提
誨千般 往拜江臺 嘆民之頑 如不投簪 巨禍必臻 未幾果然 先
見如神 在謫遭喪 悲悼空山 匹馬遠顧 涕泣潺潺 保身之方 終
孝之理 據禮勤曉 俾終不毁 寧知是日 終天永訣 緬懷德容 南

望慟絶 經世之志 嗚呼已矣 育英之計 永不可冀 仁者必壽 胡
爲止此 位不滿德 天不可恃 仁者有後 賢子曷喪 養虎傷孝 天
不可諒 嗚呼哀哉 時歟命歟 顧瞻四方 誰復愛余 跋涉雖勤 難
聞至言 徘徊墓下 宿草纏根 儀形永隔 慟慕難支 慟慕兮無如
之何 掇荒詞而永辭 聊奠鷄酒 薦我微誠 嗚呼先生 鑑我衷情
趙重峯

○ 墓碣銘_竝序

　叔父諱之菡 字馨仲 以所居屋築以土 平其上爲亭 故自號土
亭 卽吾先人季也 少孤 從吾先人學 及長 壻毛山守呈琅 醮之
翌日 出而暮返 家人覺而新袍亡 問之則過弘濟橋 見丏兒凍冷
割而分之 衣三兒矣聞 者異之 平居 罕讀書 開巷必竟晷達夜
旋出廣陵村莊 送奚取燈膏 毛山止之曰 郞嗜書過 恐傷也 乃
腰斧入山中 斫松明 燎於堂垈 煙漲火熱 人爭避 公獨端坐不
倦者 歲餘矣 經傳子集百氏之書 無不貫穿涉獵 旣而下筆爲文
詞 如水湧山出 若將爲擧子之業 見隣有以新恩應榜 設宴戲者
心賤之 遂已之 後雖八場 輒不製 製不呈 人有詰其故 曰 人各
有所好 我自樂此 欲休而不得也 蓋嘲笑之也 一日謂吾先人曰
我觀婦門 無吉氣 不去 禍將及已 挈妻子而西 翌年禍作 旣歸
以先壟濱海 恐歲遠爲潮水囓 將築堤 非累千穀不可 仍取辦於
漁鹽商賈之場 靡所不爲也 然有得或焚之 或積如丘山 而妻子
有餓色 善操舟 履大洋 如平地 凡國內山川 無遠不適 無險不

涉 或累閱寒暑 不知所之也 平生篤於友愛 自非遠離 未嘗一
日異處 祭祀極其誠 不盡依文公家禮 而事先如事生 接人則陽
春藹然 處已則千仞壁立 恒居誨子姪 最戒女色 常曰此而不嚴
餘無足觀也 尤用力於克已上 其忍飢也 浹旬不火食 其忍渴也
盛夏不飮水 其忍勞也 徒步足重繭 猶韜晦混俗 不露圭角 故
人莫知所以然 而往往爲駭人異俗之擧 又不一而足 如着蔽陽
麤葛 木履木鞍 入官府城市 人無不指笑 尙自如也 爲學 常以
主敬窮理 踐履篤實爲先 常曰聖可學而能 唯患暴棄不爲耳 其
於論義理卞是非也 光明俊偉 通暢發越 引物連類 毫分縷析
使人人聳聽歆服 而昏者明 惑者解 醉者醒 其惠及後學 亦多
矣 才足以匡時 而世莫試 行足以範俗 而世莫表 知足以燭微
而世莫識 量足以容衆 而世莫測 德足以鎭物 而世莫尊 徒見
其外 而或以 爲高人逸士 或以爲卓犖不羈 此豈足以知吾叔父
而於叔父 何與哉 嘗曰 得百里之邑而爲之 貧可富 薄可敦 亂
可理 足以爲保障 末年一出 意蓋在此 而不幸以疾卒于官 其
天也歟 數也歟 壽六十二 葬于先祖父墓右 有男四人 皆夭 孫
曰據仁 生子曰述 不肖無狀 未嘗負笈從師 學于家庭 雖未有
薰陶成就之效 而其所以維持門戶 不至陷於罪惡者 皆叔父之
賜也 涕泣而爲之銘 銘曰

噫 大之生 不偶耶 其偶爾耶 偶則無奈 不偶則胡寧已耶 遠
固非願窮自樂 謂聖可學已能克 似傲而恭 若和而方 悅惚左右
人莫能量 晚一起 爲小施 亦不終 天乎可悲 家姪山海

土亭遺稿附錄諡狀

○ 贈資憲大夫 吏曹判書兼知義禁府事, 五衛都摠府都摠管,
成均館祭酒, 世子侍講院贊善行宣務郎, 牙山縣監李公諡狀

이관명(李觀命. 1661~1733)[54]

　先生諱之菡 字馨仲 自號土亭 以所居屋 土築爲亭也 韓山
李氏 代有聞人 至稼亭諡文孝公諱穀 牧隱諡文靖公諱穡 父子
仕麗朝 有大名 稼亭寔先生七代祖也 文靖生諱種善 入本朝
官至左贊成 諡良景 性至孝 遺址有旌表碑 贊成生諱季甸 府
院君 贈領議政 諡文烈文 烈生諱塤 大司成 贈參判 參判生諱
長潤 縣監 贈判書 判書生諱穉 縣令 贈左贊成 卽先生考也 以
正德十二年丁丑九月二十日 生先生 生有異質 神氣淸爽 聲音
弘亮 見者奇之 少孤從其伯省庵公學 及長 贅于毛山守呈琅之
門 醮之翌日 出而暮還 家人見其新袍亡 問之則見丐兒寒 割
而與之衣三兒 袍卽盡矣 平居讀書 竟晷達夜 出廣陵村莊 送
奚取燈膏 毛山止之曰 郞嗜書過 恐傷也 乃腰斧入山中 斫松
燎於堂 煙漲火熱 人爭避 先生端坐不倦者歲餘 羣聖人書 百
家之文 無不貫穿 下筆爲文章 水湧山出 若將爲擧子業 隣有

聞 喜設筵戲者 見而心賤之 後雖入科場 輒不製 製又不呈 人
問之則 曰人各有所好 我自樂此 一日謂省庵公曰 吾觀婦門無
吉氣 不去 禍將及 挈妻子 寓居保寧 明年婦家果遘禍 其父母
之葬也 相其地 當出兩相 而不利季子云 先生乃以季强之 自
當其災 後兄子鵝溪山海忠簡公山甫 官至一品 先生之嗣 夭而
不顯 先生常曰 吾子孫今雖零替 後必衆多 有顯者矣 以丘墓
濱海 恐歲遠爲潮水囓 將築堤 非累鉅萬不可 仍自販於魚鹽商
賈之間 靡所不爲 事來成而心不已 篤於誠孝類此 後歲大歉
慨然欲拯濟萬人 懋遷有無 積粟如山 盡散貧民 妻子有飢色
嘗作廣室 置寒乞人 敎之以手業 各周其衣食 最下無能者 與
之藁 使作芒鞋 一日之工 無不辦斗米 與伯仲友愛篤 非遠離
未嘗一日異處 祭祀必依朱文公家禮 盡其誠 事先如事生 訓誨
子姓 最戒女色曰 此而不嚴 餘無足觀 嘗乘船 涉海入濟州 州
牧聞其名 迎入館 擇美妓薦枕 指倉穀謂曰 若得孝君幸 以此
賞之 妓必欲亂之 達宵納媚 竟不汚 州牧益尊敬 聞省庵公在
洛中病 自保寧徒步往見 及公歿 謂有師道 心喪三年 先生嚴
於自治 壁立千仞 而接人則和氣藹然 聞人有一善 不遠千里而
見之 安命世死非其罪 追悼不已 朴春茂恬靜自守 徐致武隱居
樂道 先生終始勸勉以成就之 先生稟氣異常 而用力於克己上
寒暑飢渴不能入 或冬月裸體坐雪巖 或盛夏不飲水 或浹旬不
火食 或徒步數百里 無困憊色 嘗携竹杖行路 而睡時則兩手據
杖 鞠躬低頭 而兩足分踏定立 鼻息如雷 牛馬觸之退却 先生
凝然山峙 少無動撓 南溟嘗見先生忍飢耐寒 而戲之曰 稟氣如

此 何不學仙 先生斂容曰 何輕人若是 南溟笑而謝之 先生非
果於忘世 而適値磁芭斬伐之餘 儉德避難 不欲使人知其畦町
故韜光混世 累辭徵招 而嘗曰 得百里之邑而爲之 貧可富 薄
可厚 亂可理 足以爲國家保障 晚年應辟 爲抱川縣監上疏 乃
以道德人才百用之說 設爲三策 睠睠乎建極錫福之道 反復乎
元首股肱之義 而末復推演生財救民之務曰 抱之民 如無母寒
乞兒 五臟病而一身瘁 何忍立視其死乎 今若採海中無窮之魚
煮斥鹵不盡之水 數年之內 可得數千斛穀 此豈非博施濟衆之
一助乎 或者曰 君子言義而不言利 何敢以財利之事 達之於君
父之前乎 忍哉言也 賓之初筵 責側弁坐遷之無禮 而赤子入井
將不正冠 顚側以救之 何暇責手容之不恭乎 昔子思先言利 朱
子務糶糴 而呂尙聖人之徒 且通魚鹽之利 或人妄爲說 以沮救
民之策 天必厭之 縷縷數千言 出於愛君憂民惻怛之誠 而其所
謨猷 暗合乎文王之治岐 鄒聖之制産 眞所謂仁人之言 其利博
哉 豈可與空言廓落無用者比哉 朝廷不能用 已而棄官歸 後爲
牙山縣監 又陳疏請減軍額 除一族法 言亦明白的當 而寢不用
邑有池養魚 使民歲漁納官 民甚苦 先生塞其池 絶後患 敎誘
縣學章甫之徒 講習文武才 期備邦家之用 未幾 以疾卒于官
萬曆六年七月也 壽六十二 一邑之民 奔走號哭如悲親戚 先生
俊偉高爽 淸心寡慾 識見超邁 貫徹天人 深晦遠引 若出範外
而夷考其行 允蹈規矩 其爲學 以主敬窮理 踐履篤實爲先 嘗
曰 聖可學而能 唯患暴棄不爲耳 其於論義理辨是非 正大光明
通暢發越 引物連類 毫分縷析 使人聳聽歆服 而昏者明 惑者

解 若其天文地理 醫藥卜筮 律呂筭數 知音觀形等術 曲解旁
通 而此特其緖餘耳 才足以匡時 行足以範世 智足以燭微 量
足以容衆 德足以鎭物 而不得展布所蘊 晚試小邑 亦未究一二
齎志而歿 豈非天乎 先生不喜著述 其傳于家者無幾 其大人說
曰 人有四願 內願靈强 外願富貴 貴莫貴於不爵 富莫富於不
欲 强莫强於不爭 靈莫靈於不知 然而不知而不靈 昏愚者有之
不爭而不强 懦弱者有之 不欲而不富 貧窮者有之 不爵而不貴
微賤者有之 不知而能靈 不爭而能强 不欲而能富 不爵而能貴
唯大人能之 其寡慾說曰 孟子曰養心莫善於寡慾 寡者 無之始
寡而又寡 至於無寡 則心虛而靈 靈之照爲明 明之實爲誠 誠
之道爲中 中之發爲和 中和者 公之父 生之母 肫肫乎無內 浩
浩乎無外 有外者 小之始 小而又小 牿於形氣 則知有我而不
知有人 知有人而不知有道 物欲交蔽 戕賊者衆 欲寡不得 況
望其無乎 於此可見先生隻字片言 無非遏欲存理之意 而其中
之所存者 可知也 嗚呼 明宣在宥 天佑斯文 時則有若栗谷牛
溪兩先生之道德 有若趙重峯之節義 竝耀一世 先生乃以道義
之交 左右周旋 其勉戒之義 獎詡之辭 同出至誠 重峯天資樸
厚 不事外飾 世無知者 雖諸先生 疑其才短不適用 只以伏節
死義許之 先生獨曰 自古當大事者 恒出於安貧樂道 愛君憂國
之人 趙君爲人 非凡人所知 一日往重峯家 時長星竟天 先生
曰 星之應 當在十數年後 流血千里 君多讀古人書 勸人主以
消災滅殃之道 則庶幾凶變爲吉 後十六年 果有壬辰之亂 栗谷
將歸鄕里 先生責之曰 君何忍退歸 譬如親有病重 以藥進則親

怒 或以椀擲地 爲子者 其可退去而不進藥乎 重峯上疏曰 臣
所師者三人 李之菡李珥成渾也 三人者 學問所就雖各不同 其
淸心寡慾 至行範世則同 又曰 李某樂善好義 出於天性 成渾
李珥 最所敬重 出宰二縣 祛獘賑窮 立宏遠之規 束奸御吏 不
惡而嚴 一境稱神明 常懼一物失所 伊尹之志也 不以一毫自浼
東方之伯夷也 栗谷嘗稱之曰 先生天資寡欲 於名利聲色 淡如
也 有時戱語不莊 人不能測其蘊也 又曰 馨仲比之物 是奇花
異草 珍禽怪石也 又曰 先生水月情懷 大羹腸胃 忠信感物 孝
友通神 得失榮辱 沸湯沃雪 知先生心 莫如三先生 而其所稱
道若是 千載之下 可以此知先生之爲人也 其遺風餘韻 紛至今
未沫 士林莫不有高山景行之慕 尤齋先生題先生文集曰 先生
才高氣淸 常超然於事物之外 平生著述之存於今者若干篇 而
觀鳳一羽 足以知五采之成章 溯其本則皆自淸心寡慾中流出
矣 噫 此可謂善觀而善言學者矣 世徒見其外 而或以爲高人逸
士 或以爲卓犖不羈 亦可謂淺之知先生也 先生四男 長山斗
早歿 次山輝 餘未長而天 先生常稱 山斗德可以爲吾友 山輝
德可以爲吾師 先生寢疾 親自擊缶 使山輝聽缶聲 以驗吉凶
山輝佯曰 聲甚和 病非可憂 亟出門 揮淚扣胸曰 病不可爲 未
幾先生易簀 長孫曰據仁 別提 生二男二女 男曰述曰達 女適
參奉趙碩 次適正郎李大淑 述一男一女 曰敬誼 贈承旨 女適
李時昌 達六男三女 長必天 生員 僉樞五衛將 次必明次必晉
進士 次必亨 武科 次必炡 僉樞五衛將 次必相 女適崔友聖 次
適鄭德恒 次適鄭奎 趙碩生一男世煥 文科監司 李大淑生一男

以馨 察訪 敬誼生三男一女 長禎五, 次禎來 文科正郎 次禎至
女適沈必英 必天生二男 長禎錫 生員 次禎翊 文科獻納 必明
生二男三女 長禎麟次禎鳳 女適韓弘基 次適金夏鼎 次適具孝
閔 必晉生三女 長適郡守朴起祖 次適任行遠 次適趙偵 必亨
生一男二女 男禎胤 女適權須 次適金益瑞 必炳生四男一女
長禎植 次禎億 文科正言 次禎萬次禎達 女適俞彦弼 必相生
二女 長適趙爾龍 次適朴台壽 崔友聖生四男四女 曰文海 進
士 次應海 武科 餘皆幼 禎五二男二女 長濹 文科僉知 次潒
禎來五男三女 長滿 文科都事 次深 文科掌令 次浣 文科持平
次海次滋 文科佐郎 禎錫一男一女 曰澣 進士 女適沈廷赫 禎
翊三男二女 長濤次次灝 女適進士金鐵根 次適尹得和 禎麟二
男二女 長潘 進士 次瀜 進士 女適蘇相琦 次適韓昌欽 禎植一
男一女 曰泓 女適趙尙鼎 禎億三男一女長津次洙次混 女幼
禎萬二男一女 長溥次澍 女幼 禎胤三男二女皆幼 朴起祖四男
長聖輯 佐郎 次聖輅 文科執義 次聖載次聖輔 潒三男 長命錫
次慶錫 文科典籍 次應錫 潒四男 長鵬錫次鳳錫次鶴錫次鵠錫
滿一男翼登 深三男 長聖登次先登, 次時登 浣一男曰壽登 海
一男曰馨登 文科 澣五男 長大春次大受次大濟 餘幼 二男 長
大圉 次幼 先生子孫 初則夭椓 不絶如縷 到今百年之後 顚木
有甴 內外孫曾 日益滋蕃 總百餘人 不能盡記 而世艶稱之 豈
非先生不食之報 而先生之言又驗矣 牙山 曾所簪笏之地 保寧
乃是桑梓之鄕 而儒紳興慕 竝刱祠公靈 上之十二年丙寅 賜額
曰花巖 重峯於宣廟朝 疏請先生諡 萬曆戊寅 經筵官洪廸 請

爵 三公國家多事 竟未施行 上之三十一年乙酉 判尹閔鎭厚
白請褒贈 癸巳 贈吏曹判書 判府事金宇杭 又請贈諡上特允之
哀榮之典 無復憾矣 不佞間嘗竊取先生高論奇蹟之雜出前輩
文字中 擊節歎賞 而妄爲尙論曰 以內聖外王之學 超然自樂乎
閑中之日月者 可謂先獲先生之志 而其在我東 花潭之造詣高
明 南溟之立志牢確 謂之伯仲者非耶 謹就先生玄孫獻納禎翊
所錄家乘撰 次如右 以請易名之典云

　　嘉善大夫 司憲府大司憲李觀命謹狀

　　太常議諡上三諡 曰文康, 曰文淸曰淸憲

　　上以文康批下 道德博聞曰文 淵源流通曰康

土亭遺稿跋

송시열(宋時烈, 1607~1689)[55]

　余生世後 不得灑掃於土亭先生之門 然得因先輩長者 竊聞
其風聲事爲 未嘗不歆仰而勉慕也 最其可徵者 重峯趙先生嘗
告于宣祖大王曰 臣之所師者三人 李之菡李珥成渾也 三人之
造德雖不同 而其淸心寡欲 至行範世則無不同也 噫 自上世聖

---

55 조선 후기의 문신·학자로 이조판서·좌의정 등을 역임. 27세 때 생원시(生員試)에서
〈일음일양지위도(一陰一陽之謂道)〉를 논술하여 장원으로 합격. 학문적 명성이 널리
알려져 1635년 봉림대군(鳳林大君; 후일의 효종)의 사부로 임명. 병자호란으로 왕이
치욕을 당하고 소현세자와 봉림대군이 인질로 잡혀가자, 좌절감에 낙향하여 10여 년간

賢 以至程朱諸大儒 其敎人自爲者 孰不以淸心寡欲 爲至要哉
蓋其心不淸 則本源病矣 其欲不寡 則物累行矣 人雖欲修飭飾
勉强於外 自以爲賢 而塵埃汚穢 日積乎中 終至於天理滅而人
欲肆 然則三先生之爲道爲學 可謂至要 而趙先生亦可謂善觀
而善學者矣 夫四先生 不同於人 而同於道 竝世相輝 以大鳴
國家之盛 豈不休哉 世之稱先生者 或涉於詼詭之流 豈先生才
高氣淸 常超然於事物之外 或不純於布帛菽粟與規矩準繩 故
不知者 喚銀作鐵歟 惟栗谷先生比先生於奇花異草 豈不着題
矣乎 先生平生 不喜著述 其存於今者若干篇 蓋所謂不得已者
也 今玄孫必晉禎來 外玄孫趙世煥嶷望 協同哀秤 僅成一峇
然觀鳳一羽 足以知五彩之成章 而溯其本則皆自淸心寡欲中
流出矣 噫 世衰道微 利欲紛挐 惟此四字 由是而明於世 使有
志於學者 卓然不累於臭味酣豢之中 則可以格致存養 踐履擴

일체의 벼슬을 사양하고 학문에만 몰두. 이 때 그가 올린 〈기축봉사(己丑封事)〉는 그
의 정치적 소신을 장문으로 진술한 것으로, 그 중에서 특히 존주대의(尊周大義 : 춘추
대의에 의거하여 中華를 명나라로 夷賊을 청나라로 구별하여 밝힘)와 복수설치(復讐
雪恥 : 청나라에 당한 수치를 복수하고 설욕함)를 역설한 것이 효종의 북벌 의지와
부합하여 장차 북벌 계획의 핵심 인물로 발탁되는 계기가 됨. 1658년 효종의 간곡한
부탁으로 다시 찬선에 임명되어 관직에 나갔으나, 1659년 5월 효종이 급서(急逝)한
뒤 현종에 대한 실망으로 12월 낙향. 그 후 15년 간 조정의 예우와 초빙에도 거의 관직
을 단념. 1668년 우의정, 1673년 좌의정에 임명되었을 대 잠시 조정에 나갔으나 시종
(始終) 재야(在野)에 은거(隱居). 하지만 선왕의 위광(威光)과 사림의 중망(衆望) 때문
에 재야에 은거함에도 막대한 정치적 영향력을 행사. 학문적으로는 전적으로 주자의
학설을 계승한 것으로 자부했으나, 조광조→이이→김장생으로 이어진 조선 기호학
파의 학통을 충실히 계승, 발전시켰음. 저서로는『주자대전차의(朱子大全箚疑)』,『주
자어류소분(朱子語類小分)』,『이정서분류(二程書分類)』,『찬정소학언해(纂定小學諺
解)』등이 있으며, 문집『우암집(尤菴集)』등이 있음.

充 日臻乎高明廣大之域矣 仕於朝者 亦可以長廉遠恥 志仁行
義 一以勤事庇民 愛君憂國爲道 而不敢有橫目自營之意 則其
於世敎萬一 其庶幾焉爾 此余之所以眷眷於此 而不敢與俗人
言也 後學恩津宋時烈 謹跋

土亭遺稿跋

　海東有奇偉卓絶之士 世稱土亭先生 余自齠齓 已聞其風聲
有高山景行之慕 而顧無由得其言論之萬一 居常恨之 及讀抱
川牙山時封事 眞蕩然仁義之言也 愛君憂民 發放至誠惻怛 而
其所謨猷 一出治岐之規模 如使其言 見用於當世 則何患其治
之不古若也 昔栗谷先生擬先生於奇花異草 嘗意其資品雖高
實用或歉以今觀之 似有所不必然者 豈先生深自韜晦 故作調
諧吊詭 不使人測其所蘊耶 夷考其世 蓋當滋苣斬伐之餘 或出
於儉德避難之意耶 以堯夫蓋世之豪 一生經綸 只在於風花雪
月之間 豈非千古之恨也 先生所著述 家無留草 得之於傳聞者
僅寂寥數篇 而字字無非後學之藥石 惜乎 其嘉言善行 不盡傳
於世也 掌令李公禎翊正言李公禎億監司趙公世煥 先生之內
外孫也 旣得跋文於尤菴老先生 又請弁卷之作 而先生許之 遇
己巳禍作未就也 今二李公復屬筆於余 顧此陋拙之辭 何異佛
頭鋪糞 然景仰旣久 不可無一言於斯 遂書感慨之意於卷末如

右云

　崇禎後壬辰人日　後學安東權尙夏　敬題

土亭遺稿識

　我先祖土亭先生　平生不喜著書　或著書而家不留其藁　以故
世無得以知其有文章　以先祖遯世无悶之德　實無與於文章之
有無　而或者亦不無有歉於不朽之盛事　粤昔李侍中選之在玉
署也　考閱前賢之遺集記述　先祖實蹟之有著者　而裒成一帙　名
曰土亭遺稿　而藏之芸閣　不肯取而見之　參互考證於家藏舊件
則其中記實文字　或此有而彼無　或彼有而此無　仍加刪閏　合爲
一篇　遂以叩質於當世之先生長者　尤庵宋先生跋其文　遂庵權
先生又題其尾　丈嚴鄭尙書澔　亦撰弁卷之文　於是謀所以鋟之
梓　而壽其傳　不肯適於此時　出尹東都　捐廩餘董其役　閱一而
工告訖　使先祖嘉言善行　終不至於泯沒無聞　則其亦有待而然
耶　先祖之平生事爲　已著於前賢之所揄揚　則亦豈不肖輩所敢
容喙者哉　歲庚子春三月上浣　玄孫通政大夫　守慶州府尹禎翊
再拜謹識

陽村集

贈孟先生詩卷序

권근(權近, 1352~1409)[56]

樵隱文忠公, 牧隱文靖公再同試席 有孟先生希道 登乙巳科 予繼登己酉科 以兄視之者有年矣 先生有子 伯曰思誠 仲曰思謙 皆從予學 洪武丙寅 牧隱又掌試士 而思誠爲壯元 戊辰 予亦掌試而思謙中丙科 由是孟氏父子兄弟皆與予親善 非泛然交際之比也 先生文行淸峻 卓然有志節 嘗由翰林歷御史 皆士林淸選 而衆以爲允 聲譽藹然 未幾 謝簪組歸田里 課農以養其親 講學以敎其子 且以自樂於山水間 澹然無求於世 及親之歿 廬墳三年 其操履之高如此 今我主上 神武之資 受命肇國 用賢圖治 尤重民事 爰擧先生以任珍州 政績果著 而先生不欲縈心於三尺 折腰於五斗 乃解郡印而就考槃 優游以休 若將終身 丙子春 駕幸溫水 卽先生接隱之鄕也 先生於是欣覩天光 頌揚聖德 爲賦唐律一篇以獻 扈從諸學士三峯鄭相國首

---

56 고려 말·조선 초의 문신이자 학자. 친명(親明) 정책을 주장하였고, 조선 개국 후, 사병폐지(私兵廢止)를 주장하여 왕권(王權) 확립에 공을 세움. 길창부원군에 봉해졌으며, 대사성(大司成), 세자좌빈객(世子左賓客) 등을 역임함. 문장에 뛰어났고 경학(經學)에 밝아 사서오경(四書五經)의 구결을 정하기도 함. 저서에는 『입학도설(入學圖說)』, 『사서오경구결(四書五經口訣)』, 『동현사략(東賢史略)』 등과 문집 『양촌집(陽村集)』이 있음.

占天字 而令諸公分韻各賦 右政丞平壤伯趙公而下凡若干人
春容乎大篇 高潔乎短章 如藹春雲 如編群玉 其所以謌詠先生
之高致者至矣 時其子壯元爲禮曹議郞 予爲兼典書 携以來請
序 予適有上國之行 不暇爲也 明年旣還 先生又來京請之 予
不敢辭 告之曰 士君子或出或處 其道無常 要適於時合於義而
已 當世道之降 權姦竊柄 貪墨冒進則賢智之士高蹈遠引 以潛
光於寂寞之瀕 及世運之方興 政化休美則彈冠振纓 以彙進於
王庭之上 爭效智力 以就功業而澤斯民 故賢人君子 必觀世道
之汚隆 以爲吾身之出處也 苟不度時義而進退 則仕者有冒祿
之譏 處者有潔身之責 雖淸濁有間 其不合義則一也 向者知時
之否 斂身而退 錙銖鍾鼎 芥跳軒冕 高風遐躅 固邈乎其不可
攀矣 今則明君在上 群賢滿朝 百司庶府皆得其人 而猶恐有懷
材抱德之士 垂黃戴白之老 不求聞達 或伏於嵒穴 或隱於版築
網羅無遺 敦遣而來 渴賢之意旣甚切矣 此士君子可以出而有
爲之秋也 先生獨可久隱乎 明敭于朝 展布所學 立功立事 惟
其時矣 苟不得吁咈廟堂之上 賡載明良之歌 抑且觀於治象 作
爲雅頌 以美盛世之德 薦之郊廟 歌之燕享 而追鹿鳴淸廟之作
者 不其偉歟 豈可使其跧伏山林 捷遲畎畝 時觀巡省 以樂其
一遊一豫而已哉 吾將觀肥遯之士如先生者 賁然而來 振其文
華 以餙太平而鳴盛治者 必自今日始矣 先生宜勉焉 洪武三十
年蒼龍丁丑冬十月下澣

牛溪集

送安習之敏學 赴牙山縣序癸未正月

성혼(成渾, 1535~1598)[57]

　我王母之在京師也　視尊先府猶諸子　子每燕見　必呼名以入 命坐諸子之列　是以我先子之於先府也　猶堂從然旣而先君子 奉親歸于坡山　尊府亦退居洪州之新平　晩歲相分　遂不得相見 以歿　丙寅之歲　渾服喪畢　孤居窮谷之中　一日　衡門之外有客 戾止　自言姓名　則乃君也　蓋外喪纔闋　初來京師而相訪也　兩 家兒得相見於兩父喪畢之後　不覺潸然以泣　迎之于寢　君呼我 以兄而我呼君以弟　勞苦如平生　留之數日　考其志業則其氣孤 峭而潔淸　其學必以古人爲期　余益喜而悲　遂相與爲友焉　邇來 二十年　久而益親　則自君趣操之大　以至意度之細　靡不相關而 相悉　噫　可謂知之深矣　夫士之始也　其志新以銳　其氣澹以淸 雖有生硬齟齬之患　而大有進步之望　如春生草木　萌芽鮮嫩可 愛　孰不以爲培養發達以底于成也　及其用力稍久　工夫稍苦　則

57　조선 중기 성리학자. 해동십팔현(海東十八賢)의 한 사람으로, 이황의 주리론과 이이의 주기론을 종합해 절충파의 비조가 됨. 20세에 한 살 아래의 이이와 도의(道義)의 벗이 되었으며, 1568년에는 이황을 만나 영향을 받음. 1592년 임진왜란이 일어나자 광해군 의 부름을 받아 의병장 김궤를 돕고 곧이어 검찰사에 임명되어 개성유수 이정형과 함 께 일함. 1594년 일본과의 강화를 주장하던 유성룡, 이정암을 옹호하다가 선조의 노여 움을 사고 낙향하여 학문 연구에 몰두함. 문집 『우계집(牛溪集)』이 있음.

志之新者不能持久而弛 氣之淸者不能常淸而澆 觀其外 容貌
辭氣雖若圓熟 而其中之所存則意已闌矣 視其初心 何啻千里
嗚呼 今之爲士者孰不患此 而吾黨之憂抑又甚焉 吾與君相見
之始也 君之氣貌如深山之野人 俗子見之 必指而笑之 然毅然
有不可犯之色 根本豎立 見善必爲 手必執書 心常激昂 余愛
之敬之 謂必能成其學也 數年之後 君讀書稍多 義理稍明 而
言論日美於前 遊歷京師 練閱世習 而儀觀又美於舊 交游日廣
名譽日盛 而蔚然爲時之名流 則非復曩時之朴野 而又非復初
志之方新矣 嗚呼 此心進退之幾 以君之明 豈不察識而知之哉
今以退轉之著者言之 則氣之剛者 不能以善養而施之於粗厲
德之好者 徒困於所長而反助其病痛 義理不勝於私己 偏向或
失於公平 不喜聞過而承之以悁忿 常惡異論而斥之爲邪人 以
薄物細故而傷舊素之大體 以公言外事而費性氣之決烈 是以
平日故舊無一人全交者 而其爲德日孤矣 至如攻人之惡 話頭
常峻 俗人聞之 擧皆駭恐 是以仇敵滿前 布在大官 世患之及
方可憂懼 此不謹言之失也 荒嬉麴蘖 日遊醉鄕 沈酗叫喚 罵
座詈人 不悅者指爲凶險 相愛者疑其恣肆 此不檢身之失也 有
此二失而行乎世 吾知其益難矣 嗚呼 以君之淸明峻潔 不失初
心而省身克己 常若不及 則夫焉有今日之悔吝哉 雖然 豈可以
遂己 則反而求之在君焉耳 今日之行 奉親莅民之外 一以尋舊
學爲事 淸坐縣齋 日有書冊之功 凡持守之要 玩索之方 精粗
巨細 無不融釋 而主敬致知 摧驕破吝 謹之於念慮隱微之際
而養之於凝神靜一之中 則內外本末交相浸灌 而爲學之功 方

爲實事矣 夫如是則誠心恭己 莊重和平 而私吝無所容 養厚理
明 物我不形 而忿懥無所行 處己處人 語默動靜 各得其所 而
汚下之事不設於身體矣 若然則蠻貊之邦可行矣 何况於至近
之州里 至厚之故舊哉 惟吾君勉之哉 竊惟高堂康樂 黃耇無彊
奉安輿而往 地近桑梓 萊服歡娛 愛日無已 自此之後 君無心
於北來 我居山中 抱病垂死 今日之別 殆成永訣 故竭其忠告
以寓贈處之義 其言雖俚 其意則切矣 世間寧有別人披此情懷
向君者乎 言之將終 而更以爲縣之道告之 古人有言 當官三事
一曰淸 則君不勉而能之矣 二曰愼 則君氣疏而略於細微 恐不
能周盡也 三曰勤 則君高邁 不喜塵俗之事 而縣道政事 簿書
朱墨 米鹽冗雜 令人厭倦 深恐忽而不省也 差科毫末 動係民
瘼 誠宜盡吾之心 取吾之所深厭者而先施之 盛夏流汗 窮冬手
瘃 莫知其苦可也 損其有餘 補其不足 此歐陽公所以常談政事
者也 對山水高吟水石之間 此君之至好也 昔胡文定公過衡山
之下 愛其雄秀 欲一登覽 旣而思曰 非職事所在也 遂輟不行
古人知所先後如此 皆可師法也 嗚呼 末俗怨誹 險途難盡 西
江風浪 何時平乎 瓜滿之後 君宜西歸舊隱 讀書萬山中 與世
相絶可也

明齋遺稿

牙山縣監贈左承旨金公墓表 _ 癸亥

윤증(尹拯, 1629~1714)[58]

公諱海壽 字深源 姓金氏 其先光州人 有諱成雨 始居于保寧青蘿洞 子孫因家焉 高祖克堅 生員 曾祖隣輔 祖忠恕 考應天 贈持平 妣安氏 璐之女 貞愍公瑭之曾孫 公以萬曆辛巳生 仁祖丁卯之難 沙溪金文元公爲號召使 以公爲數邑倡義官 仍薦爲社稷署參奉 陞司饔院奉事 尋罷 某年差國葬都監監造官 陞活人署別提 拜青山縣監 後又爲牙山縣監 庚辰三月二十二日卒 以嘗有原從勳 贈左承旨 公少學于李鳴谷山甫 從其子慶倬遊 及長 遊文元公之門 與鄭畸翁弘溟 爲知己友 居家孝義 居鄉斥邪守正 不顧禍福 居官清愼仁慈 爲國有誠 忠愛過人 事行具載于顯刻 夫人龍仁李氏 監察貞敏之女 生一男四女 男曰榮後 參奉 壻曰僉使趙時亨, 佐郎尹坫, 忠義衛李後泰, 府使閔昇 參奉一男三女 男曰汝南 僉知 壻曰郡守朴泰長, 士人具文海, 金斗星 而泰長之子弼成 錦平尉 參奉公具公墓碣 未

---

58 조선 중기의 문신이자 성리학자. 송시열(宋時烈)의 주자학적 의리론(義理論)만으로는 변모하는 정국(政局)을 바로잡을 수 없다고 주장하며 주자(朱子) 성리학의 한계를 비판함. 그의 사상은 소론(少論) 진보세력들에 의해 꾸준히 전승 발전되어 노론(老論) 일당 체제 하에서 비판 세력으로 자리를 굳힘. 문집 『명재유고(明齋遺稿)』가 있음.

豎 僉知君又營立短表於墓前 欲撮公本末大略 刻于其陰 以屬
拯 不獲辭 謹爲之識

頤庵遺稿

牙山縣監李公墓碣銘

송인(宋寅, 1516~1584)

君諱仁健 字强哉 宗室之裔也 我世宗莊憲大王之第五子曰
廣平大君諱璵 是生永順君諱溥 卽君高祖也 曾祖諱嶸 淸安君
祖諱千壽 定安副正 考諱漢 代盡從朝版 卒官白川郡守 妣崔
氏 慶州望族 靖國功臣雞林君諱漢洪之女 君生嘉靖乙酉 自幼
少從師受業 篤志于學 蚤應擧選 累不得售 壬子 丁憂 服闋憫
母老無以爲養 遂屈意就蔭仕 丁巳 補東宮左侍直 轉副率 陞
廣興倉主簿 改主義盈庫簿 辛酉 爲牙山縣監 壬戌以病歸 癸
亥三月 不起 享年三十九 以其歲五月 于廣州治西光秀山先塋
側 君恬靜少言 寡嗜慾 篤於孝友 白川嘗寢疾數歲 湯劑飲膳
君皆手執 起居必親扶持 雖尋常承奉 不任僕使 當喪盡禮 朝
晡哭泣 不輟三年 與弟妹雍睦 一家無間言 平居不事產業 惟
以書史自娛 而於繁華遨放事 一切厭避 執守堅確 不爲物動

性復疾惡 見不義與爲利 則雖在交親 必違而去之 牙山俗悍喜
訟 又多姦吏 君嚴立科條 辨治明允 人服其能 而民至今思之
君配沈氏 領議政忠惠公連源之女也 君在其門館二十年 未嘗
有干請 忠惠敬重之 喜淨掃一室 獨處其中 而親朋至 則或彈
碁對話 竟夕怡怡焉 常鄙老病苟祿者 乃結屋光秀山下 爲早休
計 竟不遂 哀哉 君有一男曰郁 尙幼 沈氏捐財具石 欲圖壽傳
君之弟活人署別提義健 甲子進士也 撰次行蹟 求文以鐫 可嘉
也已 銘曰

志之潔 行之篤 奚負天 壽其促 築不居 藏就卜 銘墓石 備尋讀

寒水齋集

권상하(權尙夏, 1641~1721)

土亭集跋

海東有奇偉卓絕之士 世稱土亭先生 余自髫齓 已聞其風聲
有高山景行之慕 而顧無由得其言論之萬一 居常恨之 及讀抱
川牙山時封事 眞藹然仁義之言也 愛君憂民 發於至誠惻怛 而
其所謨猷 一出治岐之規模 如使其言見用於當世 則何患其治
之不古若也 昔栗谷先生擬先生於奇花異草 嘗意其資品雖高

實用或歉 以今觀之 似有所不必然者 豈先生深自韜晦 故作調
諧弔詭 不使人測其所蘊耶 夷考其世 蓋當磁, 苣斬伐之餘 或
出於儉德避難之意耶 以堯夫蓋世之豪 一生經綸 只在於風花
雪月之間 豈非千古之恨也 先生所著述 家無留草 得之於傳聞
者 僅寂寥數篇 而字字無非後學之藥石 惜乎 其嘉言善行 不
盡傳於世也 掌令李公禛翊, 正言李公禛億, 監司趙公世煥 先
生之內外孫也 旣得跋文於尤菴老先生 又請弁卷之作 而先生
許之 適己巳禍作未就也 今二李公復屬筆於余 顧此陋拙之辭
何以稱揚德美 然景仰旣久 不可無一言於斯 遂書感慨之意於
卷末如右云

巍巖遺稿

이간(李柬, 1677~1727)

巍巖記

巍巖一區 環之以大山 疏之以長川 文明而聚 奧衍而暢 此
其大勢也 盖山之望於湖者 俗離勝於東 雞龍雄於南 廣德一名
泰華 磅礴於北 勝者以瓌奇 雄者以形勢 磅礴者以厚壯 雖離
立伯仲於數十百里之間 而凡包張羅絡於環湖五十餘州 繡錯

而星列者 皆其子孫也 雪崟一麓出廣德 北支迤邐奮躍 忽五峯
挺突 奇秀半天 卽巍巖鎭嶽 而其西趾陂陁 臨水而盤踞 余之
老屋 實處其上焉 是山也 中峯最尊 先後輔佐者 互相隱露於
襟領之間 故移步周視者 亦未嘗一時盡屈其指焉 而據實之名
出於傳記 五峯山 出東國名臣錄 且若屛若衛 簇立於東者 皆
峽也 而局面西開 通於原野 故西達之稱 載於地誌 雪崟之云
則雅俗同辭 遠邇無異焉 豈或歲寒雪深 嶽色崟崟 拔地千仞
暎帶數邑而得之歟 屛衛簇立之中 千室鱗鱗 而紫霞金谷 最名
焉 折而北 郡治面陽 則五峯岌然在頂 而大山已稍隱其厚壯矣
又一支自大山西出 旣跨而峽聳而峀 乍西轉北 彌奮彌張 則松
嶽一山 又傑然雄觀於巍巖之西南 其高亞於雪崟 而其布濩綿
密 苟籠環擁 卽堪輿家一府庫也 故邑中士夫多藏焉 而余之數
世先壟 皆占其心腹 又自是俛而北出者 蹲舞周旋於禮新之境
而後回首東南 復朝於大山 其橫鶩一面 若旗張螺黛 正與雪崟
相對於西 其名爲月羅 而勢則低矣 南鶩之始 又北分一麓 陡
聳而爲德嶺 殺其勢而東走 其首幾枕於雪崟之趾 自余居而環
顧 則四維周遭 圓抱均正 而此卽其一洞府門屛也 又有小山一
朵 頂如眠蠶 裔如張帷 裳而斂之 遠可參輔於大山之空 近實
隱約粧點於衆麓之前 昕夕對之 若可呼喚於戶庭者 地誌名以
華山 而里俗稱以眠蠶 使山有叢桂 則攀援之詠 當訪落於此矣
若夫水之出於大山者 其源不一 而到石門龍湫 則瀑勢已可觀
矣 余於年前 同社友縛數椽於其上 而力不贍 草刱而止 僅庇
一二僧徒守之 歷雙鶴小龍 出閩勝之口 則衆流合而益大 於是

雪嶽諸水 穿麒麟之谷 縈紆入于此 二水旣合 盡一川以全石爲
坻 盤陁平廣者 約可百餘步 其東奇石砌湊 臨水陡斷者 卽余
園麓之右支也 其西駬村數十百戶 綿亘一望 而近水第一松篁
卽余社友尹晦甫居也 以其水有磐 故近名以磐 所謂長川之一
而又一壑一流之出於大山以西若松岳左右者 並皆襟合於月羅
之南 而其勢滔滔 已雄於此 水夾駬村而下 若雙龍幷鶩 宛轉
交會於雪嶽洞門之口 而又北下 則與金谷之水 括囊於郡治之
東 屢曲屢折而始西入於海門矣 此巍巖山水之經絡 而詳近略
遠者 自余居而言故也 大抵溫之爲郡 初非通都大邑 而其特有
名於湖者 一則以靈泉 二則以山水也 靈泉在郡治以西德嶺之
北 行宮縹緲 槐棘周匝 居然一京邑 而距巍巖僅十里矣 列聖
屢幸 輒收奇效 方其帳殿之臨御也 千官仙擁 萬騎雲屯 八路
奔問 士女騈闐 此非有大小大休祥之氣 块軋翕聚於地道 則固
不應召感屢朝文物之盛於一時 卽亦山川靈異之一端 而若夫
所謂山水者 則自行宮南望 廣嶽雲橫 雪峯簪抽 其葱鬱汨瀄之
會 淑氣隱隱扶輿於巍巖一區矣 傳曰 其積厚者 其發遲 其蓄
深者 其施遠 自有巍巖亭毒旣久 而獨其發施之大 迄未有聞於
前昔 豈時代綿邈 文獻無徵而然歟 抑炳靈之會 自有遲速而然
歟 余之先祖別提府君 卜其考參奉公墓於松嶽之外麓 又自卜
一兆於松嶽山中 後遂用焉 因築別業於巍巖 而卽其上游 選勝
起亭 名之以閱勝 崔東皐岦有記自洛退歸而不復仕焉 余李之
爲溫寓 逮余已五世矣 若坡山之尹 宜寧之南 平山之申 俱以
赫世簪紳守望 隣並於一洞 而皆李之外出 則余李之爲巍巖主

人也 厥亦久而徵矣 顧余以不肖晩出 承藉先業 耕鑿之暇 猥
嘗歌詠於先王之道 則卽此一丘一壑 有足樂以卒歲矣 中年僭
不自料 求友四方 尋師絶峽 則又有契不契在焉 其契者 石潭
之學 上紹閩統 下啓沙尤 其淵源一脉 端的於寒水矣 余以眇
然後進 及門而親炙 荷其收遇之隆 又非尋常之比 則余竊以爲
父子君臣 固仁義之至 而討論其理 以盡於仁義之道 則又非父
子君臣之職也 世旣無晦翁栗谷 則尋其墜緒 質其疑晦 猶幸有
淵源之地 此非今日所宜盡心者乎 於是 有理必扣 有疑必請
惟恐其誠之不能有餘 而不覺其言之不能不足 則古人至戒迂
愚 實所自取 其有不契於大原者 尙誰尤哉 若於一二同好 則
瑰偉傑特之材 端亮愷悌之器 始非不契於湖海之流 而居然次
第淪謝 至今存者無幾 衰世所值 夫何艱哉 惟一晦友 以累世
姻戚 相與長大於同社 髮已種種矣 平居氣味淳重 爭而不乖
諾而無苟 其器甚厚而其識甚曠 古人所謂友而師者 庶乎其在
是 則以余之孤陋寡與 又安可謂終於不契也 山無奇勝而巋巋
者在矣 水非汎濫而淵淵者在矣 人物之繁 長民者宰焉 土地之
膏 富强者占焉 林藪之盛 鳥獸歸焉 雲霞風月之會 遊人玩焉
其所取雖殊 而所樂者均 不知余與晦友之所樂 抑山歟水歟 爭
流競峙之區 吟嘯發舒之趣 談者能言 厚重周流之間 不遷無滯
之意 觀者默喩 要之 二者固有淺深虛實之分 而其非切於日用
而道之所急則審矣 夫數物而至於萬 其靈惟人 則天地精英之
會 非吾方寸而已乎 其鑑也本光明四達 其德也本純粹至善 苟
於是乎反本實體 俛焉以盡其力 則其知 可以通幽明類萬物 而

其仁 可以盡性命準四海矣 夫然後峙者高 流者下 胸中自有一
丘壑 則邵翁所謂不出戶庭 直遊天地者 在焉 彼五嶽之奇拔
四溟之汗漫 猶不待身履而愉快 況此區區一崝泓 顧何足緩急
於眼前哉 余若晦友之所存 固未足以及此 而獨其耿耿之志 則
在此而不在彼矣 從今以往 加之年數 積累充闤 家計粗完 則
余與晦友 當掩關對酌 目擊心喩 而高山流水 已峩洋於左右矣
當是時也 滿目雲山 孰非可樂 而巍巖主人之號 方有所定論矣
苟其不然 則夫所謂取以樂之者 不過嘲諧料檢於鶯花雪月之
間 分付虛閒之景而已 居停之久 雖閱十世 豈能無負於山川亭
毒之氣 而後之視今 亦猶今之視昔矣 此非可慨而可懼者乎 或
曰 退翁之記陶山也 不獨詳於山川經脉 凡一水一石 無不標置
題品 而且其優游飫嬉自樂無慕之意 發於詠歌咨嗟 幾於鼓舞
洴洸矣 今子所記 則丘墓所托 卜築所自之外 輒參引師友 始以
欣慨 終以勗勵而已 則意其胸中自無所得 故其列於心目而動
於牙頰者 自不免於乾枯生踈而然歟 余敬膺曰 然 先生何敢望
也 其精髓在道義 而花草發於若戲若遊 褎然在霄之鵠 初非壤
蟲之所可擬議 而獨其寂寞之濱 塡箎之樂 終少一晦友 則卽此
一籌 又焉知先生不得不讓於今日哉 或曰 若大谷之於俗離 孤
靑之於雞龍 皆晚隱也 初非其地之所降 而記離山雞嶽者 若漏
於是 則其不爲闕事乎哉 今子記雪峩山水 而舊隱有表表數君
子者 並不槩見 何歟 余不覺瞿然而謝之曰 是非記雪峩而記巍
巖也 不然則夫以數君子之名德行義 有足以表範來世者 而小
子敢有所遺忽於是哉 並錄其問對以爲記 癸卯復月日 洞主書

朴先生遺稿

溫陽唱和詩序

박팽년(朴彭年, 1417~1456)[59]

吾友盆城子進 以溫陽唱和詩小卷示余 余受而卒業 歎其淸
響琅琅 動人耳目 陽春白雪 和者宜寡也 因竊以爲君興之衢
當其挾策東學 固一書生耳 何知今日隨玉輦 以承鴻恩者乎 非
惟不知 亦不可必也 追惟往事 今已十數年矣 夫以十數年不可
必之事 今於是焉遂 君興之衢之情 可知己 是宜發乎情歌諸詩
以相唱和也 其間扈從之樂 吾嘗知之矣 己未之春 靑唐之洞
吾與謹甫 同草堂而處 春深日永 醉而醒 醒而醉 醉則眠而已
于時 之衢以兵曹扈駕 數數來問我草堂 亦知此樂也 今觀此詩
其樂有與昔異者無幾 但恨未興子進同之也

---

59 조선 전기의 문신으로 사육신(死六臣)의 한 사람. 집현전(集賢殿) 학사로 여러 가지
편찬 사업에 종사했으며 단종(端宗) 복위를 도모하다 김질의 밀고로 체포되어 옥사함.
문집으로는 『박선생유고(朴先生遺稿)』가 있음.

朴先生遺稿跋

박숭고(朴崇古, 1676~1733)[60]

朴先生 崇古七代祖也 先人嘗得其遺詩若干 而裒輯不廣 未果入梓 崇古繼用搜聞 歲戊子 得一編於鄭忠翼公崑壽之孫惟顯所 蓋忠翼於平昔 收錄我先祖遺文 名之爲平陽逸稿者也 屢經兵火 不亡而存 以至于今 豈非奇幸 若成先生遺稿一本 乃萬曆中尹公裕後所嘗刊者 而李河兪柳四先生遺文 則得於趙公瀷考古錄 又求六先生言行事跡之雜出於諸賢稗記者 合成一帙三冊 藏諸巾笥有年矣 崇古幸叨一縣 方謀鏤板 以壽其傳 而力瘝不卽起功 會觀察使李公慶億 來按是道 亦我先祖外裔孫也 慨然爲之鳩工助費 事遂以完 其亦有數存者耶 噫 今去六先生二百有餘年 遺篇散逸 不可多得 姑取其所掇拾者 以庶幾於不朽云爾

戊戌十月二十四日 通訓大夫行永春縣監平陽後人朴崇古謹識

---

60 조선 후기 문인으로 숙종 31년(1705)에 문과(文科) 급제. 성균전적(成均典籍), 예조좌랑(禮曹佐郎), 옥구현감(沃溝縣監) 등을 역임.

秋齋集

조수삼(趙秀三, 1762~1849)[61]

溫井記

溫泉下有硫黃 故味燥性溫 出于礜石者悍熱 然治病勝於硫黃出者 出于丹砂者 味甘而氣不臭 可以延齡養生 丹砂泉天下惟出於驪山 漢之甘泉唐之華淸是也 若礜石出者 亦千百之一也 硫黃泉在在是已 治一切瘡瘍瘇濕痲痺如神 此古人所論著也 余自幼少多病 喜浴溫泉 驪山余未見也 如薊州之行宮 鳳城之湯站 曁東國之宣川熙川平山明川諸泉 粤已一再至 然一例皆硫黃泉 而獨平山泉熱且悍 突趵高尺許 又可湘茱茹燖雞豚云 意或礜石出者非耶 溫陽之溫泉 自勝國時鳴于國中 逮我列聖朝嘗屢幸焉 今泉傍有行宮 泉上有湢殿 宮之東有二癈井 卽舊湢云 繚周垣而爲闕門 內而婦寺供御之所 外而臣僚扈從之次 畢備星羅 大抵多傾圮隳 帷帳簾薄屛障几案 凡諸進奉器物 委積於塵埃 而尙不至甚腐敗不可用 盖英廟庚午以後 訖無御幸 距今八十有五年 父老亦無在者 當時事莫從而聞之 可歎也 吾王庶幾無疾病 顧誠斯民之喜幸也 湢殿南北五楹 東西四

---

61 조선 후기 여항 시인. 문장과 시에 뛰어난 재질이 있어 6차에 걸쳐 중국을 내왕하면서, 시명(詩名)을 날림. 저서로는 『추재시초(秋齋詩抄)』와 문집 『추재집(秋齋集)』이 있음.

楹 碧石函其中爲二井 若同室而格其中 井深可六尺 縱可常而
橫可尋 三竅其傍 以洩蓄水 出之殿壁之下 故內二井曰上湯曰
中湯 外出者曰下湯 水從上湯西北出 折而東出中湯 又折而南
則外出爲下湯 熱不甚 始入灼如也 久坐溫溫可愛 若塞竅蓄水
則一食頃 二井滿數尺 亦不以水旱冬夏而嬴縮炎凉也 自上湯
至下湯 計不下十餘步也 令範其地而鑄巨鼎 待薪樵而煖之 雖
曰胼千僮之指 必不能若是其無間斷也 吁甚異哉 井無龜龍魚
蟹荷芰菱芡 寶玉之玩 雕琢之巧 如驪山薊州者 而石材精良
製作完緻 有足以仰見祖宗盛際事功之鉅麗 規模之宏樸 洵非
今人所可慕效彷彿 士庶人毋敢浴上湯禮也 惟我先大王下敎
若曰使予方御溫井 民病可瘳也 予將撤洗而與之 況非日用而
不過備豫者乎 自今永寬兩井之禁 使吾民共沐恩波 咸躋壽域
大哉王言 此聖德事也 於是乎聾喑跛躄癰瘇瘡痍 杖者舁者負
者載者 踵相接於道 而四時無虛日 雖病甚者 不旬日則臥而來
步而歸 呻而入歌而出 嗚呼 泉之靈至於此乎 泉之靈至於此乎
歲甲午秋仲 余有癬疥之病 來浴於井 居數日而曰瘳 試飲井水
甘 又小硫黃氣 抑所謂丹砂出者此歟 或曰是井也 浴之則病瘳
久不浴則病復作 噫 是豈井之故也 病浴于井者 皆六氣感其外
七情傷其中 沉洼錮結 久而乃發 其治之也 亦將涵潤滲漉消瀜
蕩滌 沉洼者洗濯之 錮結者解散之 然後始去 則夫豈有亟至之
患哉 徒見肌體之差可 去之若將兊焉 稍久而疾復作 則曰井乎
井乎 豈不愚之甚者 余聞廣東有桃花泉 北人之商販者 一與土
人交媾 歸未半路而大癲瘡發 百藥罔效 不得已還飲桃花泉 則

不日而爲平 人故多老於其地者 雖飮泉而無男女之事者 無恙
而歸 余未知其說信然 然亦其人自取之已 豈曰桃花泉使之然
哉 余將歸 記或人說爲井訟 而兼以戒來浴者云爾

찾아보기

순천향대학교 아산학연구소

2010년 1월 창립된 이래 매년 학술회의 개최 및 연구 프로젝트 수행, 관내 3개 대학의 아산학 강좌 운영, 시민과 학생 대상 교육 등 아산지역에 대한 학술적 연구와 교육을 활발하게 진행하고 있다. 간행 도서로는 『아산시대』(정기간행물), 『행복한 아산 만들기』, 『아산의 독립운동사』 등이 있다.

김민정

고려대학교에서 석·박사학위를 받았다. 박사학위 논문은 「〈金仙覺〉의 敍事構成과 文藝志向」이며, 주요 논저로는 「金振九 野談의 形成 背景과 意味」, 「『月刊野談』을 통해본 윤백남 야담의 대중성」, 「〈金仙覺〉의 소설사적 전통과 〈구운몽〉」 등이 있다. 순천향대학교, 백석대학교에 출강중이다.

아산학총서 2

牙山 관련 문학 자료집

2016년 3월 30일 초판 1쇄 펴냄

기 획 순천향대학교 아산학연구소
편저자 김민정
펴낸이 김흥국
펴낸곳 도서출판 보고사

책임편집 황효은
표지디자인 손정자

등록 1990년 12월 13일 제6-0429호
주소 경기도 파주시 회동길 337-15 보고사 2층
전화 031-955-9797(대표), 02-922-5120~1(편집), 02-922-2246(영업)
팩스 02-922-6990
메일 kanapub3@naver.com / bogosabooks@naver.com
http://www.bogosabooks.co.kr

ISBN 979-11-5516-553-9 93810
ⓒ 김민정, 2016

정가 20,000원